Lillemor, Journalistin und Mutter zweier Töchter, fährt für ein paar Tage aus Stockholm in das alte Ferienhaus ihrer Familie nach Östergötland. Doch beim ersten Frühlingsspaziergang im Wald, wo die Buschwindröschen blühen, schlägt ihre Hochstimmung jäh in Entsetzen um, als sie unter einer alten Fichte die Leiche einer jungen Frau findet. Schockiert erkennt sie, dass die Tote wie ein jüngeres Abbild ihrer selbst aussieht, wie eine jüngere Schwester. Doch Lillemors einzige Schwester ist seit vielen Jahren tot. Wer also ist diese Unbekannte? Und wer hat sie ausgerechnet hier, in der Nähe ihres Ferienhauses, erschlagen?
Auch als Walter Enokson, der einfühlsame Ermittler von der Stockholmer Polizei, die Spur des Opfers bis in ihr griechisches Heimatdorf zurückverfolgen kann, ist das Rätsel für Lillemor noch längst nicht gelöst. Lillemor ist überzeugt, dass die fremde Frau ihr etwas sagen wollte. Und was weiß Sofia, Lillemors griechische Freundin, die wieder in ihrem Bergdorf lebt, von alledem? Die Suche nach der rätselhaften Verbindung zu der ermordeten Frau wird für Lillemor mehr und mehr zu einer Suche nach ihrer eigenen Geschichte. Und am Ende steht sie vor der Frage: Ist sie verrückt oder besessen? Können die Seelen der Toten die Seelen der Lebenden in Besitz nehmen?
›Lillemors Rätsel‹ ist ein spannendes Märchen unserer Zeit über die Last verdrängter Erinnerungen und alter Schuldgefühle, in dem die Jagd nach dem Mörder nur einer von vielen dramatischen Höhepunkten ist.

Marianne Fredriksson wurde 1927 in Göteborg geboren. Sie ist verheiratet und hat zwei Töchter. Als Journalistin arbeitete sie lange für bekannte schwedische Zeitungen und Zeitschriften. 1980 veröffentlichte sie ihr erstes Buch. Seither hat sie viele Romane geschrieben, die alle auch in Deutschland zu Bestsellern wurden. Zuletzt erschienen im Krüger Verlag der Bild-Text-Band ›Mein Schweden‹ und der neue große Roman der Autorin, ›Geliebte Tochter‹.
Weitere lieferbare Titel im Fischer Taschenbuch Verlag: ›Hannas Töchter‹ (Bd. 14486), ›Inge und Mira‹ (Bd. 15236), ›Marcus und Eneides‹ (Bd. 14045), ›Maria Magdalena‹ (Bd. 14958), ›Simon‹ (Bd. 14865), ›Sintflut‹ (Bd. 14046), ›Sofia und Anders‹ (Bd. 15615).

Unsere Adresse im Internet: www.fischer-tb.de

Marianne Fredriksson

LILLEMORS RÄTSEL

Roman

Aus dem Schwedischen
von Senta Kapoun

Fischer Taschenbuch Verlag

Deutsche Erstausgabe
Veröffentlicht im Fischer Taschenbuch Verlag,
einem Unternehmen der S. Fischer Verlag GmbH,
Frankfurt am Main, Oktober 2003

© Fischer Taschenbuch Verlag in der S. Fischer Verlag GmbH,
Frankfurt am Main 2003
Die schwedische Originalausgabe erschien
unter dem Titel ›Gåtan‹
im Verlag Wahlström & Widstrand, Stockholm
Published by agreement with Bengt Nordin Agency, Sweden
© Marianne Fredriksson 1989
Satz: Pinkuin Satz und Datentechnik, Berlin
Druck und Bindung: Clausen & Bosse, Leck
Printed in Germany
ISBN 3-596-14044-7

Für Ylva

Es war ein Tag voller Sinnenfreude gewesen – bis sie die Leiche fand.

Sie war langsam gefahren und hatte ihre Freude an der nackten Landschaft gehabt, die sich der Sonne darbot, um zu neuem Leben zu erwachen.

An den Nordhängen des Kolmården war der Boden noch vorjahresgrau, aber in den Tälern zeigten die Birken schon grüne Mauseöhrchen. Während sie bergab der Ebene entgegenfuhr, sah sie Bråviken, die weite Bucht, in der Sonne glitzern und spürte den Wind vom Meer, den Wind, der nach Kindheit roch.

Nach einer Stunde hatte sie die Abzweigung erreicht.

Im Rückspiegel sah sie auf dem Schotterweg, der zum Haus hinaufführte, den Staub wirbeln und wusste, dass alles war, wie es sein sollte. Sie war heimgekehrt.

Es war ein altertümliches Anwesen, das niedrige Zweifamilienhaus lag im Schutz alter Apfelbäume und glatter Felsplatten. Es war jetzt seit fünfzehn Jahren in ihrem Besitz, und obwohl die Familie keine Wurzeln in dieser Gegend hatte, war es zu ihrem Mittelpunkt geworden, hier fühlten sie sich alle mehr zu Hause als irgendwo sonst.

Sie stieg aus dem Auto und räkelte sich in der warmen Sonne wie eine Katze. Im niederen Gras flochten die Buschwindröschen zum Brunnen hin weiße Klöppelspitzen, und noch bevor sie die Tür aufschloss, hatte sie einen Strauß gepflückt und ihre Nase hineingesteckt. Auch die Blumen rochen, wie es sich gehörte, nach Erde und Wasser, Vorjahrestod und neuem Leben.

Und, wie das Meer, nach Kindheit.

Aber der Blumenduft vermittelte auch Schmerz, und einen Augenblick lang sah sie die beiden vor sich, zwei kleine Mädchen am Buschwindröschenhang, dem Meer zugekehrt, in einer anderen, weit zurückliegenden Zeit.

Sie hatte Mühe mit dem Schloss, der Kolben schien dem Schlüssel nicht nachgeben zu wollen. Doch dann glitt die Tür auf, und sie stand auf der Schwelle und hörte die Fliegen summen. Während sie von Raum zu Raum ging, fühlte sie die Wärme, es war hier drinnen viel wärmer als draußen. Sie öffnete die Fenster und sah den Fliegen nach, die dem Wald und dem Abort zustrebten.

Sie hatte einen Kanister Wasser im Auto, konnte sich also Kaffee machen, ohne vorher die Brunnenpumpe in Betrieb nehmen zu müssen. Niklas hatte an das Wasser gedacht und war damit hinter ihr hergelaufen, als sie zu Hause schon aus der Garage gefahren war. Wie immer hatte seine Fürsorge sie irritiert, und wie immer hatte sie sich deswegen geschämt.

Im Schrank des blauen Zimmers stand die Vase aus Pressglas, die gerade so groß war, dass man sie mit der Hand umfassen konnte. Sie gehörte zu den wenigen Dingen, die noch aus ihrer Kindheit stammten, und als sie Wasser einfüllte, konnte sie wieder die beiden kleinen Mädchen sehen, die der Mutter ihre Sträuße überreichten. Sie sah die Küche, die Vase aus dem Küchenschrank, die unter dem Kaltwasserhahn über dem Zinkbecken gefüllt wurde, sah das Lächeln der Mutter.

Eine kleine Vase und zwei Sträuße Buschwindröschen.

Heute kommen die Dinge auf mich zu, dachte sie, drückte es dann aber anders aus: Heute bin ich offen, schrankenlos. Das ist schön, sagte sie sich, und sah die dotterblumengelben Flickenteppiche im Schein der Sonne leuchten.

Voll Vorfreude füllte sie den Kühlschrank. Ein Kilo Krabben, es war der reine Luxus, aber sie konnte Karins Lächeln sehen, das ihr verschlossenes Mädchengesicht aufhellen würde, wenn sie am nächsten Tag den Tisch deckten. Kalbsfilet, nun ja, sie hatte es sich etwas kosten lassen. Erdbeeren, echter Wahnsinn, und alle würden sagen, dass sie längst nicht so gut schmeckten wie die schwedischen. Bei den jungen Kartoffeln von den Kanarischen Inseln hatte sie sich beherrscht, Bintje in den schwarzen Wintertüten taten es auch, und vielleicht würde sie sie im Ofen garen, um das Willkommensessen noch festlicher zu gestalten.

Einstweilen begnügte sie sich mit Filterkaffee und zwei Scheiben Weißbrot mit Käse und Leberwurst. Bei der zweiten Tasse Kaffee schnitt sie sich noch eine Brotscheibe ab, bestrich sie dünn mit Marmelade und dachte, das muss bis heute Abend reichen.

Eigentlich sollte sie jetzt ihre Kleider auspacken, sollte nach oben gehen, lüften, die Betten machen. Und den Arbeitstisch abräumen, um für die Schreibmaschine und alle ihre Aufzeichnungen von der Griechenlandreise Platz zu schaffen. Das war ja der eigentliche Grund, warum sie vorausgefahren war, sie wollte sich für einen Tag hier verschanzen, um auszuwählen und zu planen.

Aber Sofia und ihr Dorf waren so weit weg, und sie selbst hatte hier alles, was sie an Nähe brauchte.

Wie ein Kind, dachte sie, als sie sich auf dem Sofa in der Kammer ausstreckte und einschlief, ohne sich vom Surren der Fliegen stören zu lassen.

Die Sonne weckte sie eine Stunde später auf, ein hartnäckiger Sonnenstrahl kitzelte sie in der Nase und färbte ihre Augenlider innen rosa. Ich sollte mich schämen, dachte sie, stellte aber durchaus zufrieden fest, dass sie sich nicht schämte, ganz im Gegenteil. Sie war zufrieden mit dem Tag, mit der Sonne, dem Fliegengesurr und der Freiheit.

Lieber Himmel, wie selten hatte sie einen Tag ganz für sich alleine.

Sie ging zum Pinkeln hinters Haus, hockte dort im Gras und hörte den Kuckuck im Wald rufen. Und vielleicht war es sein Lockruf, der ihre Sehnsucht nach den weichen Waldpfaden und den dunklen Bäumen weckte. Denn schon wenige Minuten später war sie in ihrem alten Pullover und mit Gummistiefeln an den Füßen unterwegs. Den ganzen langen Einödweg konnte sie sich nicht gönnen, sie musste Maß halten, obwohl sie gerne nachgesehen hätte, was in diesem Frühjahr drüben in der Lichtung auf dem Erbsenfeld angebaut worden war.

Ich mache die kleine Runde, dachte sie, und ganz von selbst fanden ihre Füße den Weg in die Kühle unter den hohen Bäumen. Genau nach Westen ging es, bei den Lärchen, die schon hellgrüne Spießchen zeigten, steil bergauf und dann zur von Unkraut überwucherten Ruine der alten Kate mitten am Hang. Sie lag geschützt an der Südseite, und wie erwartet blühten am Zaun schon die Schlehen.

Schließlich ging der Steig in den Waldweg über, dem sie eine Weile folgte, um dann die Richtung zu den Bergen im Norden einzuschlagen. Unter den Füßen wurde es trockener, es gab immer mehr Krüppelkiefern, das Moos staubte. Aber die Buschwindröschen begleiteten sie auch hier, und ohne viel nachzudenken pflückte sie noch einen Strauß.

Dort wo der Wald aufgab, wo der Boden sogar für den anspruchslosen Wacholder zu karg war, hörte sie den Elch. Sie war ihm schon früher hier begegnet, wusste, dass er nachmittags über den Berg wechselte, sie blieb stehen, versuchte sich unsichtbar zu machen. Aber dieses Mal bekam sie ihn nicht zu sehen, hörte nur das Knacken, als er kehrtmachte und wieder dem dichten Wald zustrebte.

Er hat meine Witterung aufgenommen.

Sie überquerte den Bergkamm und sah rechter Hand unten, wo der Boden den Bäumen wieder Halt gab, das Föhrenwäldchen und an dessen Rand einige hochstämmige Nadelbäume und eine ausladende alte Fichte. Dort hatte sie letzten Sommer Pfifferlinge gefunden.

Jetzt glaubte sie im Laub unter der Fichte eine Hand zu erkennen.

Aber noch lebte sie in der vibrierenden Wirklichkeit dieses Frühlingstages und dachte, es wäre ein früher, ungewöhnlich weißer Mairitterling.

Dann hörte die Welt auf zu vibrieren, ihr Körper hörte auf zu fühlen und zu reagieren. Wie eine Aufziehpuppe ging sie auf die Fichte zu, kniete sich hin, sah die Tote an, war sich bewusst, dass niemand mehr etwas für sie tun konnte und dass die merkwürdige Schmiere am Hinterkopf Gehirnmasse und Blut war.

Das Gesicht.

Sie stand auf, eigenartig kalt und entschlossen. Sie wusste, dass der kürzeste Weg nach Hause geradeaus ging, den Steig hinunter, dann links hinauf zum Haus.

Noch nie waren ihre Schritte so zielbewusst gewesen, sie sah nichts mehr, hörte nichts, dachte nicht. Erst als das Haus zwischen den Bäumen zu sehen war, kam ihr ein Gedanke: Vollbracht, endlich vollbracht.

Und: Ich darf nicht wahnsinnig werden.

Sie hatte den Türschlüssel in der Tasche, die Autoschlüssel waren im Schrank in der Kammer, die Brieftasche mit dem Führerschein ebenso. Als sie durch die Küche zurückging, blieb sie einen Moment in der Waschecke hinter der spanischen Wand stehen, fuhr sich mit einem Kamm durchs schwarze Haar, griff nach einem alten Lippenstift und gab ihrem Mund Kontur. Sie zitterte nicht, sie war ganz ruhig.

Aber sie schaute nicht in den Spiegel, der über der Waschschüssel hing.

Sie schloss das Haus ab, setzte mit dem Wagen zurück, wendete und fuhr los.

Nach Mjölby. Zur Polizeistation? Als die Ampel am Eisenbahnviadukt auf Rot stand, erkundigte sie sich ganz sachlich bei einem Radfahrer nach dem Weg. Er sagte, die Polizei habe neue Räume gegenüber dem Vergnügungslokal Kvarnen bezogen, und im selben Augenblick wusste sie, dass ihr das Staatswappen mit den drei Kronen schon öfter aufgefallen war.

Sie sah, dass die Sonne brannte und dass die Leute Jacken und Mäntel abgelegt hatten, und fand es merkwürdig, dass sie fror, dass ihre Finger abstarben und sie das Lenkrad kaum im Griff hatte.

Ein Tresen, ein junger Mann, und wie jung. Mit diesem Kind konnte sie doch nicht über die Frau sprechen, die da tot im Wald lag.

Also fragte sie ihn nach dem Oberinspektor. Seine schleppende östergötländische Mundart war genauso überlegen wie sein Lächeln, als er antwortete, der Oberinspektor sei beschäftigt und worum es denn gehe.

»Ich habe im Wald die Leiche einer Frau gefunden.«

Jetzt zeigte er zumindest Interesse.

»Vielleicht möchten Sie sich setzen? Ich hole Ihnen ein Glas Wasser.«

Ich halte das nicht aus, ich schreie, dachte sie, wusste aber im selben Augenblick, dass sie damit den Verdacht dieses Jünglings nur bestätigen würde.

»Hören Sie mal«, sagte sie. »Ich bin nicht hysterisch, ich heiße Lillemor Lundgren, ich bin Journalistin, Redakteurin in Stockholm. Wir haben ein Sommerhaus in den Einödwäldern, und dort habe ich soeben eine Frau gefunden. Tot, erschlagen, begreifen Sie?«

Das half, vielleicht war es der Titel, vielleicht kannte er den Namen, denn er nahm Haltung an und ging zu einer Tür und klopfte. Da setzte sie sich auf den ihr zugewiesenen Stuhl und bereute, dass sie das angebotene Glas Wasser abgelehnt hatte. Ihr Mund war quälend trocken.

Der Mann, der jetzt kam, war in ihrem Alter. »Nilsson«, sagte er und reichte ihr eine kräftige, warme Hand.

»Mein Gott, ist Ihnen kalt?«, sagte er. »Sie müssen einen Schock erlitten haben. Bitte erzählen Sie mir alles von Anfang an.«

»Nein«, sagte sie und wunderte sich über ihre Bestimmtheit. »Sie müssen mitkommen, jetzt, sofort.«

»Okay.« Aber der Zweifel in seinen blauen Augen verschwand nicht, als er einen Wagen mit Fahrer anforderte. Lillemor gab dem Jungen hinter dem Tresen ihre Personalien, trank ein Glas Wasser nach dem anderen leer, und als der Wagen kam, sagte Nilsson:

»Wir setzen uns nach hinten, dann können Sie erzählen.«

»Es gibt nichts zu erzählen«, sagte Lillemor. »Ich bin spazieren gegangen und habe sie unterwegs gefunden.«

Aber sie setzte sich auf den Rücksitz und war dankbar für die Menschlichkeit, die er ausstrahlte, als sie dem Fahrer den Weg zu erklären begann. Sie konnten bei Moby Gård abzweigen und von dort durch den Wald bis zum Fuß des Berges fahren.

Das weiße Polizeiauto schlängelte sich die Feldwege entlang, neugierig schienen die Fenster der kleinen roten Häuser ihr nachzustarren. Und zum ersten Mal dachte sie, es wird viel Gerede geben. Sie war schon wieder durstig, trotz der Wassermenge, die sie getrunken hatte, der Mund war so trocken, dass die Zunge klebte, als sie sagte:

»Hier müssen wir halten, weiter kann man nicht fahren.«

Sie ging auf dem ansteigenden Pfad voran und freute sich, dass Nilsson zu schnaufen anfing. Doch auf halbem Weg wollte sie ihn lieber vor sich haben; sie blieb stehen und ließ ihn vorbei. Als sie die weiße Hand sah, sagte sie:

»Ich warte hier.«

Kaum eine Minute danach rannte der Polizeibeamte, der den Wagen gefahren hatte, an ihr vorbei, und sie dachte, gleich wird Alarm geschlagen, endlich glauben sie mir.

Bilder zogen an ihr vorüber, verschwommene Bilder aus Kriminalfilmen – Fotografen, Ärzte, Ermittlungsbeamte. Das geht mich nichts an, dachte sie. Ich habe meinen Teil beigetragen.

Als aber Nilsson mit eigenartigem Gesichtsausdruck auf sie zukam, wusste sie, dass er es auch bemerkt hatte, und beschloss zu schweigen wie ein Grab.

»Sie haben die Tote gekannt«, sagte er, und sie stellte fest, dass sein Ton eine Nuance kühler klang.

»Nein. Ich habe sie noch nie gesehen.«

»Hm«, machte er. »Wir müssen auf die Leute von der Kriminalpolizei in Linköping warten.«

In seinen Worten schien eine geheime Drohung zu liegen, war das Absicht? Trotzdem sagte sie:

»Ich denke, ich kann nach Hause gehen.«

»Nein, Sie müssen noch zu Protokoll geben, was Sie im Wald beobachtet haben.«

Sie sah, dass alle Wärme aus seinem Gesicht gewichen war, und sie hätte am liebsten geschrien, ich habe sie gefunden, ich habe nichts angerührt, ich habe alles so gemacht, wie man es tun soll, bin sofort zu Ihnen gefahren, und warum, zum Henker, sind Sie jetzt so unfreundlich. Stattdessen sagte sie:

»Ich friere.«

Er war etwas freundlicher, als er sie zum Auto brachte, den Motor und die Heizung in Betrieb nahm und ihr eine Decke über die Knie legte.

»Ein Arzt wird bald hier sein«, sagte er. Und sie dachte, der spinnt und dass sie nicht nach Hause gehen wollte.

Zum ersten Mal an diesem Nachmittag konnte sie wieder etwas empfinden. Ich habe Angst, dachte sie. Ich habe entsetzliche Angst.

Ein paar endlose Sekunden lang sah er sie an, wie sie da in eine Decke gehüllt im Auto saß. Sie hatte die Augen geschlossen, aber er wusste, dass sie nicht schlief.

Das ist verrückt, dachte er und versuchte der Unwirklichkeit standzuhalten und die Tatsachen zu registrieren: das dreieckige Gesicht mit den hohen Wangenknochen, den ausdrucksvollen Mund mit dem steilem Venusbogen und einem Anflug von Verbitterung in den Mundwinkeln, wie bei einem Kind, das mehr haben will, als das Leben zu geben bereit ist.

Zartgliedrig, sehr dunkel, sonnengebräunt. Verletzlich? Und älter, bedeutend älter ...

Sie musste gefühlt haben, dass sie beobachtet wurde, denn sie schlug langsam die Augen auf, die erstaunlich blau waren.

»Ich hatte eine Schwester«, sagte sie. »Sie ist gestorben.«

Er wusste, dass sie einen Schock erlitten hatte. Nilsson, der immer zu einfachen Schlussfolgerungen neigte, hätte es so ausgedrückt: total geschockt. Und er dachte an den Arzt, der jeden Augenblick hier sein und der Befragung ein Ende setzen konnte.

»Warum denken Sie jetzt an Ihre tote Schwester?«, fragte er und spürte, dass seine Stimme nach so etwas wie Mitgefühl klang, nach Sympathie, die ihm selbst nicht bewusst geworden war.

»Es ist alles so unwirklich«, klagte sie.

»Wir werden das aufklären«, sagte er mit einer Zuversicht, die ihm fremd war. »Ich glaube, es wäre gut, wenn Sie sich ein bisschen bewegten. Kommen Sie mit raus und erzählen Sie mir von Ihrem Spaziergang und wie Sie sie gefunden haben.«

Nilsson hatte ihm gesagt, sie verweigere die Zusammenarbeit, trotzdem nickte sie und stieg mit der Decke über den Schultern aus dem Wagen.

»Ich friere«, sagte sie.

»Ja, das ist so, wenn man einen Schock erlitten hat.« Da lächelte sie, es war ein schwaches, überraschendes Lächeln.

»Sie stammen aus Norrland?«

Und sein Lächeln bestätigte es: Ja, und er heiße Valter Enokson und sei bei der Kriminalpolizei in Linköping. Ihre Hand war eiskalt, der Druck aber kräftig.

»Ich bin von da drüben gekommen und den Waldweg ein Stück entlanggegangen«, sagte sie. »Ich gehe hier öfter mal spazieren. Ich habe an nichts Besonderes gedacht. Das Schöne an Waldspaziergängen ist ja, dass man aufhört zu grübeln.«

»Sie meinen, man hört auf, bestimmte Dinge immer wieder durchzukauen?«

Sie warf ihm einen anerkennenden Blick zu und nickte dann:

»Ich habe Blumen gepflückt. Und weiter oben am Berghang habe ich einen Elch gehört.«

»Gesehen haben Sie ihn nicht?« Er konnte seinen Tatendrang nicht unterdrücken, und sie wunderte sich:

»Nein.«

»Aber wieso wussten Sie ...?«

»Hier verläuft ein Elchpfad«, sagte sie. »Ich bin ihm nachmittags schon öfter am Hang begegnet und habe mich jedes Mal darüber gefreut. Also bin ich ruhig stehen geblieben wie immer und hab versucht, mich unsichtbar zu machen. Aber er hatte meine Witterung aufgenommen und hat kehrtgemacht, ich hab gehört, wie weiter unten im Wald die Zweige knackten.«

»Das mit dem Elch müssen wir wohl etwas gründlicher untersuchen«, sagte er und sah, dass sie nicht verstand, was er meinte, aber doch bereitwillig nickte.

Er hatte vier Mann vor Ort, zwei von ihnen gingen mit, als sie ihren Weg rekonstruierte, den Hang hinaufging, stehen blieb, als könnte sie den Elch hören, eine Weile stillstand und dann zum Wald hinunterzeigte, in dem das große Tier verschwunden war ...

Erst als sie wieder mit Enokson allein war, schien sie zu begreifen; ihre Augen weiteten sich und suchten seinen Blick:

»Sie meinen, möglicherweise war das ...?«

»Möglich«, sagte er. »Sie war ja noch nicht lange tot.«

Wieder befiel sie Schüttelfrost, und sie wiederholte: »Ich friere.« Also zog er sie an sich und massierte ihr Oberarme und Rücken. Es wäre gut, wenn sie weinen könnte, dachte er, aber ihre Augen blieben trocken, und sie war steif wie ein Brett.

»Einfach verrückt«, sagte sie, und er erinnerte sich, dass ihm genau dieser Gedanke gekommen war, als er sie vom Auto aus betrachtet hatte.

»Ich glaube, ich habe eine Flasche Mineralwasser in meinem Wagen«, sagte er. »Kommen Sie, gehen wir sie holen.«

Das Wasser war lauwarm, trotzdem trank sie die Flasche in einem Zug leer, seufzte und fuhr sich mit dem Handrücken über den Mund:

»Danke, das hat gut getan.«

Er hatte ein schlechtes Gewissen, als er fortfuhr:

»Sie haben Buschwindröschen gepflückt?«

Sie nickte.

»Jetzt muss ich Sie um einen Gefallen bitten«, fuhr er fort. »Ich möchte, dass Sie mit mir zu der Fichte hinaufgehen und sich die Tote noch einmal ansehen.«

»Die Tote?«

»Ja.«

»Gott steh mir bei«, sagte sie, und da er ein Christenmensch war, hörte er sofort, dass sie es nicht so meinte und dass Beten nicht zu ihren Gewohnheiten zählte. »Warum denn?«

»Ich möchte, dass Sie nachsehen, ob etwas verändert ist.«

»Gott im Himmel«, sagte sie noch einmal, nickte aber und begann entschlossen, als wolle sie es schnell hinter sich bringen, den

Weg bergauf zu gehen. Er folgte ihr. Als sie sich der Fichte näherten, legte er ihr die Hand auf die Schulter:
»Es könnte auch Ihnen helfen. Das Erinnern fällt leichter.«
»Aber ich will mich nicht erinnern.«
»Eben deshalb«, sagte er.
»Ich habe meine tote Schwester nie gesehen.« Sie flüsterte jetzt, und er konnte das, was folgte, nur schwer verstehen.
»Ich war in Amerika, als sie starb.«

Sie fiel wieder neben der Toten auf die Knie und schaute ihr wie vorhin lange in die offenen Augen.
Es waren braune Augen.
Doch im Übrigen war alles so, wie sie befürchtet hatte, das dreieckige Gesicht und der kühne Mund. Enokson schien es, als sähe sie sich selbst in einem Spiegel, aber nicht jetzt, sondern in einer weit zurückliegenden Vergangenheit, ein Bildnis der Jugend, Unsicherheit und Gier.
»Sie ist höchstens zwanzig Jahre alt«, sagte Lillemor, und in ihrer Stimme lagen eine Erschütterung und eine Trauer, als hätte sie endlich begriffen, dass ein Leben ausgelöscht worden war, dass diese junge Frau einen eigenen Blutkreislauf, eine eigene Existenz gehabt hatte. Und dass etwas Unverzeihliches geschehen war.
»Können Sie erkennen, ob etwas verändert worden ist?«
Sie ließ den Blick an dem toten Körper entlangwandern, offensichtlich nicht wissend, dass Enoksons ganze Aufmerksamkeit intensiv auf sie gerichtet war.
Dann schrie sie auf:
»Die Blumen, Gott, die Blumen!«
»Die haben nicht Sie ihr gegeben?«
»Nein, nein.«
»Aber Sie hatten doch einen Strauß gepflückt.«
Verwirrt wie ein kleines Kind sah sie sich um und sagte dann:
»Den muss ich irgendwo verloren haben.«
Dann schrie sie:

»Ich habe nichts angerührt, ich schwöre, ich habe sie nicht berührt. Nie, nie hätte ich es gewagt, ihr meine Blumen in die Hand zu geben.«

»Ich muss Ihnen wohl glauben«, sagte er, und beide sahen auf den sorgsam geformten Strauß in der Hand der Toten:

»Ihnen ist klar, was das bedeutet?«

»Ja, er hat es bereut.«

Enokson war erstaunt und dachte, dass Frauen nun einmal so denken. Trotzdem schüttelte er den Kopf:

»Da bin ich mir nicht sicher. Aber wenn Sie ... sich richtig erinnern, muss er hier gewesen sein, nachdem Sie den Ort verlassen hatten.«

Sie schloss die Augen, sie war jetzt so blass, dass es ihn beunruhigte:

»Woran denken Sie?«

»Ich denke dasselbe, was ich dachte, als ich nach Hause ging, um den Wagen zu holen, nämlich dass ich nicht wahnsinnig werden darf, dass ich unter gar keinen Umständen wahnsinnig werden darf.«

»Ist Ihnen dieser Gedanke schon öfter gekommen?«

»Selten. Aber doch einige Male in meiner Jugend und ... im Chaos.«

Jetzt hörten sie unten auf dem Waldweg weitere Autos, und endlich kam der Arzt zusammen mit einem beredten und heftig gestikulierenden Nilsson den Steig herauf. Es war ein junger Arzt, so jung, dass er glaubte, seine gewaltige Verblüffung verbergen zu können, als sein Blick von der lebenden Frau zu der Toten wanderte. Genau wie Enokson befürchtet hatte, widmete er sich erst der lebenden, fühlte ihr den Puls und sagte, sie dürfe sich nicht mehr aufregen, sie brauche Wärme und etwas zu trinken.

»Am liebsten würde ich Sie in Linköping in ein Krankenhausbett stecken«, sagte er, und Enokson dachte, die Chance wird sie sich nicht entgehen lassen, und das müsste er wohl akzeptieren. Aber sie lehnte mit fester Stimme ab.

»Ich schaffe das schon. Aber ich möchte nicht gern allein bleiben ... in unserem Sommerhaus.«

»Ich werde Sie so bald wie möglich hinbegleiten«, sagte Enokson und wechselte einen Blick mit dem Arzt, der zustimmend nickte.

Er gab seine Anweisungen, was unnötig war, weil alle wussten, was sie zu tun hatten. Und der Arzt, der jetzt neben der Toten kniete, konnte eigentlich nur bestätigen, was er schon wusste, dass die junge Frau noch nicht lange tot war.

»Zwei Stunden?«

»In etwa.«

Als sie den Pfad zum Haus entlanggingen, fragte Enokson, was sie gedacht hatte, als sie vorhin hier gegangen war.

»Aber das sagte ich doch schon, dass ich nicht wahnsinnig werden darf. Und dann ...«

»Was dann?«

»Wie dumm es ist, dass wir hier kein Telefon haben.«

Zum ersten Mal log sie, und er fragte sich, warum.

Enokson konnte Sommerhäuser nicht leiden, und dieses hier, das sich am Boden entlangduckte, war von der allerübelsten Sorte. Auf der Steinplatte vor der Haustür lag ein welker kleiner Strauß Anemonen, und Lillemor sagte:

»Ich muss sie in die Tasche gesteckt haben, und als ich den Schlüssel herausnahm, müssen sie mitgerutscht sein.«

»Wir lassen sie liegen«, sagte Enokson, und zum ersten Mal sah sie ihn wachsam an.

»Warum das?«

»Ich will sie fotografieren lassen.«

»Warum, zum Teufel, verdächtigen Sie mich?«

Sie schrie es heraus, und er dachte, sie hat etwas Primitives an sich, angriffslustig, vorwurfsvoll. Und er sagte:

»Lillemor, haben Sie ein Kind geboren, als Sie jung waren? Eine Tochter, die Sie zur Adoption freigegeben haben?«

Ihre Verwunderung war so groß, dass ihr Zorn sich legte. »Ich glaube, Sie sind verrückt. Was für ein idiotischer Gedanke.«

Er lächelte, er fühlte sich plötzlich erleichtert, zuckte mit den Schultern und sagte:

»Polizisten haben nun mal eine seltsame Phantasie. Möchten Sie nicht aufschließen?«

Sie ging sofort auf den Kühlschrank zu, nahm eine Zweiliterpackung Orangensaft heraus und trank, als hätte sie eine lange Wüstenwanderung hinter sich. Er blickte sich im Haus um, ging durch die kleinen Räume und bemerkte unwillkürlich den guten Geschmack, der bis ins kleinste Detail stimmte, sah die feinen Abstufungen, die gefälligen Möbel, die ausgewogene Farbgebung.

»Es ist sehr schön hier«, sagte er trocken, und Lillemor schien erstaunt und ein wenig verletzt.

»Ich glaube, ich durchschaue Sie, Walter Enokson.«

»Da bin ich mir nicht so sicher«, sagte er und verzog den Mund. »Ich bin kein Altachtundsechziger.«

Jetzt lachte sie:

»Was sind Sie denn dann?«

»Ich bin Norrländer, wie Sie selbst festgestellt haben. Und wir hinken immer ein bisschen nach. Das bedeutet, um ein Beispiel zu nennen, dass ich in Katen wie dieser gelebt habe, als es dort noch nach Armut und Vorurteilen roch.«

Sie nickte und sagte, dass sie manchmal an den Schuster denken musste, der mit seinen vielen Kindern hier gewohnt hatte und ein Säufer gewesen war, bevor er zum fanatischen Antialkoholiker wurde. Dass das aber nichts mit dem Gefühl von Frieden und Heimkehr zu tun hatte, das das Haus ihr schenkte.

Plötzlich redete sie ungehemmt drauflos, mit ihrem Wortschwall wollte sie die Wirklichkeit wiederherstellen, in der sie noch vor wenigen Stunden gelebt hatte. Sie erzählte von der großen Schustersfamilie, von den sieben Kindern, die hier aufgewachsen waren, von den Gesellen, die kamen und gingen.

»Man stelle sich schon allein das Essenkochen in dieser armseligen Küche ohne Wasserhahn und Ausguss vor. Es gab nicht einmal Strom, keinen Kühlschrank, nichts …«

»Frauenarbeit«, sagte sie. »Manchmal denke ich mir, die Welt wird nur von der geduldig ertragenen Frauenmühsal zusammengehalten.«

»Ja«, sagte er und erinnerte sich, dass sie eine bekannte Feministin war, kämpferisch und wortgewandt.

»Man sieht das in Griechenland noch heute«, sagte sie, und plötzlich war er mit ihr über die Schwindel erregenden Bergketten unterwegs zu dem Dorf, in dem Sofia lebte. Gegen seinen Willen wurde sein Interesse geweckt, und sie ging die Tasche mit den Notizen, dem Tonbandgerät, den Kassetten und Fotos, ganzen Stößen von Fotografien holen. Er sah die Berge und das Dorf, das sich gegen den blauen Himmel abzeichnete, eine Ansammlung von Häusern klammerte sich an einem Felsvorsprung fest. Und dann war da eine größere Anzahl Nahaufnahmen von einer jungen Frau, die mit intelligenten Augen direkt in die Kamera schaute. Die Frau war schwanger.

»Das vierte Kind in ebenso vielen Jahren«, sagte Lillemor und erzählte von Sofia, dem Einwandererkind aus Rinkeby, hungernd nach Wissen und eigenem Grund und Boden, auf dem es Fuß fassen konnte. Bis sie eines Tages ihren griechischen Verlobten heiratete, der um so vieles dümmer war als sie.

»Um so vieles weniger entwicklungsfähig«, sagte sie und merkte nicht, dass Enokson den Mund verzog.

»Er hat die merkwürdige Fähigkeit abzuschalten, sobald eine Frau spricht. Ein fast urtümlicher Reflex. In einer Zweizimmerwohnung lebt man gleichberechtigt, sollte man meinen, und vielleicht hat er manchmal abgewaschen. Aber er hatte zwei Jobs und einen einfachen Traum, und eines Tages hatte er sein Ziel erreicht, eine Autowerkstatt zu Hause in seinem griechischen Dorf.«

Lillemor seufzte.

Also kehrte Sofia mit einem Kind auf dem Arm und einem im Bauch in ihre Kindheit zurück, diese strahlende junge Frau, die mit Lillemors Hilfe auf der Frauenvolkshochschule einen Kurs nach dem anderen absolviert hatte.

»Sie hat sich entwickelt, dass sich die Balken bogen«, sagte Lillemor.

Und jetzt hatte sie Sofia also besucht, eine Frau, umgeben von Frauen wie einem Haufen schwarzer Krähen, die alle zusammen geduldig die steinigen Felder mit der Hacke bestellten. Es war, als hätte es die Schwedenjahre für Sofia nie gegeben.

»Sie hat sich ihrem Schicksal gebeugt und wird mit vierzig eine alte Frau sein«, sagte Lillemor. »Das Schlimmste ist, dass sie es weiß und sich damit zufrieden gibt. Sie meint, der Mensch hört zu existieren auf, wenn er aus dem ihm zugemessenen Rahmen fällt, dass das einzelne Individuum die Lücken im Leben nie ausfüllen kann.«

»Sie hat also nicht zu denken aufgehört«, sagte Enokson.

»Nein, nein, sie hat immer noch ihren scharfen Verstand. Ich habe die langen Interviews mit ihr hier auf Band, ich muss das alles nur erst auswerten, es könnte ein Buch draus werden.«

»Aber es ... es beunruhigt Sie ein bisschen?«

»Ja. Sie war so überzeugend. Aber man kann das Leben schließlich nicht auf eine einzige Rolle in einem klassischen Trauerspiel beschränken.«

Das war unmittelbar an ihn gerichtet, aber sein Gesicht blieb unbewegt, und ihr Blick wandte sich dem Fenster im Westen zu, wo die Sonne unterging. Mit großen Augen sagte sie:

»Ich muss Niklas anrufen. Und ich will die Nacht nicht alleine hier verbringen, ich fahre mit Ihnen nach Mjölby und übernachte im Stadthotel.«

Er war erleichtert, er hatte angenommen, sie werde schwer zu überreden sein. Er half ihr, Aufzeichnungen und Fotos wieder in der Tasche zu verstauen, und sie ging ihr Nachtzeug packen. Dann fiel ihr ein, dass sie ihre Kleider ja noch gar nicht ausgepackt hatte. Sie seufzte und holte Bier und Gläser.

»Leben Ihre Eltern noch?«

»Mein Vater ist tot«, sagte sie. »Meine Mutter ...«

Sie vollendete den Satz nicht, ihr Blick flackerte, bis sie Enokson schließlich fixierte:

»Warum wollen Sie das wissen?«

»Ich will einige Auskünfte über Ihre Schwester, über ihren Tod einholen.«

»Die können Sie von meiner Mutter nicht mehr kriegen. Sie lebt in einem Altenpflegeheim in Göteborg und hat noch den Verstand einer Zweijährigen.«

»Verstehe.«

»Nein, das verstehen Sie nicht. Niemand kann verstehen, wie das ist, eine Mutter und trotzdem keine Mutter zu haben.«

»O doch«, sagte Enokson, und die Schatten wanderten durch seinen Kopf, schwarzweiße Bilder von der Mutter, die in dem übel riechenden Saal lag, ohne ihn zu erkennen.

»Meine Mutter ist voriges Jahr im Altenpflegeheim in Luleå gestorben«, sagte er. »Sie litt sieben Jahre lang unter Altersdemenz.«

»Verzeihen Sie mir.«

Sie waren schon an der Tür, als sie fragte:

»Es wird einfacher, wenn sie schließlich tot sind ... oder?«

»Irgendwie. Es tut gut, nicht mehr hoffen zu müssen.«

»Darauf, doch wiedererkannt zu werden?«

»Vielleicht. Aber danach wird man verdammt einsam.«

Sie blieb zusammengesunken und mit feuchten Augen mit dem Schlüssel in der Hand auf der Felsplatte vor der Haustür stehen. Enokson nahm ihr den Schlüssel ab und sperrte zu. Als er ihn zurückgab, drehte sie seine Hand um und sah sich den Ehering genau an.

»Sind Sie glücklich verheiratet?«

»Ja«, sagte er. »Wir passen zusammen.«

Bis der Polizeiwagen kam, um sie abzuholen, gingen sie noch kurz ums Haus und sahen, wie die Osterglocken sich auf der Südseite durch die braune Erde schoben.

Eine Stunde später saßen sie auf dem Revier in Mjölby, und Enokson telefonierte mit Lillemors Mann in Stockholm.

»Ein Mord.« Niklas Lundgrens Stimme überschlug sich.

»Und keine Spur vom ...?«

»Nein. Ihre Frau übernachtet im Stadthotel, da steht sie gleichsam unter unserem Schutz. Nicht dass ich annehme ... aber trotzdem.«

»Lieber Himmel. Und es war Lillemor, die ...?«

»Ja«, sagte Enokson und verschwieg das Schwierigste, das Unbegreifliche. »Möchten Sie mit ihr sprechen?«

Er übergab den Hörer und hörte staunend, wie klein und schwach sie wurde, als sie sagte, sie habe einen Schock und er, Niklas, müsse sofort kommen. »Bring die Kinder nicht mit«, sagte sie. »Hörst du, bring die Kinder nicht mit. Sprich mit Oma, bitte sie, dass sie zu den Kindern kommt.«

Als sie den Hörer auflegte, schien sie verlegen.

»Sind Sie glücklich verheiratet?«

»Ja«, sagte sie. »Wir passen zusammen. Vielleicht viel zu gut.«

Niklas Lundgren hatte die Fähigkeit entwickelt, große Gefühle so zu zerlegen, dass er leichter damit fertig wurde.

Natürlich erschrak er, als die Polizei bei ihm anrief, aber als er für die Kinder alles in die Wege leitete, sagte er sich, das Geschehene sei zwar unangenehm, aber mehr auch nicht. Es wurden nun mal Leute umgebracht. Es kam nicht oft vor, aber immerhin, es kam vor. Jemand fand eine Leiche in einer Wohnung oder unter einer Fichte im Wald. Der Rest war Sache der Polizei.

Klar war es für Lillemor kein angenehmes Erlebnis. Sie tat ihm auch Leid, weil er wusste, wie wichtig ihr die Waldspaziergänge in der Umgebung des kleinen Sommersitzes waren. Immer wieder hörte er sie sagen, dass der Wald sie heilte. Aber das war nur so ein typischer Lillemor-Satz, eine dramatische Formulierung, um der Formulierung willen. Seine Frau lebte von Worten. Das war eine der Seiten, die ihn an ihr störten.

Sie war nicht innerlich zerrissen, ganz im Gegenteil. Gewiss, es gab einige Risse in ihrem Selbstvertrauen. Aber Lillemor hatte großes Geschick darin entwickelt, diese zu übertünchen. Sie würde über die ganze Sache hinwegkommen. Wenn die Schockwirkung erst nachließ, würde sie wie er sehen, dass das, was passiert war, sie nichts anging.

Er musste zwar zugeben, dass es nicht angenehm war, wenn in den Wäldern dort unten ein Mörder frei herumlief, und dass die Polizei glaubte, Lillemor beschützen zu müssen. Er las keine Kriminalromane, schaute sich im Fernsehen aber doch ab und zu einen Krimi an und wusste, dass dem, der zu viel gesehen hatte, Gefahr drohte.

Konnte der Kommissar vielleicht gemeint haben, dass sie etwas gesehen hatte, das bedrohlich für sie war?

Aber die Polizei versteht ihre Arbeit, die erwischen den Täter.

Den Kindern erzählte er nur die halbe Wahrheit, dass sich nämlich in den Wäldern beim Sommerhaus ein Mörder herumtrieb. »Und drum dürft ihr jetzt nicht mitkommen.«

»Und Mama?«, sagte Karin, und ihre Augen weiteten sich vor Angst und Entzücken.

»Mama ist bei der Polizei. Die verhören alle, die in der Gegend wohnen.«

»Und dann?«

»Sie übernachtet im Stadthotel in Mjölby und wartet dort auf mich.«

Die Kinder erwiesen sich als sehr kooperativ. Die dreizehnjährige Ingrid rief bei der Oma an und bat sie herzukommen. Er selbst stopfte das Notwendigste in eine Tasche und dachte, ich muss, verdammt nochmal, meine Gedanken zusammenhalten. Da klingelte das Telefon schon wieder. Das Gespräch kam von einem Automaten, er konnte das Klicken von Münzen hören.

»Ich bin aus dem Hotel abgehauen. Ich glaube, die überwachen meinen Telefonanschluss.«

»Wer?«

»Die Polizei.«

»Wo bist du denn?«

»Im Zeitungskiosk gegenüber, am Bahnhof.«

Er nickte beruhigt, einen Augenblick lang konnte er sie in der Telefonzelle neben dem Kiosk direkt vor sich sehen. Am Bahnhof waren immer eine Menge Leute unterwegs.

»Aber warum sollte die Polizei …?«

»Die verdächtigen mich.«

»Lillemor«, sagte er und hörte selbst, dass seine Stimme wie immer, wenn sie ihn mit ihren Übertreibungen erschreckte, verärgert klang.

»Niklas, hör zu. Es ist merkwürdig, aber die Tote gleicht mir wie eine Tochter oder eine jüngere Schwester. Sie sieht aus wie eine Kopie von mir, als ich jung war. Begreifst du?«

»Nööö.«

»Aber es ist so, und das ist unheimlich. Niklas, ich verstehe, dass sie misstrauisch sind. Ich gehe jetzt ins Hotel zurück und versuche eine Kleinigkeit zu essen. Dann nehme ich ein paar Schlaftabletten. Ich wollte nur, dass du es weißt. Falls sie hier sind und dich verhören, während ich schlafe. Verstehst du?«

»Nein, ich verstehe gar nichts.«

»Niklas, sei vorsichtig mit allem, was du sagst«, rief sie, und dann gingen ihr die Münzen aus, und er stand da und starrte den Telefonhörer an.

Sie muss hysterisch geworden sein, dachte er, als er in der Norra Stationsgatan im Stau steckte. Es war Freitagabend.

Aber Lillemor wurde nie hysterisch; wenn er schon längst die Fassung verlor, war sie noch die Ruhe selbst. Im seinem Kopf wiederholte sich das Ferngespräch wie auf einem Tonband … Sei vorsichtig mit allem, was du sagst … Aber was zum Kuckuck sollte er zu sagen haben? … Die verdächtigen mich … Weswegen, Lillemor, weswegen? … Sie gleicht mir wie eine Kopie, nur jünger …

Das ist unsinnig, dachte er, und das Gefühl einer drohenden Gefahr verstärkte sich. An der Königskurve löste sich der Stau auf, und er konnte Gas geben. Die Anspannung ließ nach, und wenig später dachte er, der Schock hat sie ziemlich durcheinander gebracht. Das war zwar unangenehm, aber für so etwas gab es Ärzte. Ein Psychiater, ein paar Medikamente, und alles wäre wieder gut.

Es wurde allmählich dunkel. Auf der Höhe von Nyköping war finstere Nacht, und der Gedanke, dass Lillemor durchgedreht hatte, aber bald wieder gesund sein würde, brachte keinen Trost. Denn jetzt war die Erinnerung an das, was passiert war, nicht mehr zu verdrängen.

In Amerika hatte sie die Nachricht vom Tod ihrer Schwester erreicht.

Lillemors Schwester.
Ich darf mich nicht aufregen.
Aber es war zu spät, du lieber Himmel, welche Angst hatte er damals ausgestanden. Damals hatte er zum ersten Mal erkennen müssen, wie abhängig er von der Kraft seiner Frau war.

Wie immer versuchte er sich damit zu trösten, dass sie von ihm abhängig war, wenn es um Äußerlichkeiten und Praktisches ging. Aber wie schon öfter in letzter Zeit hegte er seine Zweifel und dachte, dass sie nicht nur mit sich selbst, sondern auch mit den Kindern zurechtkommen würde, wenn er plötzlich von der Bildfläche verschwände. Sie hätte es sogar besser. Ruhiger.

Dann verwünschte er sich und seine dauernden Vergleiche. Immer wenn sie sich darüber ärgerte, sagte sie, das Leben sei schließlich keine Rechenaufgabe.

Aber mit solchen Auseinandersetzungen hatten sie schon lange aufgehört. Er legte den dritten Gang ein und überholte einen Sattelschlepper, der Motor heulte auf, und Niklas dachte, dass es typisch für ihn sei, immer mehr Kraft als notwendig einzusetzen.

»Du hasst mich, das kann ich verstehen. Schließlich muss man denjenigen ja hassen, von dem man sich dermaßen abhängig macht.«

Da hatte er geschwiegen, es hatte ihn wie eine Wahrheit getroffen. Aber dann hatte er gedacht, sie übertreibt wie immer, und sie musste mit seinen Zornausbrüchen eben fertig werden. Nie sollte sie erfahren, was für ihn das Schlimmste an seinen Wutanfällen war, dass sie bei ihm nämlich Schuldgefühle hervorriefen.

Lillemors großer Fehler war, dass man sie so leicht traurig machen konnte.

Amerika: Sie waren jung verheiratet gewesen und sehr verliebt. Irgendwie war das neue Land mit all seinen Verrücktheiten genau das Richtige gewesen. Berkeley hatte sich von den Ausschreitungen erholt, und sie hatten das Wunder miterlebt, wie aus Revolutionären Blumenkinder geworden waren.

Man ging ins eigene Innere auf Entdeckungsreise.

Sie wurden mit hineingezogen, rauchten Haschisch und lasen Castaneda.

Unglaublich, dachte er.

Sie lernten das Meditieren. Er begriff es nie, aber Lillemor wurde sanft und fügsam.

Vielleicht war es schade, dass sie damit aufgehört hatte und jetzt lieber durch die Wälder streifte.

Übrig geblieben war aus dieser Zeit ihr Interesse für die moderne Esoterik, und das war fast rührend, denn sie hatte keine besonders guten Voraussetzungen. Sie hatte Schwierigkeiten mit dem abstrakten Denken, vor allem mit der Logik, dachte er voll Zorn, denn sie irritierte ihn mit ihren Vereinfachungen.

»Wir können uns aus der Wirklichkeit unsere eigenen Bilder schaffen«, pflegte er zu sagen. »Aber die Welt besteht und lässt sich nicht hinbiegen.«

Und jedes Mal antwortete sie, dass die Wirklichkeit von der menschlichen Psyche abhängig sei und dass jeder sie für sich selbst schuf. Und er geriet jedes Mal erneut in Rage und schrie:

»Sag du das mal einer äthiopischen Mutter, deren Kinder am Verhungern sind.«

Vielleicht hatte ihr das jetzt zu denken gegeben. Eine Leiche im Wald ist ja nichts, was man aus dem Unbewussten hervorzaubert. Ein toter Mensch ist etwas verdammt Reales, und man kann an ihm nicht herumdeuteln wie an einem Lebenden.

Er fuhr am Gasthof von Stavsjö vorbei und kehrte in Gedanken nach Amerika zurück.

»Hier zu sein ist, wie neu geboren zu werden«, sagte Lillemor oft. Und er pflichtete ihr bei. Aber schon damals hatte er gewusst, dass das Neu-geboren-werden für ihn im Bett stattfand, wenn sie in den langen Nächten gegenseitig Lust und Phantasie erprobten.

Sie war so einfallsreich.

Und so empfindsam.

Der Himmel währte sechs Monate, dann kam das Telegramm. Er hatte nie begriffen, was passiert war, hatte nur zugesehen, wie seine

Frau sich ins Chaos stürzte. Nur weil eine Schwester gestorben war, das war verdammt unbegreiflich. Er selbst hatte einen Bruder und zwei Schwestern, und natürlich wäre er traurig, wenn einer von ihnen stürbe. Aber es würde sein Leben nicht verändern.

Mit Missbehagen nahm er zur Kenntnis, dass Lillemor seit diesem Tag nie wieder wie früher wurde.

Er erinnerte sich an die kurzen Telefongespräche:
»Mama, liebe, geliebte Mama …«
»Versuch durchzuhalten, bis ich komme …«
»Ach ja …«
Und danach die große Verzweiflung, wenn sie schrie:
»Sie will nicht, dass ich zum Begräbnis nach Hause komme. Sie wollen nicht daran erinnert werden, dass die verkehrte Tochter gestorben ist, verstehst du?«

Er hatte es nicht verstanden, nur, dass seine Hände und seine Liebe ihr nichts mehr bedeuteten. Damals habe ich eine Wut auf sie gekriegt, dachte er.

Dann gab sie auf, ging nicht mehr zu Vorlesungen, ging überhaupt nirgends hin. Er durfte sie nicht anrühren, schließlich beachtete sie ihn nicht mehr, sprach nicht mehr mit ihm.

Und dann kam der Nachmittag, an dem er sie bei seiner Rückkehr von der Universität bewusstlos neben einer leeren Schlafmittelpackung vorfand.

Aber er schaffte es, rief den Krankenwagen, und ihr wurde der Magen ausgepumpt.

Hinterher war sie dankbar. Ich wollte ja leben, sagte sie. Aber ohne eine weitere Erklärung.

Während er durch Norrköping fuhr, klangen ihre Worte von vor wenigen Stunden in ihm nach:
»Ich nehme ein paar Tabletten.«
Nur keine Panik, dachte er.

Aber dann drückte er aufs Pedal wie ein Wahnsinniger, und vierzig Minuten später quietschten die Reifen, als er bei dem Rondell vor dem Hotel in Mjölby anlangte.

»Lundgren! Welche Zimmernummer hat meine Frau?«

Er bekam einen Schlüssel, wartete nicht auf den Lift, sondern rannte die Treppe hinauf, fand das Zimmer, und er stand vor dem Bett, sah sie an, und Erleichterung durchrieselte ihn.

Sie schlief tief und ruhig.

Auf dem Nachttisch lag ein fast volles Röhrchen Rohypnol. Er steckte es in die Tasche und ging zur Tür zurück. Dort drehte er sich um und sah sie noch einmal an.

Herrgott, wie sehr liebte er sie!

Auf dem Weg nach unten spürte er, dass er Hunger hatte und dass er einen Drink brauchte, bevor er wieder nach oben ging und sich neben sie legte. Aber erst musste er noch seine Tasche holen und den Wagen abschließen.

Im Speisesaal kam ein Mann auf ihn zu, ein schlaksiger, dunkelhaariger Vierziger mit schmalem Gesicht und braunen Augen, die freundlich und müde blickten, als hätten sie zu viel gesehen.

»Mein Name ist Enokson«, sagte er, und sie schüttelten einander die Hand. »Darf ich mich setzen?«

In Niklas' Kopf ertönte kein Warnsignal, er war für die Gesellschaft dankbar. Auf dem Tisch lag das Schlafmittelröhrchen, und Enokson sah es verwundert an.

»Sie hat gesagt, dass sie ein paar Tabletten nimmt, und sie hat wirklich nicht mehr als zwei genommen.«

Der andere sah von der Packung zu Niklas, und in seiner Stimme schwang Mitgefühl, als er sagte:

»Sie haben Angst gehabt?«

»Ja, es war eine quälende Fahrt.«

»Sie dachten also …?«

»Sie hat es schon einmal getan, in Amerika.«

Niklas blinzelte und schluckte, aber in diesem Moment kam die Kellnerin mit seinem Gin Tonic. Enokson schob ihm das Glas hin:

»Trinken Sie, Sie können es brauchen.«

Niklas gehorchte wie ein Kind und begann zu erzählen. Sprach von all den Gedanken, die ihm im Auto gekommen waren, von Amerika und dem Himmel auf Erden und vom Tod der Schwester.

»Damals hat Lillemor versucht, mit ihrem Leben Schluss zu machen. Können Sie das begreifen? Dabei mochten sie und ihre Schwester sich nicht einmal, ich weiß das, ich habe sie ja zusammen erlebt. Desiree war eiskalt, ein richtiges Biest.«

Auch Enokson bestellte sich, in der Absicht, von dem Thema abzulenken, ein Steak.

»Essen Sie erst mal. Das Hotel ist für seine gute Küche bekannt.«

Niklas aß, ließ sich aber nicht ablenken.

»Verstehen Sie das?«, fragte er noch einmal.

»Es ging dabei wohl weniger darum, dass sie um die Schwester trauerte, sondern sie glaubte, die Familie meinte, es sei die falsche Tochter gestorben. In Familien mit zwei Kindern ist das wahrscheinlich nicht so selten, ein Kampf um die Eltern auf Leben und Tod.«

Und Niklas erinnerte sich, dass die Psychologin, bei der Lillemor nach ihrer Rückkehr aus Amerika in Behandlung gewesen war, das Gleiche gesagt hatte.

»Wir haben zwei Kinder«, sagte Niklas. »Zwei Mädchen.«

Und er dachte an Karin, die verschlossen und anspruchsvoll war, und an Ingrid, das sonnige und liebevolle Kind. Und ihn durchflutete verzweifelte Zärtlichkeit.

»Wir haben auch zwei Kinder«, sagte Enokson. »Jungen. Aber ich weiß nicht, ob das einfacher ist.«

»Lillemor behauptet das. Sie sagt, Jungens haben es besser, weil ihnen im Leben das gesamte periphere Spielfeld offen steht, sie können sich in egal welchem Wettbewerb viel eher durchsetzen.«

Enokson schien das zu bezweifeln.

»Ich habe gewisse Schwierigkeiten, Äußerlichkeiten und Innenleben auseinander zu halten. Es gibt ja auch Jungens, die halten nichts von … einem peripheren Spielfeld.«

Niklas schaute sein Gegenüber an und dachte, jedem das Seine.

»Früher war es wahrscheinlich einfacher.«

»Mag sein. Wir waren sechs Kinder mit völlig überforderten Eltern. Von Wettbewerb konnte also kaum die Rede sein.«

»Wie bei uns, obwohl wir nur vier Kinder waren«, sagte Niklas, dachte aber, später ist es schwieriger geworden, als die Kinder, die auf vieles hatten verzichten müssen, sich verliebten. Sie konnten nie genug bekommen.

Beim Kaffee sagte Enokson: »Ich bin leider im Dienst. Kommen wir jetzt zur Sache: Ich habe das Gefühl, dass das, was heute passiert ist, irgendwie mit dieser Schwester zusammenhängt. Erzählen Sie mir, welche Erinnerungen Sie an sie haben.«

»Sie hieß Desiree«, sagte Niklas zögernd. »Und sie war bestimmt ein Wunschkind, denn ihre Eltern waren schon zehn Jahre verheiratet, als das erste Kind kam. Lillemor ist dann ein Jahr nach ihrer Schwester zur Welt gekommen, also sagt sie vermutlich mit Recht ... dass sie nicht geplant war. Ihr Vater war Volksschullehrer in einem Vorort von Göteborg, ein blasser Mensch ohne Selbstwertgefühl und auch ohne Wert für andere. Ich hatte den Eindruck, dass alles an der Mutter hängen blieb. Sie hatte so etwas wie ... Kraft. Und Wärme. Lillemor ist ihr sehr ähnlich.«

Sein Blick tauchte in die Vergangenheit ein.

»Die Mutter war also klein und dunkelhaarig?«

»Nein, ganz und gar nicht. Rein äußerlich war Lillemor wie der Wechselbalg in einer typisch schwedischen Familie, in der alle groß und blond sind. Desiree war eine von diesen schönen Blondinen.«

»Komisch«, sagte Enoksson, und vielleicht klang es ein wenig enttäuscht.

»Ja, ich bin nie ganz damit klargekommen. Es gab nämlich noch etwas, das nicht stimmte. Ich hatte immer das Gefühl, Lillemor ist das Lieblingskind, und dass ihre Mutter sie ganz besonders gern hatte. Und stolz auf sie war.«

»Stolz?«

»Na ja. Lillemor war so verdammt begabt, aufgeweckt bis dort hinaus. Außerdem konnte sie sich behaupten, hatte vor nichts

Angst. Ich glaube, sie war all das, was ihre Mutter gerne selbst gewesen wäre.«

»Hm«, machte Enokson. »Das muss ja nicht immer ein Honiglecken sein.«

»Wie meinen Sie das?«

»Egal. Die Schwester ist in Lund gestorben?«

»Ja, sie hat dort studiert und Hirnhautentzündung bekommen.«

»Wir ermitteln gerade in dieser Richtung«, sagte Enokson und verschwieg, was er bereits wusste, dass Desiree nämlich im Kindbett gestorben war und dass im Krankenhaus von Lund ein Kriminalbeamter saß, der herausfinden sollte, ob das Kind überlebt hatte.

Er verriet auch nichts von der Straßenkarte, die in der Blusentasche des ermordeten Mädchens gefunden worden war, einer aus dem schwedischen Autoatlas herausgerissenen Seite, auf der das Sommerhaus im Einödwald deutlich mit Bleistift gekennzeichnet war. Niklas Lundgren war ihm sympathisch, und er war der Meinung, dass dieser groß gewachsene, unbeholfene Mann für heute genug hatte.

Aber er zeigte ihm doch noch ein Foto der Toten im Wald und hörte Niklas erstaunt durchatmen.

»Sie kennen sie?«

Niklas schüttelte den Kopf, aber seine Augen sprachen eine eigene Sprache:

»Das ist ja geradezu verrückt!«

»Sie sind nicht der Erste, der das heute festgestellt hat.«

Sie schwiegen beide. Aber schließlich sagte Walter Enokson:

»Ich hätte gern einen Schlüssel zu Ihrem Sommerhaus. Ich möchte heute zwei Mann dort übernachten lassen.«

»In Ordnung.« Niklas nahm seinen Schlüsselbund aus der Tasche, hakte den betreffenden Schlüssel los und hörte den anderen sagen, dass er und Lillemor das Hotelzimmer morgen erst verlassen sollten, wenn Enokson sich gemeldet hatte.

»Versprechen Sie mir das. Es ist wichtig.«

»Ich verstehe«, sagte Niklas, obwohl das gar nicht stimmte. Erst als sie sich voneinander verabschiedet hatten und er schon die Treppe hinaufging, begriff er und bekam Angst.

Er schloss das Zimmer sorgfältig von innen ab, zog sich aus, wusch sich notdürftig und putzte sich die Zähne. Ehe er das Licht löschte, sah er noch einmal zu Lillemor hinüber.

Sie schlief traumlos.

Doch im Morgengrauen kam der Traum.

Wieder geht sie den Pfad entlang, und jetzt hört sie die Warnung des Windes, der durch die Kronen der hohen Bäume streicht. Flehen und Trauer herrschen im Wald, und die Buschwindröschen rufen mit spröden Stimmen: Kehr um, kehr um.

Aber sie geht weiter.

In der Lichtung rund um die Einödkate strecken junge Birken die Zweige nach ihr aus, um sie zu fesseln. Sie befreit sich und gelangt zum Waldweg, wo die Wurzeln alter Bäume aus dem Boden ragen und das Gehen erschweren. Als sie den Kamm erreicht, sieht sie, dass der Berg selbst sie am Weitergehen hindern will, dass die glatten Steine sich wie Felsblöcke in den Himmel erheben. Sie klettert, kriecht bisweilen auf allen vieren, quält sich Meter um Meter nach oben.

Da hört sie in den Wolken die Raben schreien, die nach Urväterglauben vom Tod künden. Und sie erhebt sich, reckt sich himmelwärts und schreit es laut hinaus: Ich weiß es doch schon, ich weiß es.

Und die schwarzen Vögel verschwinden am nördlichen Horizont, und sie klettert weiter und begegnet der Heckenrose, sieht, dass sie der Jahreszeit zum Trotz viel zu früh blüht. Wie immer ist die Schönheit der Blüten fast unerträglich, wie kurz, ach, wie kurz ist die Zeit der wilden Rose. Jetzt reckt die Rose ihr einen dornigen Zweig entgegen, um sie am Weiterkommen zu hindern, zerreißt ihr die Bluse und fügt ihr eine tiefe Schramme am Hals zu.

Sie bleibt wieder stehen, löst die Dornen mit Vorsicht und sagt den Rosen, den Bäumen, den Felsen: »Ihr versteht überhaupt nichts, aber auch ich muss mich, wie ihr, dem Unausweichlichen beugen. Ihr wisst doch selbst, ihr fest Verwurzelten, dass es kein Entkommen gibt«, sagt sie.

Und der Wald kommt zur Ruhe, kein Wind fegt mehr über den Bergkamm, die Vögel schweigen, und die Blüten der Buschwindröschen schließen sich, als wäre schon Nacht. Auch der Berg legt sich zurecht, und sie kann das letzte Stück bis zur Fichte mühelos zurücklegen. Das Mädchen ist tot, spricht aber und sagt: »Ich bin den weiten Weg bis zu dir hergekommen, meine Schwester. Und du musst dich meiner jetzt annehmen, denn ich weiß nicht, wer ich bin. Habe es nie gewusst«, sagt sie.

Und Lillemor will ihr mit der Wahrheit antworten, dass es zu spät ist, viel zu spät. Denn ich weiß auch nicht, wer ich bin, habe nie verstanden …

Das Reden fällt ihr schwer, denn ihre Kehle ist wie zugeschnürt, und sie muss nach den Wörtern in der anderen Sprache suchen.

Wieder fällt sie neben der Toten auf die Knie, doch diesmal hebt sie die Tote auf, nimmt sie in die Arme, als wollte sie ihr etwas von der eigenen Wärme geben. Aber der Tod lässt sich nicht wärmen.

Im selben Augenblick hört sie den Kuckuck weiter im Süden schreien. Er weckt den Wald, den Wind, die Vögel, doch als sie durch das Geäst der Fichte blickt, ist das Licht blau vor Trauer, wie in der Dämmerung. Und die Tote sieht sie noch einmal an und fordert:

»Aber gemeinsam, du und ich …«

Doch Lillemor schüttelt den Kopf, und als sie den mageren Körper behutsam zurück auf das Bett unter der Fichte legt, sieht sie, dass das Mädchen es schließlich verstanden, es angenommen und sich dem Tod ergeben hat. Die Augen brechen, und der kühne Mund schließt sich für immer.

Da kann Lillemor weinen, und in diesem Weinen ist ein großer Zorn, als sie dem Himmel zuruft: Du Gott, wenn es dich gibt, verdamme ich dich!

Im nächsten Augenblick sieht sie, dass ein Mann neben der Toten sitzt. Es ist ein alter Mann, und seine Augen sind voll Mitleid, als er sagt, dass die Welt von innen nach außen erschaffen wird und dass der Traum das Werkzeug ist.

»Deshalb darfst du nicht vergessen«, sagt er.

Da sieht Lillemor, dass auch er in der Gesichtsform, in dem herausfordernden Mund, der Toten gleicht.

Der Kuckuck ist jetzt näher gekommen, sein Lockruf durchdringt die wehe Schwermut des Waldes, liebeshungrig, lebenshungrig, schamlos. Und Lillemor denkt, dass sie ihn hasst, diesen Betrüger, der seine Eier in fremde Nester legt.

Die Rufe erschrecken den alten Mann, sie sieht ihn vor Widerwillen zittern, bevor er sich auflöst, vergeht. Sie schreit:

»Geh nicht, so geh doch nicht …«

Ihr Schrei ist so schrill, dass sie davon aufwacht, und plötzlich spürt sie Niklas' Arme, die sie umschlingen. Durchs Grenzland kommt seine Stimme:

»Lillemor, du träumst. Es ist nur ein Traum.«

Da kann sie die Augen öffnen und seinem Blick begegnen, der der Wirklichkeit angehört, dieser sicheren und so schwierigen Wirklichkeit. Und voll Verwunderung sagt sie:

»Sie hat deutsch gesprochen, ein irgendwie kindliches Deutsch.«

»Komm jetzt zu dir, Lillemor, wach auf.«

Da unternimmt sie den Schritt nach draußen und klammert sich an ihn:

»Wie gut, dass du hier bist«, sagt sie. Mehr sprechen sie nicht, denn sie wissen, dass es die Worte sind, die alles zwischen ihnen kaputtmachen, die auf der Suche nach Blößen einmal hierhin, dann dorthin fliegen. Er küsst ihr Stirne, Mund, Brüste, und sie lässt sich von der Lust erobern und denkt wie so oft, ich liebe deine Hände, die so viel klüger sind als du.

Danach entspannt sie sich, den Kopf an seiner Schulter, und kann flüstern:

»Gott sei Dank, dass wir wenigstens einander haben.« Er hört dieses aufreizende ›wenigstens‹, sagt aber nur:
»Jetzt schweigen wir erst mal.«
Nicht lange, und sie duschen gemeinsam, seifen sich gegenseitig ab, treiben ihr Spiel und können lachen. Und dann sagt Lillemor:
»Was meinst du, ob die uns Kaffee bringen?«
Er telefoniert mit dem schlaftrunkenen Portier und hört, dass die Küche in zwanzig Minuten öffnet und dass sie in einer halben Stunde ihr Frühstück aufs Zimmer bekommen können.
»Kontinentales Frühstück?«
»Etwas mehr als kontinental«, sagt Niklas. »Schwarzbrot zum Beispiel. Schließlich sind wir in Mjölby.«
Sie lächeln einander an, und Lillemor verschwindet mit ihrem Beautycase im Badezimmer. Während sie sich zurechtmacht, fällt ihr der Traum Bild für Bild, Detail für Detail wieder ein. Nichts wird verloren gehen, der Alte unter der Fichte kann sich auf mich verlassen.

Niklas hat sich mit einer Zigarette aufs Bett gelegt, und als Lillemor sich auf den Rand setzt und seine Wange streichelt, spüren beide, dass das Schweigen zur Qual wird.
»Du zuerst«, sagt Niklas.
Und sie erzählt und erzählt von dem langen Freitag. Er schweigt angespannt aufmerksam. Nur dann und wann wirft er mitleidig ein:
»Nicht zu fassen.«
Das tut ihr gut, und als sie fertig erzählt hat, sagt sie es auch:
»Wie gut, dass du mir zugehört hast, ohne mich zu unterbrechen.«
»Du hast ja auch nicht so übertrieben wie sonst immer.«
»Das tue ich nur, weil du nie zuhörst.«
»Darüber reden wir lieber ein andermal.«

Als das Frühstück kam, aßen sie beide, als wäre jeder Bissen wichtig, als wüssten sie, dass es ein anstrengender Tag werden würde.

Mit vollem Mund bekannte Niklas, dass er es nicht geschafft hatte zu schweigen, wie Lillemor es ihm am Telefon geraten hatte. Dieser Enokson war eben sehr sympathisch.

»Ich war so aufgeregt, dass ich wie ein Wasserfall geredet habe. Und außerdem wusste ich nicht, was ich eigentlich verschweigen sollte.«

Es klang trotzig, als rechne er damit, dass sie böse würde. Aber sie sagte:

»Ich habe mich gestern dumm benommen. Aus Angst.«

»Wir haben nichts zu verbergen.«

Es klang, als wäre er seiner Sache nicht sicher, doch Lillemor nickte, nein, wir haben nichts zu verbergen.

»Er ist intelligent«, sagte Niklas, und Lillemor war seiner Meinung, fügte aber hinzu, er besitze noch mehr. Intuition und …

»Er durchschaut einen sofort«, sagte sie.

Das stimmt, dachte Niklas, und dann fügte er hinzu, obwohl er wusste, dass es ungehörig war:

»Lüg nicht, Lillemor.«

»Wie meinst du das? Ich habe keinen Grund zu lügen.«

Und Niklas verschwieg, was er dachte, dass nämlich Lillemor die Wahrheit manchmal ein wenig veränderte, damit sie besser in ihren Raster passte, in ihren sich ständig verändernden Raster.

»Ich meine nur, dass man es dir ansieht, wenn du lügst«, sagte Niklas und dachte, das ist wahr. Auch das.

Während sie sich anzogen, quälte Lillemor sich mit der Frage herum, was Niklas ihm wohl alles erzählt haben mochte, als er wie ein Wasserfall redete. Aber eine solche Frage hätte zum Streit führen können, also schwieg sie. Als Niklas mit dem Hemd überm Kopf aus dem Badezimmer kam, spürte sie, dass er bedrückt war.

»Bitte reg dich nicht auf. Aber ich muss dir etwas sagen.«

»Ja«, flüsterte sie, hätte aber am liebsten geschrien: Lass das! Schweig!

»Im Sommerhaus haben zwei Polizisten übernachtet. Ich hab Enokson meinen Schlüssel gegeben. Und du …« Endlich hatte Niklas sich das Hemd über den Kopf gezogen, und sie sah ihm an, dass auch er Angst hatte.

»Ich habe ihm versprochen, dass wir hier auf dem Zimmer bleiben, bis wir von ihm hören.«

»Ist das alles? Er hat gestern schon den ganzen Tag so herumgeredet und ...«

Sie ließ den Satz unvollendet, und sie vermieden es beide, einander anzusehen.

Stattdessen sprachen sie über praktische Dinge, die Lebensmittel im Kühlschrank, die sie holen mussten. Und das Auto, wo hatte er den Wagen geparkt? Ach ja, bei der Polizeistation hier in Mjölby. Um acht Uhr sagte sie, jetzt wollen wir die Kinder anrufen, und er hörte voll bewunderndem Widerwillen, wie fröhlich und normal Lillemor am Telefon klang, als sie versicherte, alles sei in bester Ordnung und dass sie wahrscheinlich noch vor dem Abend zu Hause sein würden.

»Klar haben wir viel zu erzählen«, sagte sie, malte ein Fragezeichen in die Luft und sah ihn dabei an. Dann kam ein langes und empörtes: »Na so was ...«, und danach: »Küsschen und seid schön brav und Grüße an Oma.«

Als sie aufgelegt hatte, sagte sie:

»Es steht in den Morgenzeitungen.«

Sie sahen einander hilflos an:

»Mit vollem Namen?«

»Nein, nur, dass eine Frau hier aus der Gegend im Wald beim Pilzesuchen eine Leiche fand.«

»Das ist anständig von Enokson«, sagte Niklas, und im selben Augenblick klopfte es an der Tür.

Er sah müde aus, aber sein Blick hatte nichts von seiner Schärfe verloren.

»Ich hoffe, Sie haben schlafen können«, sagte er, und Lillemor antwortete: »Ja, danke, und Sie selbst?«

Niklas hielt solche Floskeln für unnötig.

Walter Enokson hatte ein Zimmer reservieren lassen, in dem sie ungestört waren, auf dem Tisch standen Kaffee und frische Hefeteilchen. Warmes Sonnenlicht strömte durch die Fenster; es würde wieder ein schöner Frühlingstag werden.

Sie seien ein Stück weitergekommen, sagte Enokson. Die Frau war zusammen mit einem jungen Mann in der Gegend gesehen worden, sie hatten in Mjölby in der Konsumfiliale Brot und Konserven gekauft und in der Monopolniederlassung vier Flaschen Retsina.

Sie hatten deutsch gesprochen.

»Genau das hast du beim Aufwachen gesagt, Lillemor. Dass die Frau gebrochen deutsch gesprochen hat!«, platzte Niklas heraus, und Lillemor hätte ihn dafür am liebsten erschlagen. Enokson erstarrte, und seine Augen schossen Blitze, als er Lillemor ansah.

»Aber das habe ich doch nur geträumt«, flüsterte sie.

Es war lange still, bis Enokson sagte:

»Erzählen Sie ... von dem Traum.«

Ganz offensichtlich glaubte er ihr nicht, und sie hatte beim Sprechen Schwierigkeiten mit der Atmung, als sie von ihrem Traum berichtete, wie sie den Pfad entlanggegangen war und wie Bäume und Berge sie zu warnen versucht hatten. Sie erzählte von den Raben und dem Kuckuck, wurde nach und nach sicherer, sodass ihre

Schilderung farbiger wurde und mehr ins Detail ging. Sie sah sehr wohl, dass Enokson alles für reine Erfindung hielt. Aber das war ihr jetzt gleichgültig, der Traum schlug sie wieder in seinen Bann, und als sie erzählte, was die Tote gesagt hatte, begann sie zu weinen:

»Ich bin hierher gekommen, um zu erfahren, wer ich bin.«

»Ich selbst weiß auch nicht, wer ich bin.«

Und dann der verzweifelte Satz: »Es ist alles zu spät ...«

Enokson nahm ein Papiertaschentuch aus seiner Aktentasche und reichte es ihr. Die Schärfe war aus seinem Blick verschwunden, er war jetzt eher zurückhaltend und distanziert, als müsste er ihre Glaubwürdigkeit abwägen gegen ihre Fähigkeit, so etwas zusammenzudichten. Aber merkwürdigerweise dachte sie vor allem daran, dass ihr Mascara über die Wangen lief und dass es ein Blödsinn gewesen war, sich die Wimpern zu tuschen. Dann sagte er etwas Erstaunliches:

»Haben Sie mediale Fähigkeiten, Lillemor Lundgren?«

Sie machte große Augen, dieser Gedanke war ihr noch nie gekommen. Sie hatte noch nie eine Erklärung für das gesucht, was sie ihren Bund mit den Mächten, mit Bäumen und Bergen nannte. Es war doch etwas völlig anderes als dieser Blödsinn von Frauen, die Karten legten oder Gespräche mit Verstorbenen führten.

Hier zogen ihre Gedanken die Notbremse, und sie schüttelte energisch den Kopf. Doch schon drang die nächste Frage auf sie ein:

»Und wieso haben Sie eigentlich gestern, als Sie die Frau gefunden haben, gewusst, dass sie tot ist?«

»Wie meinen Sie das?«

»Nun, ich überlege immer wieder, wieso Sie so sicher sein konnten. Sie war noch nicht richtig kalt, und die Leichenstarre war noch nicht eingetreten, der Beweis dafür ist das Blumensträußchen in ihrer Hand.«

»Aber es war etwas aus ihrem Hinterkopf ausgetreten, und ihre Hand ... die war so weiß ...« Lillemor ließ das, was sie gesehen hatte, vor ihrem inneren Auge ablaufen. Und dabei unterbrach er sie:

»Jetzt erfinden Sie was dazu.«

»Keine Ahnung, wieso ich es wusste.«

Da lächelte er überraschend herzlich und sagte: »Sie können entsetzlich schlecht lügen, und das ist ein Glück für mich.« Aber sie sah Zweifel in seinen Augen, und plötzlich machte sie schlapp:

»Hol's der Teufel, denken Sie, was Sie wollen. Erklären lässt sich das sowieso nicht.«

»Was?«

»Dass ich es gewusst habe, dass es schicksalhaft war, etwas, dem man nicht entgehen konnte. Ich weiß noch, was ich dachte, als ich durch den Wald ging, um das Auto zu holen, nämlich, dass etwas vollbracht war.«

»Lillemor.«

Es war Niklas, der sie warnte, aber sie war zu müde, um darauf zu reagieren.

»Doch, Niklas. Du weißt, dass ich ein schwarzes Loch in mir habe. Ich bin darin versunken, und dort war die Tote, und irgendwie war das ... absolut folgerichtig.«

Nach langem Schweigen fügte sie hinzu:

»Als hätte ich darauf gewartet.«

Niklas hatte eine Zigarette nach der anderen geraucht, wie immer, wenn er sich schämte. Jetzt drückte er seine letzte wütend aus:

»Reiß dich zusammen.«

Enoksons Stimme klang endgültig, als er sagte: »Jetzt klammern wir Träume und seltsame Gefühle erst mal aus. Von jetzt an halten wir uns an Tatsachen.«

»Okay«, sagte Lillemor und konzentrierte sich. Wovon war noch zu berichten ... von den jungen Ausländern?

Enokson erzählte, dass ein Waldarbeiter vom Gutshof die beiden im Eschenwäldchen am Hang über der alten Kate beobachtet hatte. Sie waren ihm aufgefallen, weil sie Schwarzschädel waren, wie er das nannte. Und weil er sich gewundert hatte, dass sie dort oben saßen und ein unbewohntes Sommerhaus nicht aus den Augen ließen.

Die Kleider des Mädchens waren in Deutschland gekauft, normale Konfektionsware. Man hatte Verbindung mit der Polizei in der Bundesrepublik aufgenommen, ein Funkbild der Toten sollte in den deutschen Abendzeitungen veröffentlicht werden. Sie hatte keine Handtasche bei sich, keine Papiere, die auf ihren Namen und ihren Wohnort hätten schließen lassen.

»Aber wir haben eine Landkarte in einer ihrer Jackentaschen gefunden«, sagte Enokson, und sowohl Lillemor als auch Niklas spürten, wie die Atmosphäre sich auflud, als er ein Kartenblatt auf dem Tisch ausbreitete. Es war aus einem schwedischen Straßenatlas herausgerissen, wie Blutgefäße schlängelten sich die Autobahnen rot durch die grüne Landschaft. Der Weg zum Sommerhaus war mit Tinte nachgezogen, der dicke Kreis um das Sommerhaus aber war mit einem stumpfen weichen Bleistift eingezeichnet worden. Auf der Rückseite seien einige Berechnungen durchgeführt worden, sagte Enokson. Als er das Blatt umdrehte, stöhnte Niklas auf. Im Meer vor der Küste von Sörmland waren dunkelblaue Zahlen fein säuberlich untereinander aufgeführt, und Niklas flüsterte:

»Das habe ich geschrieben, ich habe ausgerechnet, was der Weg zum Sommerhaus an Benzin kosten würde und so ...«

»Von wann ist diese Berechnung?«

»Das liegt schon viele Jahre zurück, es hing damals mit dem Kauf des Grundstücks zusammen.«

»Und wann war das?«

»Es war in einem Frühjahr, Frühjahr 1972.«

»Wo befindet sich der Atlas jetzt?«

»Der ist verschwunden«, sagte Niklas. »Wir haben ihn lange gesucht, zu Hause und in den beiden Autos. Das muss vor drei oder vier Jahren gewesen sein ... Wir haben uns dann einen neuen Straßenatlas gekauft.«

Lillemor war in ihre eigene Welt abgetaucht, sie war blass und schien sich nicht wohl zu fühlen, und Enoksons Stimme kam wie ein Peitschenhieb:

»Woran denken Sie jetzt?«

»An gar nichts, ich habe nur plötzlich schreckliche Angst.«
Zwischen Enoksons Augenbrauen bildeten sich senkrechte Falten, denn er merkte, dass sie log.

Aber er wechselte das Thema und meinte, es sei unverkennbar, dass die beiden jungen Leute mit einem bestimmten Ziel nach Schweden gekommen waren. Dabei ließ er Lillemor nicht aus den Augen. Aber sie hörte ihm nicht zu, ihre Gedanken wanderten zurück in eine andere Zeit, in einen anderen Frühling und eine blaue Abenddämmerung zwischen den Häusern von Ringeby, als sie Sofia zum letzten Mal dorthin mitgenommen hatte.

Sie hatten dem Mädchen in der Schule ein Abschiedsfest gegeben.

Lillemor sah Sofia noch immer im Auto neben sich sitzen, beide weinten sie und versuchten sich mit der Unwahrheit zu trösten: Wir sehen uns bald wieder, wir kommen dich besuchen …

Sofias Bauch mit dem Baby war im Weg, als Lillemor sie umarmte. Sie waren ausgestiegen, und Sofia sagte fest und fast feindselig:
»Ich werde dich und Schweden schon bald vergessen haben. Ich glaube, das muss ich, verstehst du?«

Lillemor hörte die Worte zwar, aber sie gingen an ihr vorbei. Also tröstete sie weiter: Niemand von ihnen würde irgendjemanden vergessen. Und um ganz sicher zu sein, ging sie zum Auto zurück, nahm den alten Atlas aus der Tasche in der Seitentür und schenkte ihn Sofia.

»Nimm ihn, er wird dir helfen, dich zu erinnern.«

Das war unüberlegt und dumm, sie erkannte, schon als Sofia den Band entgegennahm, dass es ihr Ernst war mit dem Vergessenwollen. Lillemor hatte es damals nicht verstanden und hatte auch ihre Schwierigkeiten gehabt, es im vergangenen März zu verstehen, als sie Sofia in Griechenland besucht und sagen gehört hatten:
»Ich bin heimgekehrt, Lillemor. Es war schwierig, aber es gab einen Weg zurück. Du wirst nie heimkehren, ihr Schweden könnt das nicht, und drum will ich nicht wie ihr werden.«

Lillemor versuchte sich zusammenzunehmen, sah von dem Kartenblatt zu Enokson hin, bis ihr Blick schließlich an Niklas hängen blieb.

Und sie erinnerte sich.

Wie immer, wenn etwas verschwand, etwas, das Niklas als sein Eigentum betrachtete, hatte es Streit gegeben. Sie hatte das mit dem Straßenatlas verschwiegen, hatte in ihrer beschönigenden Art gelogen. Es war idiotisch, aber typisch für sie beide, dass sie, je misstrauischer er wurde, immer mehr Ausflüchte erfand.

»Der Atlas war doch schon alt.«
»Aber ich habe so vieles darin vermerkt.«
»Waren das denn so wichtige Dinge?«
»Ich entscheide selbst, was für mich wichtig ist.«

Zum Schluss hatten seine Verdächtigungen sich über Karin ergossen, die gerade in die Schule gekommen war und Karten lesen lernte. Lillemor erinnerte sich heute noch, wie böse sie geworden war und was für einen wilden Streit sie entfesselt hatte.

Einen der letzten, bevor sie schweigen lernten.

Jetzt sah Lillemor Niklas wieder an und fragte sich, ob er sich erinnern konnte. Am nächsten Tag hatte sie einen neuen Atlas gekauft und gesagt, sie wolle nie wieder an den alten erinnert werden:

»Kein Wort mehr davon, hörst du!«

Er war damals verlegen geworden wie immer, wenn er sich wieder beruhigt hatte.

Und jetzt lag die Erinnerung hier auf dem Tisch. Ich muss es sagen, dachte sie, es ist wichtig. Aber ich brauche Zeit, ich muss nachdenken. Sofia. Sie sah die junge Frau jetzt vor sich, die in ihrer griechischen Tragödie lebte und jedes kleinste Stück davon verteidigte.

Plötzlich musste Lillemor an die verrückte Frau hoch oben in dem griechischen Dorf denken, die den bösen Blick hatte. Es war albern, aber Sofia glaubte daran. Und an einem Abend dort in jenem Dorf war auch Lillemor schon nahe daran gewesen, es zu glauben.

»Sei vorsichtig, Lillemor. Sie hat dich bemerkt. Jetzt kann alles Mögliche passieren.«

Aus weiter Ferne hörte sie, wie Enokson und Niklas beschlossen, das Hotel zu verlassen und zum Sommerhaus zu fahren.

»Lillemor und ich fahren voraus, und Sie können die Abmeldung noch erledigen.«

»Und was ist mit ihrem Wagen ...«

»Geben Sie mir die Schlüssel. Ich sorge dafür, dass einer von den Beamten ihn nachbringt.«

Sie hatte sich kaum in Enoksons Wagen zurechtgesetzt, da sagte er schon:

»So, Lillemor, jetzt will ich alles über diesen Straßenatlas wissen.«

Es war eine Erleichterung, sie erzählte genau, wie es gewesen war, sprach auch von dem Abend in Rinkeby. Enokson fuhr in eine Parknische am Straßenrand, sie sahen Niklas vorbeifahren und ein Stück weiter vorne anhalten. Aber Enokson gab ihm mit einer unverkennbaren Geste zu verstehen, dass er weiterfahren sollte. Inzwischen buchstabierte Lillemor die Namen von Sofia, dem Dorf, dem Distrikt.

»Nächste Großstadt?«

»Thessaloniki.«

Dann hörte sie ihn über Funk sprechen, hörte, wie die griechischen Namen wiederholt wurden, und wusste, in Kürze würde in dem abgelegenen Dorf ein Telefon klingeln. Und dann würde die Polizei an Sofias Tür klopfen.

»Das wird ein Skandal, es ist gefährlich für sie«, flüsterte Lillemor, und Enokson sagte:

»Machen Sie kein Drama draus.«

»Aber in diesem Dorf ist Schande schlimmer als der Tod ... und sie hat ... alles aufgegeben, um dort das Heimatrecht wiederzuerlangen.« Lillemor flüsterte auch jetzt noch.

»Lillemor Lundgren«, sagte Enokson, und zum ersten Mal war er böse auf sie. »Wir ermitteln in einem Mord, begreifen Sie das endlich!«

»Ja ...«

Kurz darauf telefonierte er wieder:

»Teilt den Polizeibehörden in Thessaloniki mit, dass wir ihnen einen Mann schicken. Und sprecht mit Stockholm, dass sie uns Pavlidis zur Verfügung stellen, und besorgt Flugtickets für ihn. Ich bin in einer halben Stunde bei euch.« Zu Lillemor meinte er, dass Dorfpolizisten manchmal mehr schadeten als nützten. Und als er sie an der Auffahrt zum Sommerhaus absetzte, nickte er kurz: In wenigen Stunden bin ich wieder hier.

Langsam ging sie den Weg hinauf, trat das Vorjahresgras nieder und dachte ganz nebenbei, bald würde das Gras wieder grün und so hoch sein, dass es am Unterboden der Autos entlangwischte. Niklas würde davon sprechen, dass er die Straßenfräse auch in diesem Jahr kommen lassen müsse, und die Mädchen würden sagen, das dürfe er nicht, denn gerade auf dem Mittelstreifen wüchsen Kornblumen. Und alles würde sein wie immer.

Nur nicht versuchen, etwas zu begreifen, dachte sie und spürte, dass die schwarze Angst für kurze Zeit wich und der Schwermut Raum gab. Wortlos wie immer.

Mit der Schwermut kam die Müdigkeit.

Sie blieb unter dem großen Kornelkirschenbaum vor dem Erdkeller stehen.

»In wenigen Wochen wirst du blühen, und Enokson wird alles geklärt haben.« Aber der Baum gab keine Antwort, und sie wusste, dass sie sich etwas vormachte, das Leben würde nie wieder wie früher sein.

Niklas wartete vor dem Haus auf sie:

»Du siehst müde aus«, meinte er und nahm sie in die Arme. An seine Schulter gelehnt sagte sie:

»Wir müssen das Sommerhaus verkaufen.«

»Das lässt sich machen, Lillemor.«

Und nun begann sie zu erzählen: »Du erinnerst dich an diesen Straßenatlas …«

Er wurde nicht böse, nur traurig.

»Es war meine Schuld.«

»Ich habe gelogen.«

»Geschwiegen«, sagte er, war aber mit seinen Gedanken schon in Griechenland.

»Es war irgendwie eigenartig in Sofias Dorf.«

Sie nickte, weigerte sich aber zu denken.

»Ich bin so müde, dass ich auf der Stelle einschlafen könnte.«

»Aber im Haus sitzen zwei hungrige Polizisten.«

»Wie können die hungrig sein, wenn der Kühlschrank voll Lebensmittel ist?«

»Polizisten dürfen nicht stehlen«, sagte Niklas, und darüber mussten sie lachen.

Lillemor schüttelte den beiden die Hand, sie saßen im blauen Zimmer am großen Tisch und spielten Karten. Und sie meinte: »Warum haben Sie denn nichts gegessen? Raus mit Ihnen in die Küche, und bedienen Sie sich.«

Sie waren jung, der eine schielte, und Lillemor fühlte die Angst zurückkommen. Der böse Blick, dachte sie, der böse Blick.

Und da war es wieder, dieses Gefühl: Ich darf nicht wahnsinnig werden.

Ihr wurde übel, das Zimmer drehte sich, und sie lehnte sich an den Kachelofen. Das half ihr. Ein warmer Fixpunkt.

Sie schmierten Brote, aßen, bewunderten das alte Haus, ein Traumhaus, sagten sie. In der Nacht war es ruhig gewesen, niemand hatte sich der Kate genähert.

»Nur ein Rehbock ist in der Dämmerung gekommen«, sagte der Schieläugige. Und Lillemor lächelte, versuchte, ihn nicht anzusehen.

Sie aß ein halbes Butterbrot, trank Milch und ging die Treppe hinauf ins Schlafzimmer. Dort war es kalt, sie schaltete die Elektroheizung an und kroch unter den dicken handgewebten Überwurf, den sie in Griechenland gekauft hatten.

Auf einer anderen Reise.

Seltsamerweise konnte sie schlafen, und sie schlief, als ihr warm geworden war, sofort ein.

Nach ein paar Stunden weckte Niklas sie mit Kaffee, ihr Wagen war aus Mjölby gebracht worden, und Enokson war aus Linköping zurück.

Er stand in der Küche und war in Eile.

»Sie müssen mit mir nach Linköping fahren«, sagte er. »Und außerdem brauche ich die Tonbandaufnahmen, diese Interviews mit der griechischen Frau.«

»Ich wollte sie Ihnen doch schriftlich geben«, sagte Lillemor, aber ihre Worte waren ohne Kraft. Er nickte und sagte, er werde sie überspielen lassen, sie würde die Originale am Montag zurückbekommen.

»Haben Sie schon etwas gegessen?«, fragte Lillemor, und als er den Kopf schüttelte, machte sie ihm ein Brot mit Käse und eins mit Leberpastete zurecht. Das dauerte seine Zeit, denn zwischendurch fiel ihr das Buttermesser aus der Hand.

»Sie ist sehr müde«, sagte Niklas, und Enokson nickte. Er wusste, wenn ein Mensch in sein schwarzes Loch gerät, wird ihm alle Kraft entzogen. Aber während er seine Brote aß, dachte er, dass er Lillemor Lundgren eigentlich recht sympathisch fand und keinen Grund sah, sie zu bedauern.

»Dürfen wir am Abend nach Hause fahren?«

»Ich bin nicht befugt, Sie dazubehalten. Aber ich meine, fahren sollten Sie nicht ... und ich halte es für besser, dass Ihr Wagen hier auf dem Hof stehen bleibt. Nicht, dass ich denke ...«

»Ist okay, ich brauche den Wagen nächste Woche nicht. Aber erlauben Sie bitte, dass ich die Kinder anrufe.«

Da lächelte Walter Enokson.

»Das können Sie von Linköping aus tun«, sagte er. »Aber ich habe schon mit Klein-Karin gesprochen.«

»Warum das? Und wann?«, riefen Lillemor und Niklas gleichzeitig aus.

»Sie hat mich angerufen, die Polizei in Mjölby hatte ihr meine Nummer gegeben. Ich habe ihr gesagt, was passiert ist, dass Sie die Tote gefunden und einen Schock erlitten haben, als Sie erkannten, wie ähnlich sie Ihnen sah.«

»Haben Sie sich das auch gut überlegt?«, fragte Niklas, und Enokson war erstaunt.

»Wie meinen Sie das? Hätte ich lügen sollen?«

»Die Kinder werden sich fürchten ...«

»Kinder fürchten sich viel mehr, wenn man ihnen etwas verheimlicht«, sagte Enokson, immer noch erstaunt.

»Aber wenn sie es weitererzählen ...«

Da lächelte Walter Enokson wieder und sagte, Karin habe versprochen, dass sie alles für sich behalte. Auf Ehre und Gewissen, Kommissar, hatte sie gesagt.

»Ob man sich darauf verlassen kann?«, fragte Niklas.

Enokson erklärte entschieden, dass man sich im Ernstfall auf Kinder immer verlassen könne, und Lillemor ging zu ihm und küsste ihn auf die Wange.

Niklas und auch Enokson wurden verlegen.

»Wie schön, dass er mit den Kindern gesprochen hat«, sagte Niklas, als sie auf der alten Landstraße Richtung Linköping fuhren. »Ich habe mich schon davor gefürchtet und hin und her überlegt, wie wir ihnen das beibringen sollen.«

Ein Engel schwebte durch den Volvo, während Lillemor darüber nachsann, ob das Leben nicht viel einfacher wäre, wenn man immer alles so sagte, wie es war.

Vor Enokson stand ein Recorder auf dem Tisch, er sah nach, ob die Kassette in Ordnung war, und sagte:

»Vergesst Sie nicht, es geht um Tatsachen und nicht um Träume und Gefühle. Ich will alles wissen, woran Sie sich in Zusammenhang mit Sofias Dorf erinnern können.«

Sie hörten die Warnung heraus und waren dankbar dafür, aber Niklas meinte, es sei nicht leicht, denn was sie in Griechenland erlebt hatten, sei doch recht ... gefühlsbetont gewesen.

»Versuchen wir's trotzdem«, sagte Enokson, schaltete den Apparat ein und wählte eine Telefonnummer.

»Das Gespräch wird auch in Stockholm auf Band aufgenommen«, sagte er. »Der Kriminalbeamte, der heute Abend zu Sofia fährt, hört mit. Er ist Schwede, wurde aber in Griechenland geboren. Okay?«

Beide nickten.

»Ihre ganze Familie ist also gemeinsam nach Thessaloniki geflogen?«

»Ja, am Flughafen haben wir ein Auto gemietet. Sofia erwartete uns, wir hatten von Stockholm aus telegraphiert. Der Landkarte nach war es nicht weit, aber die Straßen waren schwierig ...«

Es war Niklas, der erzählte, und Lillemor dachte, er macht das gut, und sie sah alles vor sich, die hohen Berge, die steilen Steigungen, die Haarnadelkurven und die Schwindel erregenden Fahrten bergab. In einer Kurve begegneten sie einem Bus, sie mussten zurücksetzen, und Lillemor war froh gewesen, dass Niklas chauffierte, sie mussten oft wegen einer Schafherde stehen bleiben, und immer winkten die Hirten ihnen freundlich zu. Nur selten fuhren sie über ebene Wege durch ein Tal mit den schneebedeckten Bergen im Hintergrund.

Sie waren schon früher in Griechenland gewesen und genossen die Freude des Wiedererkennens.

Sofia erwartete sie mit einem Lammeintopf und gutem Wein. Aber sie wahrte vom ersten Tag an Abstand.

»Wir waren ein bisschen betroffen, wie primitiv alles bei ihr war«, sagte Niklas. »Sie hatten zwar Strom, aber vermutlich war der Strom teuer, denn sie kochte das Essen auf einem Spirituskocher. Natürlich haben wir versucht, uns unsere Verwunderung nicht anmerken zu lassen ...«

»Aber es ist uns nur schlecht gelungen«, fügte Lillemor hinzu.

»Vermutlich«, nickte Niklas und fuhr fort:

»Die gute Stube, in der wir untergebracht waren, war sauber und schmuck. Es war ein neu gebautes Haus, aber es zog durch Fenster und Türen, obwohl alles mit Wollkissen in grellen Farben abgedichtet war. Wir merkten, dass wir Umstände machten, aber es gab keinen Gasthof im Dorf, und außerdem hätte es wohl ... undankbar ausgesehen. Sofias Mann ließ deutlich erkennen, dass er sich über den Besuch nicht gerade freute, für einen Griechen war er ungewöhnlich zugeknöpft. Schon am ersten Abend habe ich gesagt, dass wir nur bis zum nächsten Tag bleiben würden. Aber Lillemor musste ja ihr Interview machen ...«

»Am nächsten Morgen schien es nicht so besonders gut zu laufen. Lillemor und Sofia saßen einander gegenüber, das Aufnahmegerät lief, aber die Worte stellten sich nur spärlich ein.«

Niklas erzählte weiter, wie er die Kinder zu einem Ausflug in die Berge mitgenommen hatte. Aber vorher waren sie in die Werkstatt gegangen, die Sofias Mann gehörte.

»Es war eine Schnapsidee gewesen, seine Ersparnisse in einem Dorf, in dem es drei oder vier Autos gab und vielleicht noch den einen oder anderen Traktor, in eine Autowerkstatt zu stecken. Zu einem Touristenort würde dieses Dorf sich nie entwickeln, dazu lag es zu weit vom Meer entfernt.«

Die Familie schien von den Schafen und der kargen Landwirtschaft zu leben.

»Um die sich Sofia kümmern muss«, sagte Lillemor.

»Ja, der Mann verlässt seine Werkstatt nur selten, obwohl dort nicht viel zu tun ist. Ich hatte den Eindruck, dass sie ihm ... eine Art Würde verleiht, einen Platz unter den Honoratioren des Dorfes, und ich konnte verstehen, dass er wütend wurde, als wir ankamen und er gezwungen war, alles von einer ... anderen Warte zu sehen. Ich habe ihn gebeten, den Ölstand in unserem Mietwagen zu kontrollieren und so, und das war ja auch nicht gerade das Richtige, denn wir wussten beide, dass es überflüssig war.«

»Dann sind wir in den Dorfladen einkaufen gegangen, Brot, Obst, Mineralwasser und eine Flasche Wein, und das Merkwürdige ist ...«

»Was war denn so merkwürdig?«

»Nun, soweit ich mich erinnere, waren alle Leute sehr nett und neugierig, also auf die griechische Art gastfreundlich. Die Frauen strichen den Kindern übers Haar, eine hat Ingrid sogar eine Blume geschenkt.«

»Sie ist blond«, sagte Lillemor.

»Ja, und nach griechischem Ermessen ist sie wohl auch schon heiratsfähig.«

Niklas lachte auf und fuhr dann fort:

»Alle haben durcheinander geredet, und wir haben es mit Körpersprache und Englisch versucht, wir Schweden sind nun mal so.«

»Und was war nun so merkwürdig?«

»Nun, das war später. Denn als wir aus den Bergen zurückkamen, waren alle wie ausgewechselt. Niemand erwiderte unseren Gruß, sie übersahen uns einfach und ... es klingt verrückt, aber ich könnte schwören, dass eine gewisse Feindseligkeit in der Luft lag.«

»Und was war inzwischen passiert?« Enoksons Stimme klang scharf.

»Nichts, was uns bewusst gewesen wäre. Uns fiel nur ein, dass Lillemor mit Sofia einkaufen gewesen war.«

»Was ist in dem Laden passiert, Lillemor?«

Sie konnte es vor sich sehen, wie sie das Geschäft betraten, wie es dort plötzlich totenstill war und wie sie von allen Menschen angestarrt wurde, von den Frauen am Ladentisch und den Männern, die bei ihrem Kaffee und dem unvermeidlichen Ouzo saßen.

»Es war ungemütlich«, sagte sie. »Nicht zuletzt, weil Sofia völlig ... geschnitten wurde. Und Angst hatte. Sie konnte mich nicht schnell genug durch die Tür ins Freie schieben. Ich habe versucht, sie zu fragen, was los sei, aber sie wollte keine Antwort geben.

›Warum benehmen die Leute sich plötzlich so merkwürdig, Sofia?‹

›Das bildest du dir ein.‹

›Wollen sie uns los sein?‹

›Ja.‹

›Wir fahren morgen früh.‹

›Das ist gut.‹

Da habe ich endlich begriffen, dass wir einander fremd geworden waren und dass ich eine Bedrohung für ihre Welt darstellte«, sagte Lillemor.

»Am Nachmittag ging es mit dem Interview besser, es war kein bloßes Herantasten mehr. Sofia sagte erstaunliche Dinge über die Unterschiede im Leben der Frauen in Schweden und in Griechenland.«

»Aber nichts über ihr Dorf und warum die Bewohner so eigenartig auf Sie reagiert haben?«

»Nein.«

Lillemor fuhr mit dem Erzählen fort.

»Sofias Mann ist an diesem Abend nicht nach Hause gekommen, aber das schien sie nicht zu beunruhigen. Wir aßen die Reste vom Lammeintopf, und die Kinder gingen in die gute Stube, um Karten zu spielen, während ich mit dem Interview fortfuhr.«

»Und da kam diese Frau die Dorfstraße heruntergerannt«, sagte Niklas. »Du lieber Himmel, hat die geschrien! Es war fast unwirklich. Mir kam der Gedanke an eine Hexe aus dem Mittelalter.«

»Wer war sie?«

»Das wissen wir nicht, wohl eine alte Frau aus den Bergen.«

»Sie wohnte ganz oben im letzten Haus des Dorfes.«

»Jedenfalls kam sie mit wehenden Haaren und glühenden Augen angerannt und schrie wie eine Wahnsinnige. Sie riss Sofias Haustür auf und schlug mit beiden Armen auf Lillemor ein. Das Schlimmste aber war Sofias Reaktion, sie bekam entsetzliche Angst, schob ihre eigenen Kinder zu unseren beiden Mädchen in die gute Stube und rief, wir müssten uns in Acht nehmen. Dann schob sie die Verrückte hinaus und schloss die Tür hinter ihr ab.«

»Wir konnten sie draußen auf der Straße weiterschreien hören, und es müssen schlimme Dinge gewesen sein, denn Sofia wurde im Gesicht weiß wie ein Laken«, berichtete Lillemor weiter. »Ich habe versucht, sie zu beruhigen, und gesagt, die Alte könne uns nichts anhaben, aber Sofia meinte, ich hätte keine Ahnung, die alte Frau habe den bösen Blick und sie habe den bösen Blick schon auf mich geworfen und es werde mir etwas Schreckliches widerfahren.«

»Bete zur Heiligen Jungfrau, dass sie dich beschützen möge, Lillemor.«

Niklas war immer wütender geworden, er wollte das Auto holen gehen und sagte den Kindern, sie sollten die Reisetaschen packen. »Wir fahren, der Wagen hat gute Scheinwerfer.«

Auf der Straße verscheuchte Niklas die Alte, und es wurde mit einem Mal still. Sofia beruhigte sich ein wenig, aber sie war immer noch blass.

»Hat Sofia noch etwas geäußert über … die Hexe?«

»Ja, sie erzählte uns, dass die Frau aus dem Dorf stamme und etwas beschränkt sei, und dass ihre Familie in solcher Armut lebte, dass sie keine Mitgift hatten aufbringen können. Also war sie dazu verurteilt gewesen, alleine und als Bettlerin zu leben und die schmutzigste Arbeit anzunehmen, wenn einmal irgendwo Hilfe gebraucht wurde. Eines Tages war sie hinauf in die Berge gegangen, um Basilikum zu sammeln, und dort war sie einem Geist oder einem Teufel begegnet, mit dem sie sich einließ.«

Lillemors Augen wurden während des Erzählens vor Verwunderung immer größer.

»Sofia berichtete das alles mit vollem Ernst, und das war für uns kaum zu begreifen. An der schwedischen Volkshochschule hatte sie zu den aufgewecktesten Schülerinnen gehört.«

»Hat sie sonst noch etwas erzählt?«

»Ja. Als das passierte, war sie selbst noch ein Kind gewesen, aber sie erinnerte sich an das Gerede im Dorf und daran, dass nach allgemeiner Überzeugung der leibhaftige Teufel die Frau bestiegen hatte. Aber eine der Wahrsagerinnen hatte dagegengehalten, möglicherweise habe der heilige Demetrios das Kind gezeugt, denn die Frau hatte das Basilikum ja in der Nähe der ihm geweihten Kapelle gesammelt. Und somit lag der Schwangerschaft ein tieferer Sinn zugrunde.

Sie durfte also am Leben bleiben, und als der Sohn des Heiligen geboren werden sollte, nahmen sich die Dorffrauen der Mutter an. Zur Welt kam aber ein Mädchen, und so wussten die Leute schon von der Geburt an, dass sie sich geirrt hatten. Man beschloss, die Frau und das Kind zu töten, aber sie verschwand mit dem Säugling in die Berge und lebte dort in einer Höhle.

Man hatte erwogen, ihr nachzugehen und sie zu erschlagen, aber daraus wurde nichts. Und das hatten die Dorfbewohner zu bereuen. Das Mädchen, das in den Bergen aufwuchs, war nämlich wahnsinnig, ging herum und sang merkwürdige Lieder, die Mensch und Tier zu Tode erschreckten. Ein Fluch haftete dem Kind an, denn seiner Geburt folgten Missernten, die Schafe wurden krank, und die Winter waren kälter denn je.«

»Sofia behauptete, sie konnte die Zukunft voraussagen.«

»Sie hat ... wie nennt ihr das bei euch ... ja, das Zweite Gesicht.«

Aber die Mutter liebte das Mädchen, sie war von dieser Liebe wie besessen. Um das Kind zu beschützen, entwickelte sie die Fähigkeit, die Leute mit dem bösen Blick zu bestrafen.

»Nicht so ganz harmlos, wie man das manchmal hört. Sie hatte Macht, weil sie sich mit dem Teufel eingelassen hatte.«

Lillemors Verblüffung war immer noch zu spüren, als sie fortfuhr:

»Sofia behauptete, wenn die Frau einen Zorn auf eine Familie hatte, starb deren Kind. Daher hütete sich jeder, sich mit ihr anzulegen.«

»Als wir unsere Taschen hinaustrugen, fiel mir ein, dass Sofia oft betont hatte, sie könnte Sachen aus ihrem Dorf erzählen, dass uns die Haare zu Berge stünden. Das war zu ihrer Zeit in Schweden gewesen. Einmal habe ich sie gebeten, doch weiterzuerzählen, aber sie antwortete nur, das sei nichts für mich. Und dann hat sie gelacht.«

»Und jetzt lebt sie in diesem Dorf inmitten unbegreiflicher Kräfte, die sich damals auch auf mich auswirkten. Es gab an dem Abend, als wir unsere Sachen packten, Augenblicke, wo ich das alles glaubte und wo ich spürte, dass mich ... der böse Blick ... getroffen hatte.«

»Unsinn«, sagte Niklas.

»Doch, es war, als wäre in mir eine Urangst geweckt worden. Und du weißt selbst, wie es weiterging.«

Lillemor versagte fast die Stimme, aber dann fuhr sie fort:

»Bevor du mit dem Auto kamst, sagte Sofia immer und immer wieder, dass ich aufpassen müsse, dass mir jederzeit etwas zustoßen könne. Ich versuchte vernünftig zu sein: ›Sofia, du wirst doch nicht wirklich an den bösen Blick glauben.‹

›Das ist nicht so einfach, Lillemor, es ist alles viel schwieriger, als ihr glaubt. Diese Frau ist unglücklich, innerlich schwarz vor Trauer und Scham. Das ist ein mächtiges Gefühl, und wenn sie sich im Dorf herumtreibt, kann sie dieses Gefühl gegen uns richten, die wir normale Kinder haben und weder betteln noch stehlen müssen.‹

Ich habe sie nach der Tochter mit dem Zweiten Gesicht gefragt und erfuhr, dass sie schon erwachsen sei und irgendwo einer Arbeit nachgehe. Ihre Macht sei größer als die der Mutter, sagte Sofia. Die Dorfbewohner waren erleichtert, dass dieses Mädchen verschwunden war, und dankten der Gottesmutter dafür in der Hoffnung, dass es nie wieder hier auftauchen würde.«

›Das ist alles viel größer, als du je begreifen kannst.‹

Lillemor konnte Sofias Stimme hier in Enoksons Büro hören. Sie hatte Angst ausgedrückt und auch noch etwas anderes. Verachtung, dachte Lillemor, Sofia verachtete sie.

Beim Abschied hatten sie beide geweint.

»Sofia weinte vor Erleichterung«, sagte Niklas.

»Da bin ich nicht so sicher«, meinte Lillemor mit rauer Stimme. Stille trat ein, das Tonbandgerät surrte, von der Straße war Verkehrslärm zu hören, eine Uhr schlug vier. Schließlich beugte Enokson sich über den Telefonhörer:

»Hast du noch Fragen?«

»Ja«, sagte die Stimme am Telefon. Niklas und Lillemor zuckten zusammen, weil alles so nah klang. »Ich möchte gern Sofias vollständigen Namen wissen und auch, wie die verrückte Frau und deren Tochter heißen.«

»Sofia heißt Madzopoulos und ihr Mann Gregoris Madzopoulis. Aber die Namen von der Frau und ihrer Tochter kennen wir nicht.«

»Und Sie haben nicht erfahren, wo die Tochter arbeitet?«

»Nein.«

»Sofia hatte kein Bild, irgendein Foto, von der Verrückten und ihrer Tochter?«

»O nein, das hätte bestimmt Unglück gebracht. Aber warum diese Frage? Glauben Sie …?« Lillemor war auf der Hut.

»Wir werden sehen«, sagte die ruhige Stimme in einwandfreiem Schwedisch mit einem ganz leichten Akzent. Dann lachte der Mann überraschend:

»Enokson, es war sicher gut, dass du nicht die Dorfpolizei angerufen hast!«

Damit legte er auf.

Enokson schaltete das Aufnahmegerät ab.

»Jetzt können wir nur noch beten, dass Gott auf dieser Reise mit ihm ist«, sagte er. Und Lillemor hörte heraus, dass das nicht nur so eine Redensart war.

Dann überraschte er sie wieder:

»Der böse Blick kann gefährlich werden, wenn man daran glaubt.«

»Wie meinen Sie das?« Die Frage kam von Niklas, und er war erbost.

Doch Enokson schüttelte nur den Kopf und begegnete Lillemors Blick.

»Ich werde es mir merken«, sagte sie. Sie lächelten einander an, und Niklas dachte erleichtert, dass Lillemor und Enokson nur scherzten.

»Ich rufe an, sobald ich mehr weiß«, sagte der Kommissar, als er die beiden zum Wagen brachte.

Niklas tastete sich auf der Suche nach der Autobahn durch Linköping. Schon bevor er die Auffahrt Richtung Stockholm gefunden hatte, war Lillemor eingeschlafen. Das beunruhigte ihn, denn für gewöhnlich hatte sie, wenn sie nervös war, ihre Schwierigkeiten damit. Jetzt hatte er den Eindruck, dass es eine Art Fluchtreaktion war. Sie schlief während der ganzen Fahrt und wachte erst auf, als sie in der Morgendämmerung Essingeleden entlangfuhren und die Lichter der Stadt aufleuchten sahen.

»Die ist auch alt und müde«, sagte Lillemor.

»Wer?«

»Die Stadt.«

»Aber die wächst doch, dass sich die Balken biegen.«

Als wäre sie krebskrank, dachte Lillemor, sagte es aber nicht laut, weil Niklas sich darüber geärgert hätte. Als sie sich Roslagstull näherten, fragte sie:

»Ist dir was eingefallen?«

»Ich habe vor allem über Enoksons Worte nachgedacht, dass der böse Blick wirkt, wenn man dran glaubt. Könnte das …«

»Niklas!« Sie schrie auf. »Du darfst auf keinen Fall überschnappen, hörst du …«

»Das verspreche ich dir. Aber es ist doch komisch …«

»Niklas!«

»Okay.«

Das Schlimme, woran er während der ganzen Fahrt hatte denken müssen, verschwieg er, nämlich das, was Enokson beim Abschied gesagt hatte, als Lillemor schon im Wagen saß:

›Lassen Sie sie nicht aus den Augen, irgendwie mache ich mir Sorgen.‹

Von Linköping bis Stockholm hatte Niklas die Frage hin und her gewälzt, warum Enokson sich wohl Sorgen um Lillemor machte. Als er die Antwort endlich gefunden hatte, wäre er fast von der Fahrbahn abgekommen:

Der Mörder hatte sich möglicherweise in der Person geirrt.

Die Judasbäume im Dorf leuchteten, als Sofia ihre Ziegen durch die Schlucht den Bergen zutrieb. Manche Leute im Dorf fanden es schrullig, dass sie Ziegen hielt, Armeleutevieh. Aber Sofia war hierher zurückgekehrt, um alte Bräuche wieder aufleben zu lassen.

Als sie den Hang hinaufkletterte, spürte sie den kalten Wind von der Passhöhe im Norden. Dort lag überall noch Schnee. Aber dort, wo der wilde Krokus allmählich die Berghänge eroberte, war er schon geschmolzen.

Kiriaki lief so leichtfüßig voraus, dass ihre Füße die Erde kaum zu berühren schienen. Aber Alexandra hing an der Hand der Mutter, als hätte sie Blei in den Schuhen. Sie war ein quengeliges Kind, unzufrieden von Geburt an.

Das jüngste kleine Mädchen hatte Sofia bei ihrer Mutter gelassen.

Hellgrün stand der Mais auf den Terrassen. Jedes der kleinen Felder war den Felsen abgerungen und Absatz für Absatz mit Steinen abgestützt worden. Sofia genoss das Glücksgefühl, das sie beim Anblick der Pflanzungen überkam, sie war durchdrungen von der Würde des durch die Jahrtausende unbesiegten Menschen.

Trotzdem blieb heute ihr Inneres stumm.

Wie immer legte sie an der Marienkapelle eine Rast ein. Jedes Mal blieb sie, wenn sie hier vorbeikam, stehen, um auf das Dorf hinunterzuschauen und darüber nachzudenken, was sie selbst von der Welt erwartete und welche Aufgabe ihr zugedacht war. Und auch, um sich über das Erreichte zu freuen, ihr neues Haus mitten im Dorf, Gregoris Werkstatt, vor der das eigene Auto stand, und ihr Elternhaus, in dem die Alten lebten und das von hier oben wie eine Puppenstube aussah. Doch heute sah sie das alles mit Lillemors Augen. Wie ihre Mutter heute Morgen ausgesehen hatte, eine ausgemergelte Greisin, zahnlos lächelnd, gebeugt, ebenso hinfällig wie das Haus, in dem sie wohnte. Sie war noch keine fünfzig Jahre alt, nur wenig älter als die kraftvolle, schöne Lillemor.

Schmerzliche Zärtlichkeit durchflutete Sofias Körper, dann aber kam der Zorn, und sie hoffte inständig, dass Parthena Karabidis' böser Blick seine Kraft nicht verloren hatte und dass Lillemor endlich zur Rechenschaft gezogen würde. Wie immer machte der eigene Zorn ihr Angst, und ihr Gewissen rührte sich. Sie hätte sich mehr um eine Erklärung bemühen müssen.

Dann aber sagte sie sich, dass das sinnlos gewesen wäre, weil Lillemor ja doch nichts verstanden hätte. Sie war viel zu selbstsicher. Wie kleine Kinder es sind, dachte Sofia. Und ebenso rücksichtslos. Wie der Junge in dem Märchen, das man ihr erzählt hatte, der immerzu rief, der Kaiser sei nackt, und der damit einen Traum zunichte machte, den die Menschen nicht missen wollten.

Lillemor hatte keinen Sinn für den Wert gemeinsamer Träume. Bei ihr durfte kein Rätsel ungelöst bleiben. Alles musste ans Tageslicht kommen, um gemessen und gewogen zu werden.

Alles musste unter Kontrolle sein.

Wie einfältig, dachte Sofia.

Lillemor wusste nicht um die Tiefen, in denen sich der Kampf der bösen Mächte um den Menschen abspielte. Deshalb blieb ihr Leben seicht. Sie sah auch bei anderen immer nur die Oberfläche. Sofia erinnerte sich, wann ihr das zum ersten Mal aufgefallen war. Es war in jenem Winter gewesen, in dem sie ihre Hochzeit vorbereitete und nicht den Mut hatte, Lillemor davon zu erzählen.

Eines Abends hatte sie sich dann doch ein Herz genommen und es ihr erzählt, und Lillemor hatte sie aufmerksam lächelnd angesehen und mit ihrer dunklen Stimme gesagt:

»Wie schön, du bist also verliebt.«

Heilige Gottesmutter, wie hätte man Lillemor das alles erklären können? Wie hätte Sofia etwas über die Ehe sagen können, die seit vielen Jahren abgesprochen war, und über die Mitgift, die man nun endlich beisammen hatte? Oder über zwei Familien in einem alten Dorf, die ihre Ehre und ihre Schande, ihre kleinen Felder und sonstigen Besitztümer, ihr Alter und ihr Ansehen in die Waagschale geworfen hatten? Und die nach festgestelltem Gleichgewicht die Sache nach uraltem Brauch der Ehevermittlerin überantworten konnten?

Gregoris Madzopoulis sollte Sofias Mann und Schicksal werden. Und das Schicksal war nicht Privatsache, es war ein Teil des großen Lebensgeflechts, es war der Kettfaden, der Sicherheit verbürgte.

Lillemor hätte nur eine einzige Antwort gefunden, dass nämlich jeder Mensch ein Recht auf das eigene Leben habe.

Sofia hätte sie nie davon überzeugen können, dass jedes Leben von Untiefen bedroht ist, denen man einzig die Gemeinschaft entgegensetzen kann, der man sich unterzuordnen hat.

Lillemor hätte im Gegenteil viel über die Würde der Frau zu sagen gewusst. Dass diese Würde einschließt, ein Glied in einer langen Kette zu sein. Nein, dem hätte Sofia nie zustimmen können.

Wie so viele Male zuvor stellte Sofia sich die Frage, wie Lillemor sich wohl entwickelt hätte, wenn sie in diesem Dorf geboren worden wäre. Sie hätte sich vermutlich nicht untergeordnet, sie hätte sich aufgelehnt. Und hätte, wie Anastasia, die Flucht ergriffen.

Hier gebot Sofia ihren Gedanken Einhalt, die aber bald wütend und lästig wie Wespen wieder von vorne begannen.

Sicher setzte sich Lillemor auch in Schweden der Gefahr aus, gebeugt zu werden, denn das Leben dort war längst nicht so voraussehbar, wie die Schweden selbst glaubten. Auch dort lauerte der Abgrund.

Sofia hatte ihre Kinder ganz vergessen, jetzt spürte sie Kiriakis fragende Blicke. Sie lächelte das Mädchen an.

»Kannst du ein Weilchen auf deine Schwester aufpassen? Ich möchte gern in die Kapelle gehen und für die Jungfrau Maria eine Kerze anzünden.«

Kiriaki lachte erleichtert, jetzt war alles, wie es sein sollte.

Als Sofia über die Kirchenschwelle trat, spürte sie, wie das neue Kind sich bewegte, kraftvoll wie ein großer Fisch trat es gegen die Bauchwand. Und sie dachte: Ich hätte Lillemor um Verhütungspillen bitten sollen. Doch als sie ihre Kerze vor der Statue der Gottesmutter angezündet hatte, betete sie wie alle Mütter vor ihr, dass das neue Kind ein Sohn sein möge. Ihr Wunsch kam von Herzen, aber ihr Gebet war ohne Kraft.

Da stand sie nun und dachte, dass Lillemor sie ausgelacht hätte. Mädchen sind interessanter, pflegte sie zu sagen. Lillemor hatte zu allem und jedem eine eigene Meinung und maß allem einen Wert bei. Söhne, Männer schätzte sie nicht besonders hoch ein. Sofia hatte während ihrer Jahre in Schweden oft Mitleid mit Niklas gehabt, der mit einem knappen ›Genügend‹ Lillemors Bettgenosse und der Vater ihrer Kinder sein durfte.

Manchmal tat ihr auch Lillemor Leid und mit ihr alle diese törichten Schwedinnen, deren Erwartungen so hochgestochen waren, dass die Enttäuschung nicht ausbleiben konnte.

Wie etwa in Sachen Liebe.

Die Liebe musste überwältigend sein, allumfassend wie der Himmel musste sie alles enthalten, was der Mensch zum Leben brauchte. Sie sollte alles ersetzen, was man längst über Bord geworfen hatte, Familie, Großeltern, Vorstellungen und Tradition, Ziele, Sinngebung und auch den Herrgott selbst. Jedes Paar sollte sich seine Welt aus dem Nichts aufbauen.

Und sie können es nicht lassen, von Unterdrückung zu sprechen, dachte Sofia. Konnte es denn schlimmeren Druck geben, als wenn zwei verliebte junge Menschen die Tür hinter sich schließen und einander in dem Glauben zu quälen beginnen, sie könnten die Ganzheit neu erschaffen?

Sie hatte diesen Gedanken Lillemor gegenüber einmal geäußert. Das ist Wahnsinn, hatte sie gesagt und Recht bekommen:

»Ja, du hast ja Recht, das ist gefährlich und dumm. Aber es geht dabei nicht so sehr um menschliche Ganzheit, es ist … eher ganz persönlich zu sehen. Wenn wir uns verlieben, glauben wir, dass der andere ... unsere ... fehlende Hälfte ist.«

»Die fehlende Hälfte?« Sofia konnte nur staunen.

»Ja, das, was wir ein Leben lang suchen, weil wir ... als Kinder gespalten worden sind.«

»Warum spaltet ihr eure Kinder?«

»Tut ihr das nicht? Tun das nicht alle Menschen, wenn sie ihre Kinder so zurechtbiegen, dass sie in unsere Gesellschaft passen?«

Sofia hatte lange nachgedacht:

»Wir haben nicht das Gefühl, dass wir gespalten sind.«

Sie konnte sich erinnern, dass Lillemor traurig gelächelt und eine Weile überlegt hatte, bevor sie sagte:

»Bei euch geschieht das vielleicht so frühzeitig, dass ihr euch später nicht mehr erinnert ...«

Das Gespräch hatte tiefe Spuren in Sofia hinterlassen und quälte sie. Sie hatte über Kiriaki nachgedacht, die ähnlich wie Lillemors Älteste ein Sonnenschein war und doch immer in der Angst lebte, etwas falsch zu machen.

Und Alexandra, ihre enttäuschte Zweijährige.

Es schmerzte. Mit Gewalt drängte Sofia die Erinnerung an ihre eigene Enttäuschung zurück, als sie mit Alexandra wieder ein Mädchen geboren hatte. Noch einmal versuchte sie mit ganzer Kraft zu beten: Heilige Gottesmutter, schenke mir einen Sohn.

Im Augenblick half es ihr, beruhigt konnte sie den Blick zu dem Bild in der Kuppel erheben und dem Blick des Gekreuzigten begegnen. Dem Menschensohn, der die Vollendung der heiligen Gottesmutter war.

Alexandra war im Schatten der Platane eingeschlafen. Kiriaki baute sich vor der Eingangstür aus Steinen einen Schafstall, und Sofia blieb stehen, um ihre älteste Tochter zu betrachten.

Sie war blond, das war hier in den Bergdörfern, wo das dorische Erbe die Jahrtausende überdauert hatte, gar nicht so selten. Aber Kiriakis Blond wirkte fast weiß, als hätte es die Farbe im nordischen Frühling mitbekommen. In Schweden gezeugt, sagten die Alten.

Vielleicht waren diese Worte eher als Nadelstich gemeint, denn Sofia hatte Neider im Dorf, sie mit ihren Büchern, ihrem Staubsauger und ihrem großen dreiteiligen Spiegel. Ganz zu schweigen von dem Auto.

Sofia lächelte ihre Tochter an:

»Bau du nur weiter, ich ruhe mich, bis Alexandra aufwacht, noch ein bisschen aus.«

Das kleine Mädchen nickte, und Sofia dachte an Dimitris Vassilis, der seine Enkelin liebte und sagte, er sei stolzer auf Kiriaki als auf seine Enkelsöhne. Sofias Vater war ein Dichter und nannte das schöne Kind die Eisprinzessin mit dem glühenden Herzen.

Das stimmte, die Vierjährige hatte ein warmes Herz. Und sie hatte auch einen klugen Kopf. Sie konnte schon lesen, und man redete im Dorf von unnatürlichen Gaben.

Sofia maß dem Geschwätz keine Bedeutung bei, war aber manchmal von der Intelligenz ihrer Tochter beunruhigt. Sie kannte das, sie wusste um den Hunger, den die vielen raschen Gedanken hervorriefen. Sie kannte den Bücherhunger, kannte dieses quälende Verlangen nach Wissen und Begreifen. Und dann, eines Tages, aß man vom Baum der Erkenntnis, und die Welt ging in Brüche.

Lillemors Besuch hatte die Sorgen nicht verringert. Sie hatte das Kind mit dem ihr eigenen Interesse beobachtet und gesagt:

»Deine Tochter sollte eine gute Schule besuchen.«

Sofia hatte zornig geantwortet, dass Lillemors unverbrüchlicher Glaube an Bildungsstätten reinster Aberglaube sei. Und Lillemor war traurig geworden und hatte gesagt, du selbst warst ja auch ganz versessen darauf, Dinge zu lernen, die ...

Herrgott, wie wenig sie doch begreift, dachte Sofia, aber sie errötete jetzt dort vor der Kapelle, als ihr einfiel, was sie geantwortet hatte, wie sie in wohlgesetzten Worten rechthaberisch gesagt hatte, Kenntnis vom Leben erlange man nur, wenn man es auch lebe, wenn man annehme, was einem geboten werde, und auch das Schwere auf sich nehme.

Sie hatte in den Tagen, als Lillemor hier war, viele Worte gefunden, viele Meinungen hatte sie in den Jahren seit ihrer Rückkehr in die Heimat formuliert. Jeder Tag brachte ja einen Vergleich, in der einen Waagschale lag das eine, in der anderen das andere.

Dass es bei ihr auch eine Waagschale für Schweden gab und dass diese manchmal schwer wog, das hatte sie Lillemor nicht sagen können.

Als sie aufstand, spürte sie, wie müde alle diese Widersprüche sie gemacht hatten.

»Wir müssen weiter.« Aber Alexandra wollte nicht aufwachen, sie greinte so erbärmlich, dass Sofia die Geduld verlor.

»Du wirst in Zukunft auch bei der Großmutter bleiben«, sagte sie.

Da schrie das Kind lauthals los, es wolle zur Großmutter, jetzt, sofort.

Sofia blieb keine andere Wahl, sie musste die Kleine tragen. Aber sie verhielt ein letztes Mal vor der Kapelle und dachte an das Fest Mariä Himmelfahrt im August. Da würde ihre Entbindung kurz bevorstehen, und sie müsste die zweiwöchige Fastenzeit vor dem wundersamen Fest nicht einhalten.

Im Übrigen ging die Zahl jener, die fasteten, immer mehr zurück. Auch ihr Dorf veränderte sich. Es ging hier zwar nicht so schnell wie in den roten Dörfern nahe der Grenze, aber auch hier spielten in jedem Haus die Transistorradios fast den ganzen Tag. Und abends flimmerten die Fernsehapparate hinter den Fensterscheiben. Sie sah genau, dass der Lebensstil, den sie so bewusst gewählt hatte, gefährdet war.

Die Ziegen und Kiriaki liefen vor ihr her, und sie trug Alexandra auf dem Rücken, als sie höher hinaufstieg, um den Hirten Nikos Tatsidis zu suchen, dem sie ihre Tiere anvertrauen wollte. Es war anstrengend, für eine Weile waren alle Gedanken wie ausgelöscht. Irgendwann sah sie Nikos dann winken. Sie setzte Alexandra auf die Erde:

»Jetzt kannst du selbst laufen.«

Bei dem Hirten legten sie eine lange Rast ein, tranken von ihrem mitgebrachten Saft und teilten ihr Brot mit dem Alten. Der Heimweg würde leichter fallen, auch Alexandra ging gern bergab, und außerdem waren die Ziegen nicht mehr dabei.

Sie waren noch nicht weit gegangen, da meldete sich Lillemors Stimme wieder bei Sofia und quälte sie, wie sie es in der letzten Woche Stunde um Stunde getan hatte.

Sofia wollte es mit einem Gespräch versuchen:

»Du kannst das nicht verstehen, denn was geschehen ist, gehört zu den unbegreiflichen Dingen, zu dem, was du nicht wahrhaben willst. Aber schon als ich dich in der Abendschule zum ersten Mal sah, war ich wie versteinert, weil du Anastasia, dieser verrückten Tochter von Parthena Karabidis, so ähnlich sahst.

Mit der Zeit ist mir das natürlich wieder entfallen, sie war ja noch ein Kind gewesen, als ich sie zuletzt sah, und ich hielt es für Einbildung, denn ich wusste ja gar nicht mehr so genau, wie sie aussah.

Und du warst ja so elegant, Lillemor.«

Der Gedanke an die erste Begegnung mit Lillemor tat weh.

»Eine Frauenrechtlerin«, hatten die Griechinnen aus der Schule einander zugeflüstert. Und Sofia hatte dabei etwas Großgewachsenes, Hässliches und Maskulines vorgeschwebt. In ihrem Unterrichtsfach gehe es um Gleichberechtigung, hatte es geheißen, sie waren über dieses schwierige Wort gestolpert, hatten es Buchstabe für Buchstabe abgeschrieben.

Die Rechte der Frauen« stand als Untertitel auf dem Stundenplan, und die Mädchen hatten es vermieden, einander anzusehen. Solche Worte hatte man in ihren Dörfern nur gehört, als die Kommunisten dort ihr Unwesen trieben.

Und eines Abends war Lillemor dann als ihre Lehrerin gekommen, klein, hübsch und voll Wohlwollen. Sofia erinnerte sich, wie beeindruckt alle waren, als sie zur Begrüßung herumging und jeder Schülerin die Hand gab, um sich so schnell wie möglich alle Namen einzuprägen.

Und wie sie gesprochen hatte!

Sie hatte bei den alten Griechen angefangen, das taten die Schweden immer – sie bewunderten die alten und verachteten die neuen Griechen. Lillemor hatte von der Stellung der Frau im alten Athen gesprochen, darüber, dass Frauen nicht zählten. Da hatte Sofia gesagt:

»Wir sind wohl ein hoffnungsloses Geschlecht.«

Sie hatte angenommen, dass die neue Lehrerin böse werden würde. Aber Lillemor hatte aufgehorcht, ein wenig traurig gelächelt und mit großem Ernst gesagt:

»Manchmal denke ich wie du, dass wir Frauen nicht zu ändern sind, dass wir uns selbst Feind sind.«

»Ich denke, wir haben keine andere Wahl. Wir können uns ja nicht mit allen verfeinden … mit den Männern und der Gesellschaft.«

Sofia war über ihre Bemerkung, über ihre Kühnheit selbst erschrocken, aber jedes ihrer Worte war mit großem Ernst aufgenommen worden. Es machte Freude, es war wie ein Spiel, in dem sie eine Hauptrolle übernommen hatte. Und nie hatte sie gewusst, dass ihr so viel durch den Kopf ging und dass sie es auch in Worte fassen konnte. Gegen Ende des langen Abends kam die neue Lehrerin auf sie zu:

»Ich würde dir gern ein paar Bücher mitbringen. Fällt es dir schwer, Schwedisch zu lesen?«

»Nein, ich glaube nicht.«

Sofia war rot geworden, als sie daran dachte, dass sie jede Zeitung las, die sie in die Finger kriegte. Dass sie aber nie auf die Idee gekommen wäre, ein Buch zu lesen.

Zum nächsten Abendunterricht brachte die Lehrerin einen ganzen Stoß Bücher mit, und Sofia erschrak. Sie hatte angenommen, dass Frau Dr. phil. Lillemor Lundgren sie, die Fabrikarbeiterin und Einwanderin, vergessen würde.

Aber Lillemors Hochmut äußerte sich in ganz anderer Weise.

Sofia schlug höflichkeitshalber ein Buch auf. Es war der Roman »Åsa-Hanna« von Elin Wägner. Schon bald war sie wie verzaubert,

Buch für Buch erschlossen sich ihr neue Gedanken, andere Welten, die Erde bekam ungeahnte Tiefen und Höhen.

Groß und immer größer wurde der Erdkreis und bedrohte schließlich Gregoris und das heimische Dorf, alles, was in Sofias Leben abgesprochen und festgelegt war. Aber das erkannte sie lange Zeit nicht vor lauter Lesefreude.

Die Bücher verkürzten die endlos scheinenden Tage an der Verpackungsmaschine in der Schokoladenfabrik, wo die erdichteten Gestalten sich trotz all des Lärms weiter mit Sofia unterhielten.

Es gab so viel zu fragen, und Lillemor nahm sich nach dem Unterricht immer Zeit. Nach und nach wurde es zur Gewohnheit, zusammen zu Lundgrens nach Hause zu gehen, Tee zu kochen und bis tief in die Nacht weiterzureden.

Diese wunderbare Gastlichkeit …

Sofia fühlte einen Kloß im Hals, als ihr einfiel, wie Lillemor und Niklas sie aufgenommen hatten. Wie eine Tochter oder eher noch wie eine Schwester. Die beiden waren ja nicht viel älter als sie.

Sie glaubten, sie wäre eine von ihnen, dächte nicht anders als sie selbst.

Für Griechisches blieb immer weniger Platz.

Bis der Brief kam, der Brief über die Mitgift. Und Gregoris sagte, sie könnten eine Menge sparen, wenn sie schon in Schweden heirateten.

Jetzt, auf dem Weg zurück ins Dorf, bedrückte sie der Gedanke daran, wie sie Lundgrens Gastfreundschaft vergolten hatte, als sie hierher zu Besuch gekommen waren.

Sie gab die Kinder bei ihrer Mutter ab und ging alleine auf den Markt einkaufen. Und mitten auf der Dorfstraße fasste sie erleichtert einen Entschluss. Sie wollte einen Brief schreiben.

Liebe Lillemor, ich bin so traurig über alles, was passiert ist. Aber jetzt möchte ich zu erklären versuchen, was es für ein Gefühl war, als ich entdeckte, dass du Anastasia so ähnlich sahst, welche

Angst ich bekam und wie das ganze Dorf von Entsetzen gepackt wurde. Du musst wissen, die Tochter von Parthena Karabidis ist kein gewöhnlicher Mensch ...

Es war schwierig, es würde schwer sein, diesen Brief zu schreiben. Und außerdem hatte sie Schwierigkeiten mit der schwedischen Rechtschreibung. Trotzdem war sie entschlossen, und vielleicht würde es ihr Seelenruhe verschaffen. Vielleicht würde Lillemor mehr verstehen, als Sofia glaubte.

Aber als sie auf dem Marktplatz aus dem Schatten des großen Baumes trat, sah sie zwischen den Männern einen Fremden im Café vor einem Ouzo sitzen. Er unterhielt sich, lachte ...

Sofia erkannte ihn wieder. Sie hatten sich in Stockholm im Griechischen Verein getroffen, und sie wusste, dass er bei der schwedischen Polizei eine hohe Position innehatte.

Sie wusste, was das bedeutete.

Parthena Karabidis' Fluch hatte zugeschlagen, Lillemor war etwas Schlimmes zugestoßen.

Als Sofia den Platz überquerte, bekam sie kaum Luft. Sie hatte das Gefühl, jemand hätte sie mit der geballten Faust in den Unterleib geboxt.

Den Sonntag verbrachten alle Lundgrens gemeinsam. Niklas hörte keine Nachrichten, die Grammophone in dem Reihenhaus in Täby schwiegen, und die Telefongespräche wurden in aller Kürze erledigt. Die Familie saß stundenlang beim Frühstück.

Wir halten zusammen, dachte Lillemor und war dankbar dafür. Noch beim Aufwachen hatte sie gesagt:

»Ich muss leben lernen, ohne immer alles verstehen zu wollen.«

Großmutter war noch da, Lillemor hatte sie zu bleiben gebeten. Sie hatte ihre Schwiegermutter schon immer gern gehabt. Emma Lundgren war realistisch, ein langes, hartes Leben hatte sie gegen Enttäuschungen abgehärtet. Und sie trug Überraschungen mit Fassung. Sie stand mit beiden Beinen auf der Erde, egal, was passierte, und war immer auf das Schlimmste gefasst.

Sie war auch nicht empfindlich. Niklas sagte oft, sie sei kalt bis ins Mark. Lillemor versuchte längst nicht mehr, ihn über Ärgernisse hinwegzutrösten, sie hatte mit der Zeit gelernt, dass es nicht ihre Sache war, Mutter und Sohn miteinander zu versöhnen.

»Oma ist nicht gerade besonders herzlich, aber man kann sich immer auf sie verlassen«, hatte Karin einmal gesagt. Und wie immer hatte das Kind den Nagel auf den Kopf getroffen.

Emma, die nichts von moderner Psychologie hielt, aber fest an Vererbung glaubte, hatte schon gleich nach Karins Geburt festgestellt, dass das Kind ganz der Großvater sei. Sie hatte es eher bedauernd gesagt, denn sie hatte keine guten Erinnerungen an den begabten Einzelgänger, den sie zu ihrem Unglück geheiratet hatte.

Lillemor hatte sich geärgert und leidenschaftlich darauf bestanden, dass Karin ihr nachgeriet. Es stimmte insofern, als das Kind, wie sie, eine dreieckige Gesichtsform und die etwas aufgeworfenen Lippen hatte.

Aber Niklas, der ein romantisches Bild seines verstorbenen Vaters bewahrte, freute sich, und vielleicht trugen Emmas Worte mit dazu bei, dass er Karin besonders ins Herz schloss.

Mit Ingrid war es schwieriger, die innige Liebe zu ihr war voller Widersprüche. Als er in die Grube fiel, die er sich in seinem Selbstmitleid selbst gegraben hatte, hatte man ihn sagen hören, Ingrid habe ihm Lillemor weggenommen.

Um am nächsten Tag einzugestehen, dass er ein Narr sei.

In Wirklichkeit hatte Lillemor sich ihrer Mutterschaft in einer Weise hingegeben, über die alle sich wunderten, am meisten sie selbst. Als sie mit ihrem ersten Kind im Arm in der Gebärklinik lag, veränderte sich ihre Welt, und es konnte vorkommen, dass sie dem Baby zuflüsterte, sie habe bis jetzt nicht gewusst, was Liebe ist und welche Kraft ihr innewohnte.

Und bis heute standen Lillemor und Ingrid einander so nahe, dass die eine die Verlängerung der anderen zu sein schien, als kenne jede die Gedanken der anderen und wisse um ihre Gefühle.

Niklas fand das geradezu verrückt und machte sich Sorgen, dass die Tochter sich nie würde frei machen können. Wenn er so redete, reagierte Lillemor eiskalt:

»Aus dir spricht nur die Eifersucht.«

Jetzt hörte sie Ingrid aufmerksam zu, die unverdaute Kenntnisse über Antimaterie hatte und einen Physiker zitierte, der behauptete, dass bei Vorhandensein einer Doppelpersönlichkeit in einer anderen Dimension ein Parallelgeschehen vor sich gehe.

Niklas stöhnte:

»Die Leiche im Wald war verdammt wirklich und irdisch.«

Ingrid musste zugeben, dass die tote junge Frau keine Antimaterie sein konnte. Aber sie entwickelte neue eigenwillige Gedanken:

»Unter Esoterikern wird von Zwillingsseelen gesprochen, die manchmal gleichzeitig eine Reinkarnation auf Erden erleben.«

Da kicherte Karin, und Niklas fauchte:

»Wir wissen überhaupt nichts von der Seele des toten Mädchens, ob sie vielleicht Ähnlichkeit mit der von Mama hatte.«

»Ich hatte das Gefühl, wir waren einander durch und durch gleich«, sagte Lillemor so ernst, dass alle in der Runde verstummten. Aber nur für einen kurzen Augenblick, denn jetzt griff Emma Lundgren mit einer Äußerung ein, die so erstaunlich und erschreckend war, wie nur das Glaubwürdige es sein kann.

»Schon als ich mit deiner Familie zum ersten Mal zusammentraf, dachte ich ... du bist ein Adoptivkind. Du hast überhaupt keinem ähnlich gesehen.«

Lillemor klammerte sich mit beiden Händen an der Tischplatte fest und blickte, Hilfe suchend wie eine Ertrinkende, von einem zum anderen. Aber alle waren wie versteinert, und sie sah ihren Gesichtern an, dass sie diese Möglichkeit allen Ernstes erwogen.

Schließlich brach Ingrid das Schweigen:

»Aber da hätte unsere Oma sicher mal etwas erwähnt.«

»Deine Oma hatte viel zu verbergen«, sagte Emma.

»Nein!«, warf Lillemor ein. »Meine Mutter war ein offener Mensch ... bevor sie ... erkrankte.«

Niemand antwortete, alle hier am Tisch dachten an die alte Frau in Göteborg und mussten zugeben, dass sie sie gar nicht kannten, sie nie gekannt hatten. Und jetzt war es zu spät.

Schließlich brachte Lillemor es fertig, aufzustehen und zu sagen: »Ich glaube, ich gehe mich hinlegen.« Da erst bemerkten alle, wie blass sie war. Und wie verschwitzt. Sie fühlte selbst, wie ihr der Schweiß über die Stirn in die Augen lief und ihr die Sicht nahm. Und wie klebrig sie unter den Brüsten war.

»Ich möchte duschen«, sagte sie, und Ingrid ging mit ihr ins Badezimmer, setzte sie auf den Hocker und zog ihr Morgenrock und Nachthemd aus. Lillemor versuchte etwas zu sagen, aber es war nicht zu verstehen, und plötzlich bekam Ingrid Angst:

»Papa, komm helfen!«

Sie duschten Lillemor so vorsichtig, als wäre sie ein Baby, wickelten sie in ein Badetuch und trugen sie ins Bett.

»Ich habe solchen Durst«, flüsterte sie, und Ingrid lief Wasser holen. Lillemor trank gehorsam mit geschlossenen Augen, wie im Schlaf.

»Bleibt ihr bei Mama«, flüsterte Niklas seinen Töchtern zu. »Ich schmeiß die Alte raus.«

»Niklas!«, mahnte Lillemor, aber er hörte sie nicht. Emma stand in der Küche und wusch ab. Sie war keineswegs erstaunt, als ihr Sohn kam und sie anfauchte:

»Ich nehme an, du bist mit dir zufrieden, altes Biest. Pack deine Sachen, ich rufe dir ein Taxi.«

Lillemor lag ganz ruhig in dem großen Doppelbett und gab sich alle Mühe, ihren Körper wiederzufinden, sich ihrem Herzschlag zugehörig zu fühlen, zu spüren, wie das Blut durch die Adern rann, das Atmen – ein und aus.

Aber sie war sich so unendlich fremd.

Sie hob eine Hand und schaute diese ihre arbeitswillige Hand lange an. Es gab kein Wiedererkennen.

»Meine kleine Mama«, flüsterte Ingrid.

Und Karin, die sah, dass Lillemor fror, kroch zu ihr ins Bett und sagte:

»Du bist du und wirst immer du sein.«

Mit weit aufgerissenen Augen flüsterte Lillemor:

»Und wer bin ich?«

»Meine Mama«, sagte Karin laut und deutlich wie ein kleines Kind.

Die Worte flossen in sie ein, langsam erlangte Lillemor Heimatrecht in ihrem Körper.

»Papa?«, fragte Ingrid. »Sollen wir den Arzt anrufen?«

»Glaubst du, dass sie das will?«

»Nein.«

»Es gibt keinen Arzt, der uns helfen kann«, sagte Niklas, und Ingrid sah, dass ihr Vater Angst hatte.

Lillemor zitterte im Bett vor Kälte, und Karin massierte ihr die Arme, den Rücken. Allmählich wurde ihr warm, und sie schlief ein.
»Du bleibst bei ihr liegen«, flüsterte Niklas Karin zu.
»Ja«, sagte Karin, und es klang wie Weinen.

Aber der Schlaf war Lillemor kein Freund mehr, schenkte ihr weder Schutz noch Vergessen. Wieder ging sie durch den Wald. Kein Baum warnte sie, es gab keinen Gleichklang. Bergauf kam ihr am Hang die junge Frau entgegen, und ihr flehender Blick war nicht auszuhalten. Doch Lillemor hatte einen Stein in der Hand und schlug ihn mit aller Wucht in den Kopf der Jüngeren, hörte, wie der Schädel barst.

Sie wachte von ihrem eigenen Schrei auf, sah erstaunt, dass Karin neben ihr lag und dass Niklas und Ingrid angelaufen kamen. Dann sagte sie ruhig und überzeugend:
»Ruft Enokson an. Ich werde ihm erzählen, dass ich sie getötet habe.«
»Das hast du nicht getan.«
Niklas sagte es mit fester Stimme. Sie bohrte ihren Blick in seinen:
»Dann bin ich also wahnsinnig geworden?«
»Du hast einen schrecklichen Traum gehabt«, erklärte Niklas, setzte sich auf die Bettkante und nahm seine Frau in die Arme. Aber die Töchter sahen einander an, und jede wusste, dass die andere dachte: Es könnte wahr sein.

Da klingelte das Telefon, Lillemor klammerte sich an Niklas, also ging Ingrid abheben.
»Es ist die Polizei in Linköping«, rief sie, und Niklas nahm ihr den Hörer aus der Hand.
»Es gibt Neuigkeiten«, sagte Enokson. »Und dann würde ich gern wissen, wie es Ihnen geht.«
»Nicht besonders gut. Lillemor bildet sich gerade ein, sie habe die junge Frau umgebracht.«

»Oje!«, sagte Enokson, aber es klang nicht erstaunt. »Haben Sie einen Nebenanschluss? Ich würde gerne mit Ihnen beiden gleichzeitig sprechen.«

»Wir haben mehrere. Dürfen die Mädels mithören?«

»Na klar.«

Kurz darauf hörten sie alle die ruhige norrländische Stimme:

»Lillemor Lundgren, jetzt hören Sie mir mal zu. Es kommt vor, dass Leute nach einem Verbrechen einen Schock erleiden und danach ein Geständnis ablegen. Das sind wir gewöhnt. Sie sind also nicht verrückt geworden. Ich kann beweisen, dass die junge Frau schon tot war, als Sie sie gefunden haben. Erinnern Sie sich an den Elch?«

Jetzt setzte Lillemor sich im Bett auf. Und ihr Gesicht bekam wieder Farbe.

»Ja.«

»Wir haben die Spuren Ihres Elchs gesichert, er hatte Schuhgröße 42 und trug deutsche Joggingschuhe.«

»Und warum haben Sie mir das nicht gestern gesagt?«

»Das hätte ich tun sollen. Aber Sie waren so verängstigt, und ich dachte, das wird nur noch schlimmer, wenn Sie erfahren ... wie nah Sie dem Mörder waren. Ich komme jetzt zum Grund meines Anrufs. Es ist etwas Unangenehmes, Lillemor, aber es hat nichts mit Ihnen zu tun; trotzdem müssen Sie es wissen. Wir haben einen vorläufigen Obduktionsbericht bekommen. Das Mädchen ist unmittelbar vor seinem Tod ... sexuell missbraucht worden.«

»Vergewaltigt.«

»Ja.«

»O mein Gott!«, stöhnte Lillemor.

»Das arme Kind!« Sie begann zu weinen.

»Über Ihre Frau wundere ich mich immer wieder aufs Neue«, sagte Enokson zu Niklas.

Und der fragte erleichtert:

»Ein Sexualmord? Das bedeutet doch, dass wir ... dass Lillemor, dass es uns nichts mehr angeht?«

Enokson war erstaunt und machte nach jedem Wort eine Pause, als er sagte:

»Na ja, kommt drauf an, auf ... wie man es betrachtet.«

»Sie meinen, was Sie da von der Schwester gesagt haben?«

»Nein. Ich meine, wenn wir es mit einem Sexualtäter zu tun haben ... dürfen wir ... nichts übereilen. Diese Leute zeigen in ihrer Verrücktheit eine Art Logik. Jedenfalls möchte ich, dass Lillemor im Haus bleibt, bis ...«

»Das ist ja geradezu verrückt«, sagte Niklas. »Kaum bringen Sie an einer Stelle Licht in die Sache, ist an anderer Stelle der Teufel los.«

Es klang verwirrt, und Enokson gab zu, dass es nicht einfach war.

»Aber es kann nicht mehr lange dauern, bis wir etwas von Janis Pavlidis hören«, sagte er.

»Wer ist das?«

»Der Grieche, mein Kollege bei der Polizei, der in Sofias Dorf gefahren ist.«

»Ach ja.«

»Bestenfalls weiß er einen Namen. Sofia wird vielleicht wissen oder zumindest ahnen, wer das Kartenblatt gestohlen hat. Und dann können wir eine Fahndung herausgeben.«

Enokson schwieg eine Weile, als hätte er noch etwas auf dem Herzen. Lillemor weinte noch immer, und so sagte er schließlich:

»Okay, ich rufe wieder an, sobald ich mehr weiß.«

Lillemor weinte in bodenloser Verzweiflung, und Niklas bat:

»Beruhige dich doch, Liebes.«

Aber die Töchter sagten: »Geh du jetzt, Papa. Im Fernsehen übertragen sie Tennis.«

Eine Stunde später versuchte Ingrid es mit Alltäglichem:

»Vielleicht sollten wir etwas essen?«

Und Lillemor gelang ein Lächeln, als sie sagte, sie habe tatsächlich Hunger.

Sie marschierten also in die Küche und begannen den Kühlschrank zu plündern.

»Mir hat Großmutter Leid getan«, sagte Lillemor. »Wir sollten sie anrufen.«

»Ich mache das«, sagte Ingrid. »Ich telefoniere von meinem Zimmer aus, da kann Papa es nicht hören.«

Aber es kam gar nicht so weit, denn das Telefon klingelte schon wieder. Enokson klang munter, sie wussten jetzt den Namen des jungen Mannes, der das Kartenblatt gestohlen hatte. Jetzt wurde in ganz Europa nach ihm gefahndet.

Außerdem hatten sie sein Auto im Wald an der småländischen Grenze gefunden. Es war ein alter VW-Bus, und es bestand kein Zweifel, dass die beiden jungen Leute sich darin aufgehalten hatten, gefunden wurde der Pass der jungen Frau, ein Foto von Lillemor, reichlich Fingerabdrücke und außerdem die Turnschuhe.

»Die Schuhe des Elchs«, sagte Enokson zufrieden.

»Wie hat sie geheißen?«, flüsterte Lillemor.

»Anastasia Karibidis.«

»Die hellseherische Tochter der Hexe?«

»Ja. Und jetzt werden Sie verstehen, dass bei Ihrem Auftauchen fast das ganze Dorf wie vom Donner gerührt war, weil Sie ihr so ähnlich sehen.«

Er schloss das Gespräch mit der Feststellung, das aufgefundene Auto spreche dafür, dass der Mörder versucht hatte, über die Grenze zu gelangen. Lillemor könne jetzt also ganz beruhigt sein.

»Wahrscheinlich ist er per Autostopp weitergefahren«, mutmaßte Enokson. »Sicher ist er längst in Deutschland. Beamte der deutschen Polizei haben sein Zimmer in Stuttgart besetzt. Aber er wird wohl kaum dorthin zurückkehren.«

Nun standen sie alle vier eifrig redend in der Küche. Erleichtert stellten sie fest, dass alles Stück für Stück aus dem Bereich der Magie in die Wirklichkeit zurückgeholt worden war.

Lillemor weinte auch am nächsten Morgen wieder.

Die Mädels gingen in die Schule, aber Niklas rief in seinem Büro an und sagte, er sei erkältet. Sie machten frischen Kaffee und ließen sich im Wohnzimmer nieder.

Aber sie sprachen nicht miteinander, es war, als hätten sie beide das Rätselraten satt.

Doch plötzlich sagte Lillemor:

»Was hast du gestern eigentlich gemeint, als du Enokson gegenüber eine Schwester erwähnt hast?«

»Eine Schwester?«

»Niklas, verstell dich nicht. Du hast nach der Schwester gefragt.«

Widerwillig erzählte er, was Enokson am Freitagabend im Stadthotel von Mjölby gesagt hatte ... »Ich habe das komische Gefühl, dass es mit ihrer Schwester zusammenhängt ... Wir untersuchen ...«

Lillemor war starr vor Staunen und wollte den genauen Wortlaut wissen.

»An die genauen Einzelheiten kann ich mich nicht erinnern.«

»Ich rufe ihn an.«

»Lillemor, du kannst ihn deswegen doch jetzt nicht stören.«

Aber es war wie immer unmöglich, Lillemor zurückzuhalten, und das Gespräch wurde auf der Polizei sogar sofort durchgestellt.

»Entschuldigen Sie die Störung. Aber Niklas hat zufällig erwähnt, dass Sie glauben ... es bestehe ein Zusammenhang mit ... meiner verstorbenen Schwester.«

»Ja, das war so ein Gedanke. Vermutlich ist es eine falsche Spur, aber ...«

»Aber was?«

»Ich hatte so meinen Verdacht. Sie haben ja gesagt, sie sei an Hirnhautentzündung gestorben, aber unsere Untersuchungen ...«

»Ja?«

»Lillemor, das wird auch nicht leicht für Sie sein.«

»Macht nichts. Ich höre.«

»Ihre Schwester ist an einer Abtreibung im siebten Monat gestorben, stümperhaft ausgeführt von einem Medizinstudenten, der jetzt als erfolgreicher Gynäkologe bekannt ist. Denkbar ist, dass das Kind lebensfähig war, aber ...«

»Was, aber?«, fragte Niklas dazwischen.

»Nun, der Mann behauptet, das Kind sei tot gewesen.«

»Warum wurde er nicht vor Gericht gestellt?«

Diese Frage kam von Lillemor.

»Ihre Eltern wollten keine Unannehmlichkeiten. Wahrscheinlich haben sie einen Skandal befürchtet.«

Niklas fürchtete, Lillemor könnte wieder zusammenbrechen. Aber sie war vor allem erstaunt. Irgendwann sagte sie: »Deswegen durfte ich also nicht zum Begräbnis kommen. Sie wussten, dass ich Himmel und Hölle in Bewegung setzen würde.«

»Ja«, sagte Niklas nur.

»Ich habe meine Mutter wahrscheinlich nie richtig gekannt.«

»Wer tut das schon?«, sagte Niklas, und sie antwortete darauf: »Geh jetzt Emma anrufen.«

Normalerweise hätte es Protest gegeben, aber diesmal gehorchte er, denn er fürchtete, Lillemor könnte die Beherrschung verlieren.

Nach dem Anruf fühlte er sich besser.

Leonidas Baridis arbeitete in der Montageabteilung eines großen Automobilwerks in Stuttgart, und diese Arbeit setzte ihn einer Missachtung aus, die geradezu greifbar war.

Meistens gelang es ihm, eine gewisse Unterwürfigkeit zu vermeiden und niemanden seinen Wunsch nach persönlicher Anerkennung spüren zu lassen. Er war gut vorbereitet ins Land gekommen, denn er war aufgewachsen mit den Erzählungen darüber, wie rücksichtslos das deutsche Militär sein Dorf in den griechischen Bergen im Krieg niedergebrannt hatte.

Seine eigene Geringschätzung richtete sich gegen die Türken, die in der Fabrik für Handlangerdienste eingesetzt wurden.

Zu behaupten, er fühle sich wohl, wäre übertrieben gewesen. Aber er war mit seinem Lohn zufrieden und stolz auf seine Präzision am Fließband. Außerdem hatte er bei dieser Arbeit reichlich Zeit zum Nachdenken.

Die letzten Monate waren ausgefüllt gewesen mit seinen Träumen von Anastasia Karabidis, die er an einem kalten Sonnabend auf der Straße getroffen hatte. Sie waren beide unangenehm überrascht gewesen, weil sie wohl kaum an ihr Dorf und ihre Kindheit erinnert werden wollten.

Aber sie hatten einander gegrüßt.

Erst hinterher war ihm der Gedanke gekommen, er hätte doch stehen bleiben und mit dem Mädchen reden sollen. Aber vor allem hatte er daran denken müssen, wie schön sie war. Wie eigenartig, dass ihm das in seinem Dorf zu Hause nie aufgefallen war.

Von da an verbrachte er einen großen Teil seiner Freizeit in dem Einkaufszentrum, wo er sie mit den beiden deutschen Kindern gesehen hatte. Aber es dauerte Wochen, bis er sie alleine geduldig in der Warteschlange vor einer der Kassen stehen sah.

Es war inzwischen so viel Zeit vergangen, dass er das Bild, das er von ihr in sich trug, kräftig ausgeschmückt hatte. Und er nahm sich vor, sich nicht zu erkennen zu geben, falls er ihre eigenartige Schönheit nur geträumt haben sollte.

Aber er hatte sich nicht geirrt. Er hatte genügend Zeit, sie zwischen den vielen Menschen im Supermarkt gründlich zu betrachten, und sie war noch schöner als in seinen Träumen. Er sah ihren schlanken Hals, als sie sich über den Korb beugte, um die Einkäufe herauszunehmen, sah ihren zarten Körperbau, sah, wie schön, schwerelos und doch kräftig jede ihrer Bewegungen war. Als sie die Lider hob, um die Kassiererin anzusehen, nahm er ihren in die Ferne gerichteten Blick wahr, und mit leisem Schaudern erinnerte er sich des Dorfklatsches.

Angeblich konnte sie in die Zukunft sehen.

Aber jetzt hielt er dieses Gerede doch eher für Aberglauben.

Leonidas Baridis betrachtete die Ansichten und Gebräuche in seinem Dorf inzwischen mit wachsender Verachtung. Mein Gott, wie zurückgeblieben sie doch waren!

Er beschloss, sich nicht zu erkennen zu geben, sondern ihr nur nachzugehen. Er wollte wissen, wo die Familie wohnte, bei der sie arbeitete, mehr nicht. Er brauchte Zeit, um den nächsten Schritt zu überlegen.

Sie stieg in einen Bus Richtung Leonberg, wo die Ortschaften westlich der Stadt zu Vororten wurden. Er holte sein Auto so schnell vom Parkplatz, dass er den Bus schon an der ersten Haltestelle einholte. Er brauchte nur noch hinter ihm herzufahren.

Sie stieg erst bei der Reihenhaussiedlung an der Endstation aus. Es waren nur noch wenige Fahrgäste übrig geblieben, sodass er ihr nicht folgen konnte, ohne aufzufallen. Aber die Straße, in die sie einbog, war schnurgerade, etwa in der Mitte betrat die junge Frau ein Haus, und als sich die Tür hinter ihr schloss, fuhr er daran vorbei. Waldstraße 14. Auf dem Briefkasten stand der Name Bildmann.

Als er weiterfuhr, fühlte er sich merkwürdig zufrieden, fast glücklich. Aber schon montags am Fließband hatte die Unsicherheit ihn wieder eingeholt. Die Vorurteile in seinem Dorf machten ihm zu schaffen, nie im Leben konnte er mit der Nachricht heimkehren, er wolle Anastasia Karabidis heiraten. Erstaunt und erzürnt spürte er, welche Macht das Dorf noch auf ihn ausübte.

Aber Anastasia war stärker, sie zog ihn mit einer Kraft an, gegen die kein Widerstand möglich war. Zauberei, dachte er und schnaubte dabei verächtlich. Er wusste ja, wie es um ihn stand, verliebt war er, verrückt nach ihr.

Und sein Entschluss stand fest. Er verbrachte den Freitagabend mit dem Polieren seines Autos und den Samstagmorgen damit, sich gründlich zu waschen und seine Kleider auszubürsten. Dann klingelte er in der Waldstraße 14 und sagte dem Jungen, der an die Tür kam, was er seit einer Woche geübt hatte:

»Ich bin ein Freund von Anastasia Karabidis und möchte sie gern sprechen.«

Der Junge war freundlich, schien geradezu erfreut, und ehe Leonidas es noch recht begriffen hatte, stand er schon in der Diele und sah in dem großen Spiegel an der Wand gegenüber der Haustür, wie blass er war.

Er hatte Angst.

Als Anastasia kam, verlor sich der ferne Blick in ihren Augen, sie wurden hart, und aus ihrem Mund schossen griechische Flüche. Er solle sich zum Teufel scheren, denn dort gehöre er hin. Er und das ganze verdammte Dorf.

Er versuchte, ihr klarzumachen, weil sie beide hier doch Fremde seien ...

Aber er vollendete den Satz nicht, denn sie sei hier weit weniger eine Fremde, als sie es jemals in ihrem Dorf gewesen war, und wenn er sie nicht in Ruhe ließe, würde sie dafür sorgen, dass ein Unglück über ihn käme. Wie er sich vielleicht erinnern könne, habe sie die Fähigkeit dazu.

Hier lachte sie laut und höhnisch.

Damit verschwand sie, und Leonidas war schon an der Tür, als die dicke deutsche Frau auftauchte und ihn wissen ließ, dass sie hier keine ums Haus streunenden Kater brauchen konnten.

Das war eindeutig, aber er wurde nicht böse, dazu war er zu traurig.

Und die Traurigkeit bereitete seinem Herzen in der folgenden Woche Folterqualen. Die Pein ließ nicht einmal nach, als ihn der griechische Autohändler, mit dem er befreundet war, anrief, er habe einen verhältnismäßig neuen Porsche hereinbekommen, Blechschaden. Leonidas könne ihn zu einem anständigen Preis haben und ihn in seiner Freizeit bei ihm in der Werkstatt selbst reparieren. Kostenpunkt: Eintausch seines bisherigen Autos plus fünftausend Mark.

Leonidas suchte den Autohändler umgehend auf, der Porsche war rot wie die Freude, und noch vor wenigen Wochen hätte er ihn unwiderstehlich gefunden. Wenigstens ein Trostpflaster, dachte er jetzt, nickte zustimmend, hob seine Ersparnisse bei der Bank ab und verbrachte ab sofort jede freie Minute in der Werkstatt.

Er war geschickt und äußerst genau. Als er mit der Reparatur fertig war, hätte selbst ein geübtes Auge kaum erkannt, dass der schnittige Wagen bei einem Zusammenstoß mehr als nur schlimme Beulen davongetragen hatte.

Aber die Freude, die dieser Wagen ihm hätte schenken können, blieb aus.

Während der Arbeit wanderten seine Gedanken immer öfter in sein Heimatdorf, und er hatte ein Gefühl, als wollte sein Dorf ihn zurückhaben. In seiner Phantasie sah er sich auf Besuch nach Hause fahren, sah den roten Sportwagen die Kurven bergauf nehmen, sah sich stolz wie ein König auf dem Marktplatz stehen. Er versuchte die Bilder heraufzubeschwören, wie erfreut seine Mutter sein würde und wie stolz sein Vater.

Aber all das verblasste sehr schnell, brachte keine wirkliche Freude.

Er versuchte, sich an das Gefühl der Zufriedenheit zu erinnern, dass er regelmäßig Geld nach Hause schickte. Und er dachte an den großen Betrag, den er für die Mitgift seiner Schwester überwiesen hatte. Aber auch das brachte ihm keinen Trost.

Als er die Reparatur seines Porsche beendet hatte, machte er so viele Überstunden wie möglich und übernahm in der Firma noch zusätzlich Nachtarbeit als Reinigungskraft. Das machte müde, aber nicht einmal die Müdigkeit half gegen die Qualen, die Anastasia ihm bereitete. Er versuchte es mit Wut, die verfluchte Hündin Karabidis sollte doch froh sein, dass er, ein Baridis, sie aufgesucht hatte. Er selbst sollte sich eigentlich über das freuen, was passiert war. Wenn er eines Tages allen Ernstes nach Hause zurückkehren würde, sollte er ein Mädchen an seiner Seite haben, auf das er stolz sein konnte, und nicht eine Ausgestoßene, die Tochter einer Unseligen.

Aber seine Wut war künstlich heraufbeschworen und befriedigte ihn nur für den Augenblick. Sobald er nicht auf seine Gedanken Acht gab, waren sie wie unbehütete Schafe zu Anastasia unterwegs. Heilige Gottesmutter, wie schön war sie doch! Er versuchte sich an sie als Schulmädchen damals zu Hause zu erinnern, aber auch das war eine Qual. Sie war eine gute Schülerin gewesen, hatte ebenso leicht gelernt wie Sofia, Dimitri Vassiliadis' hochnäsige Tochter. Aber der gute Kopf hatte Anastasia nichts geholfen, und sobald der Lehrer den Schülern den Rücken gekehrt hatte, war es mit der Hetze losgegangen.

»Anastasia«, sagte er in dem schmalen Bett seines Untermietzimmers laut vor sich hin. »Wir haben das nicht begriffen.« Später verstand er, warum sie nie und nimmer würde verzeihen können.

Auch er hatte ihr Steine nachgeworfen. Einmal? Viele Male? Als er sich daran erinnerte, brannten seine Wangen vor Scham. Es hatte sie doch wohl keiner dieser Steine getroffen?

Oder?

Er konnte sie jetzt vor sich sehen, wie eine Ziege durch den Steinhagel hüpfend, bis ihre Mutter sie holen kam. Und er meinte Parthenas Verwünschungen zu hören und dachte, wir haben sie verdient. Bei einer solchen Gelegenheit hatte Parthena Anna Simionidis mit dem bösen Blick gestraft. Das Mädchen war gestorben.

Aber Anna war schon viele Jahre lungenkrank gewesen, und der Arzt hatte gesagt, dass für sie keine Hoffnung bestehe.

Leonidas wälzte sich nachts in seinem Bett, und manchmal siegte seine neu erworbene Vernunft. Aber oft genug landete er in der uralten Welt seines Dorfes. Parthena und ihre Tochter hatten etwas Eigenartiges an sich. Schon allein Anastasias Augen! Und sie hatte ihn während der kurzen Begegnung in dem deutschen Haus selbst gewarnt.

Aber sie hatte dabei gelacht. Und dieses höhnische Gelächter bedeutete: Du glaubst ja an so was.

Er würde sie nie mehr wiedersehen dürfen. Das war gut. Bei diesem Gedanken musste er aus dem Bett steigen und sich ein Bier aus dem Schrank holen.

Anfang April besaß er genügend Geld für die Heimreise. Seinem Vorgesetzten erzählte er, sein Großvater sei gestorben und er müsse zum Begräbnis nach Hause fahren. Es gab Einwände, ein Großvater war in den Augen des Deutschen nicht wichtig, und einen Augenblick lang bereute Leonidas, dass er nicht behauptet hatte, sein Vater liege im Sterben. Er hatte es wohl erwogen, wollte aber kein Risiko eingehen. Abergläubisch wie er war.

Er bekam seine Urlaubswoche mit dem Bescheid, dass sein Arbeitsplatz bei seiner Rückkehr möglicherweise nicht mehr verfügbar sei. Leonidas glaubte nicht, dass die Drohung ernst gemeint sein könnte, doch war es ihm, wie im Moment alles andere auch, gleichgültig.

Er machte im Nachbardorf Halt, um sein Auto zu waschen.

Alles kam, wie er es sich vorgestellt hatte, atemlose Bewunderung schlug ihm entgegen, seine Mutter floss vor Liebe fast über, der Vater platzte beinah vor Stolz. Das Dorf schenkte ihm den Frieden, nach dem er sich gesehnt hatte, denn alles war, wie es sein sollte, nur bei ihm nicht. Er konnte weder seinen Erfolg noch die Freude des Wiedersehens genießen.

Und er machte sich Gedanken darüber, wie rückständig und schäbig hier alles war. Aber vor allem waren seine Gedanken bei Anastasia. Und das schmerzte ihn hier zu Hause mehr als in Stuttgart.

Pathena Karabidis sah er nicht, und es vergingen einige Tage, ehe er seine Mutter nach der Hexe zu fragen wagte. Da erfuhr er die ganze Geschichte.

Konnte er sich überhaupt vorstellen, dass aus Schweden Besuch für Sofia Madzopoulos gekommen war? Sie hatte Freunde nie erwähnt. Es waren feine Leute, das konnte man merken, und Sofia hatte sich damit großgetan, dass die Frau Journalistin war und der Mann Architekt. Sie hatten zwei Kinder mit dabeigehabt, allerdings waren es nur Mädchen gewesen.

Sie waren mit ihrem Auto spätabends angekommen, also konnte das Dorf sie erst am nächsten Tag in Augenschein nehmen.

Die Mutter machte eine viel sagende Pause, ehe sie fortfuhr:

»Und dann sahen wir die Frau. Sie glich Anastasia wie ein Ei dem anderen. Nur älter und natürlich eleganter.«

Ob er sich wohl vorstellen konnte, was für Angst sie alle hatten?

Am Nachmittag jenes Tages hatte Eudoxia Simionidis sich nicht mehr zurückhalten können, sie war in die Berge verschwunden, um Parthena zu suchen. Was sie ihr erzählt hatte, wusste man nicht so genau, jedenfalls war Parthena wie eine Verrückte, die sie ja auch war, angerannt gekommen und hatte die schwedische Frau mit dem bösen Blick bedacht.

Die schwedische Familie hatte Hals über Kopf die Flucht ergriffen.

Im Dorf sprach man von nichts anderem mehr. Manche meinten, Parthena sei gar nicht Anastasias Mutter, sondern habe das Kind von der ausländischen Frau übernommen, die es in aller Heimlichkeit geboren hatte. Aber das war reiner Unsinn, es gab viele Frauen im Dorf, die dabei gewesen waren, als die Geburtshelferin Anastasia aus Parthenas Leib gezogen hatte.

Die jungen Leute konnten darüber nur lachen.

Sie selbst schenkte Nikos Tatsidis, dem alten Hirten, Glauben, der schon damals die Schafe in den Bergen gehütet hatte. Er hatte ihr im Vertrauen von einem Ausländer erzählt, der durchs Gebirge streifte und auf Parthena wartete.

Er sei Italiener und ein fescher Kerl gewesen, hatte Nikos gesagt.

Aber Leonidas antwortete lachend, Italien sei weit von Schweden entfernt. Doch dann fragte er:

»Und was meint Sofia?«

»Das lässt sich nicht so leicht sagen«, meinte die Mutter.

»Du weißt ja, wie eingebildet sie ist. Das ist sie immer gewesen.« Leonidas konnte nur staunen, als seine Mutter, rot vor Wut, fortfuhr:

»Bei Sofia kommt man sich immer irgendwie dumm vor.«

Am selben Nachmittag suchte Leonidas Sofia auf. Er brachte ihren Kindern deutsche Schokolade mit und wurde mit Freuden begrüßt. Sofia kochte Kaffee, war aber streng darauf bedacht, sich mit ihm an den Brunnen im Garten zu setzen. Dort konnte jeder sie sehen. Sie schien beunruhigt.

Und als Leonidas nach den schwedischen Gästen fragte, konnte sie die Geschichte seiner Mutter nur bestätigen.

»Mir war ja schon in Schweden aufgefallen, dass Lillemor Lundgren und Anastasia Karabidis sich sehr ähnlich sahen«, sagte sie. »Aber ich dachte nicht weiter darüber nach, vermutlich hatte ich sogar vergessen, wie Anastasia aussah. Sie war ja noch ein Kind, als ich Griechenland verließ, und jüngere Mitschüler nimmt man nicht unbedingt zur Kenntnis.«

»Klar haben wir Anastasia zur Kenntnis genommen«, erwiderte Leonidas. »Ich habe oft daran denken müssen, wie gemein wir zu ihr gewesen sind.«

Er sah, dass Sofia in der warmen Sonne fröstelte, aber sie war ehrlich genug, nichts abzustreiten:

»Es ist schrecklich, wenn man sich zurückerinnert.«

Erst als Leonidas einen Schluck Kaffee getrunken hatte, wagte er die Frage:

»Sofia, hast du vielleicht Fotos von der ausländischen Frau?«

»Ja, eines von den beiden schwedischen Kindern hatte eine Kamera, aus der das fertige Foto gleich herauskam.«

»Eine Polaroidkamera«, sagte Leonidas und konnte seine Aufregung kaum verbergen.

»Ja.«

Sofia ging ins Haus und kam mit einer Anzahl Fotos zurück, ein blondes schwedisches Mädchen mit Sofias Jüngster auf dem Schoß, das Haus, Sofia am Brunnen, ein großer, gutmütig aussehender Mann, der irgendwie deutsch aussah, dachte Leonidas.

Und dann vier oder fünf Bilder von der Frau. Leonidas hielt die Luft an, als er das Gesicht der Schwedin erblickte.

»Es ist wirklich eigenartig«, sagte Sofia.

Er brachte sie dazu, fast eine Stunde lang von den Schweden zu erzählen, von der Lehrerin, mit der sie sich angefreundet hatte, und von der Familie und deren Reihenhaus in Stockholm.

»Ist das eine große Stadt?«

»Ja, etwa so groß wie Athen, denke ich. Aber die Lundgrens hatten auch noch ein Haus auf dem Land.«

Sofia schien froh zu sein, mit jemandem sprechen zu können, der anders dachte als die Leute im Dorf.

»Ich weiß nicht viel über Schweden«, sagte Leonidas.

Und Sofia redete und redete, und was sie erzählte, klang alles fröhlicher und schöner als das Leben in Deutschland.

Schließlich ging sie einen Straßenatlas holen, und gemeinsam betrachteten sie das lang gestreckte Land mit dem Scheitel im Schnee nahe dem Nordpol und den Füßen in den grünen Ebenen nicht weit entfernt von Deutschland. Sie schlug die Karte von Östergötland auf, wo Lundgrens Sommerhaus stand, das sie jetzt mit einem dicken Bleistift einkreiste.

Endlich kam dann der Augenblick, auf den er gewartet hatte. Sofia fragte, ob er noch eine Tasse Kaffee wolle, und verschwand im Haus, um Wasser aufzustellen. Er riss das Blatt mit Lundgrens Sommerhaus aus dem Atlas und steckte eine der Nahaufnahmen von der schwedischen Frau ein. Als Sofia zurückkam, hatte er den Straßenatlas zugeklappt und die Fotos schön ordentlich obenauf gelegt. Es würde eine Zeit dauern, bis Sofia das Fehlen eines Bildes entdeckte.

Er überwand sich, noch eine Tasse Kaffee zu trinken, bevor er aufbrach. Sofia nickte zum Abschied nur. Beide wussten, dass er schon viel zu lange in ihrem Garten gesessen hatte.

»Das macht nichts«, sagte sie. »Das ganze Dorf ist in der vergangenen Woche hier zu Besuch gewesen.«

In der Morgendämmerung des nächsten Tages trat Leonidas die Heimreise an. Wie ein roter Pfeil flitzte der kleine Wagen durch Jugoslawien, während er sich den Brief durch den Kopf gehen ließ, den er an Anastasia schreiben wollte.

Leonidas erreichte Stuttgart am Sonntagabend, und am Montagmorgen stand er schon wieder am Fließband. Noch am selben Abend schrieb er seinen Brief:

»… und wenn du daran interessiert bist, kann ich dir bei Nachforschungen behilflich sein.« Er musste einen großen Umschlag kaufen, um das Foto beilegen zu können.

Am Dienstag rief sie an, und sie kamen überein, sich am Abend in dem Café am Einkaufszentrum zu treffen, wo er sie zum ersten Mal wiedergesehen hatte.

Mit ihrem Interesse hatte er gerechnet, aber keine Ahnung gehabt, wie hartnäckig sie sein würde. Sie war schöner denn je, hatte rote Wangen und glänzende Augen, als hätte sie Fieber. Immer wieder musste er erzählen, was Sofia über die schwedische Dame gesagt hatte, wie gebildet sie war, wie lieb und wie freundlich.

»Das war Sofia auch, sie hat zumindest versucht, freundlich zu mir zu sein«, sagte Anastasia zum Schluss.

Mehr wurde über die gemeinsame Jugendzeit nicht gesprochen. Nur einmal erwähnte Leonidas, dass ihm das Dorf bei seinem jetzigen Besuch kleinlich und rückständig vorgekommen sei.

»Es ist böse«, sagte sie.

Später fragte sie:

»Warum willst du mir helfen?«

Und es war keine komplette Lüge, als er erwiderte, er habe viel darüber nachgedacht, wie es ihr als Kind ergangen war, und er schäme sich und wolle einiges wieder gutmachen.

Sie sah ihn lange an, zögernd:

»Du warst nicht bei den Schlimmsten«, sagte sie und ließ das Thema fallen.

Es kam an diesem ersten Abend zu keinem Entschluss. Etwas vage schlug Leonidas vor, an Lillemor Lundgren zu schreiben. Auf Deutsch. Anastasia dachte nach und fragte dann hilflos:

»Und was soll in diesem Brief stehen?«

Er musste zugeben, dass es eine schwierige Frage war.

Als er sie nach Hause fuhr, waren sie übereingekommen, sich am Samstag zu treffen, denn an diesem Tag hatte Anastasia frei. Bis dahin sollte jeder für sich überlegen.

»Du kannst mich jeden Tag um drei Uhr anrufen, da bin ich nämlich allein im Haus«, sagte sie, und Leonidas nickte, wollte aber nicht sagen, dass er in der Arbeitszeit nicht telefonieren konnte.

Zu Hause angekommen, nahm er die Straßenkarte wieder zur Hand, die er aus Sofias Atlas herausgerissen hatte. Er hatte sie Anastasia gezeigt, aber sie schien sich nicht besonders dafür zu interessieren und hatte nur gesagt:

»Kaum zu glauben, ein Haus nur für die Freizeit.«

Vielleicht kann sie Karten nicht lesen, dachte er. Aber er hielt den Gedanken für dumm, denn Anastasia war viel schneller im Denken als er. Außerdem sprach sie viel besser deutsch, das hatte er gehört, als sie im Café ihren Kuchen bestellte. Es störte ihn, aber andererseits würde es ihnen gut zustatten kommen. Wenn sie gemeinsam reisten.

Vor dem Einschlafen versuchte er sich auszurechnen, wie viel Gewinn er erzielen konnte, wenn er den Porsche gegen einen alten VW-Bus eintauschte. Der durfte gern einiges an Kilometern hinter sich haben, diese Wagen waren unverwüstlich. Und geräumig. Er konnte Betten und einen Propangaskocher installieren ... also eine Art Wohnwagen daraus machen.

Bei diesem Gedanken fühlte er sein Herz beglückt schlagen.

Am nächsten Tag wollte er sich eine Europakarte kaufen und den

Weg nach Skandinavien studieren. Und dann brauchte er noch eine große Karte von Schweden.

Am Mittwoch rief er bei Anastasia an und erzählte ihr von seinem Plan. Er hörte, dass sie Zweifel hatte, dass sie nicht ganz abgeneigt, aber doch misstrauisch war. Darüber konnte er hinwegsehen, er wollte nur Antwort auf seine Fragen haben.

Hatte sie einen gültigen Reisepass? Wie lang war ihre Kündigungsfrist bei Bildmanns? Und wie viel Geld konnte sie aufbringen?

Ihre Antworten kamen prompt, einen Pass hatte sie, bei Bildmanns konnte sie von heute auf morgen gehen, aber viel Geld hatte sie nicht. Ihr Lohn war gering, und den größeren Teil davon schickte sie ihrer Mutter.

Leonidas erinnerte sich, dass seine Mutter erwähnt hatte, es gehe Parthena jetzt besser, weil Anastasia ihr Geld schickte.

Nach der Arbeit ging Leonidas zu dem Griechen, von dem er den Porsche gekauft hatte; natürlich würde er den Wagen zurücknehmen. Interessenten dafür gab es eine ganze Menge. Und selbstverständlich könne er einen alten VW-Bus beschaffen.

Allerdings machte er ein erstauntes Gesicht, war an dem Sportwagen etwas nicht in Ordnung?

»Nein, der ist prima. Aber ich habe jetzt andere Pläne.«

Der Grieche machte eine Probefahrt mit dem Porsche, und erst als er wieder zurück war, wagte Leonidas seine Frage zu stellen:

Wie groß wäre der Preisunterschied? Und konnte er die Differenz bar auf die Hand haben?

Der Grieche kratzte sich auf dem Kopf, sagte, das Geschäft mache ihm keine Freude, aber nun ja, einem Landsmann ... sein Vorschlag wären zehntausend Mark, Leonidas hatte ja viele Arbeitsstunden in den Porsche investiert, kein Mensch konnte auch nur ahnen, dass es ein Unfallwagen war ...

Als Leonidas den Autohändler verließ, freute er sich wie ein Kind.

Aber als sie sich am Samstag trafen, zögerte Anastasia immer noch. Und sie war misstrauisch:

»Ich muss wissen, warum du das alles tust!«

Er schwieg lange, weil er sich überlegte, ob es noch zu früh wäre, von Eheschließung zu reden. Dann sagte er, selbst erstaunt über seinen Einfallsreichtum:

»Ich finde so eine Fahrt interessant. Das Leben als Fabrikarbeiter ist ja nicht so besonders ... abwechslungsreich.«

»Du willst Abenteuer erleben?«

»Ja«, sagte er, hörte aber, wie zweideutig es klang, und fügte schnell hinzu: »Eine Urlaubsreise in unbekannte Gegenden ...«

Da lächelte sie und wiederholte: »In unbekannte Gegenden.«

Doch dann fragte sie:

»Bekommst du denn Urlaub?«

»Ich denke schon«, log er. »Und außerdem gibt es überall Arbeit genug.«

Er fragte sich, ob sie merkte, dass er Unwahrheiten auftischte, ob sie aus den Tageszeitungen von der Arbeitslosigkeit in Westdeutschland wusste. Und er dachte bei sich, dass man ihm wohl die Arbeitsbewilligung entziehen würde, wenn er seinen Posten unerlaubt verließ. Da war es schon besser, zu kündigen und für seine Rückkehr das Beste zu hoffen.

Aber Anastasia hatte ihre eigenen Probleme:

»Ich sage, dass meine Mutter krank geworden ist«, meinte sie. »Wer weiß, vielleicht sind Bildmanns erleichtert, sie wirken in letzter Zeit ein bisschen nervös.«

»Arbeitest du schwarz?«

»Ja.«

»Da sparen die viel Geld«, sagte Leonidas. »Aber das hat auch sein Gutes, weil sie lieber den Mund halten.«

Ohne dass sie ausdrücklich zugestimmt hat, ist alles in Butter, dachte Leonidas, nachdem sie sich getrennt hatten. Sie vertraute ihm, alles lag nun bei ihm.

In der Fabrik wurden ihm weitere Urlaubstage glatt abgeschlagen. Leonidas antwortete mit Kündigung. Er konnte sofort gehen und hatte keine Aussichten, wieder eingestellt zu werden. Leonidas ließ sich seinen restlichen Lohn ausbezahlen und hatte ein Gefühl ungehemmter Freude, als er zum letzten Mal durch das Fabriktor hinausging. Sein erster Weg führte zu dem Griechen, dem Autohändler, und siehe da, soeben war ein gebrauchter VW-Bus hereingekommen.

»In wirklich gutem Zustand«, sagte der Händler, und Leonidas fand, dass das Schicksal es gut mit ihm meinte und dies möglicherweise mit Anastasia und ihren übernatürlichen Kräften zusammenhing. Der Gedanke schreckte ihn jetzt nicht mehr, ganz im Gegenteil.

Er überprüfte den Motor, der zuverlässig lief wie ein altes Uhrwerk. Dann machte er eine Probefahrt mit dem Bus, die Unwucht der Räder musste behoben werden, und man musste überlegt packen. Der Wagen lief nicht übermäßig schnell, die Reise würde ihre Zeit dauern, aber auch das war eine wunderbare Vorstellung.

Er gab den Porsche zurück und ging mit einem fetten Scheck zur Bank.

In den nächsten Tagen reinigte er den Bus bis in den letzten Winkel. Der Boden war ziemlich angerostet, also kaufte er eine Sperrholzplatte und ein Stück grünen Bodenbelag, um alles sauber abzudecken. Dann kaufte er Schaumstoffmatratzen, einen Propangaskocher, Decken, Kissen, Töpfe, Tassen und Teller. Alles im Billigangebot, nichts war besonders ansprechend oder gar schön zu nennen.

Aber für ihn war es eine Haushaltsgründung, und er war glücklich. Täglich um drei Uhr rief er Anastasia an, um Bericht zu erstatten. Sie klang noch immer unentschlossen, aber er überhörte alle ihre Einwände.

»Du bist für die Verpflegung zuständig«, sagte er. »Kauf Konserven, Wurzelgemüse und Brot ein, das nicht schimmelt. Für einen Kühlschrank hab ich kein Geld.«

»Trockenmilch«, sagte sie. »Äpfel und einen großen Laib Käse.«

Ihre Stimme klang jetzt kindlich beglückt.

»Und Kaffee«, sagte er und fühlte sich wie ein echter griechischer Hausvater, dessen Autorität nie infrage gestellt werden konnte. Und Anastasia horchte und gehorchte.

Aber als sie sich am folgenden Wochenende trafen, hatte sie wieder Vorbehalte.

»Du darfst nicht mit mir schlafen«, sagte sie, und Leonidas wurde bis in die Haarwurzeln rot und dachte bei sich, so redet keine anständige griechische Frau. Ihm fiel die Hure in Athen ein, die er ein einziges Mal aufgesucht hatte, und plötzlich überkam ihn das Gefühl, dass Anastasia Ähnlichkeit mit ihr hatte.

Aber das war ungerecht, er sah es ihren Augen an, wenn sie ihn über den Tisch, an dem sie ihren Kaffee tranken, anblickte. Und dann dachte er an alles, was er aufgegeben hatte, Arbeitsplatz, Sportwagen.

»Warum traust du mir nicht?«

»Ich traue nie irgendjemandem.«

»Könntest du es nicht wenigstens versuchen?«

Da streichelte sie ihm über die Hand. Zum ersten Mal berührte sie ihn, und es war das Schönste, was er je erlebt hatte.

»Komm mit, ich will dir das Auto zeigen«, sagte er mit belegter Stimme.

Der Wagen stand im Hof hinter dem Haus, in dem Leonidas ein Zimmer zur Untermiete hatte. Und mit einem Schlag verstummten Anastasias sämtliche Einwände. Beglückt sah sie sich um und begann einzurichten.

»Hier wird mein Spiegel hängen«, sagte sie.

»Das wird sich ergeben, es ist enger, als du denkst. Wir brauchen noch Platz für einen Wassertank, ein paar Propangasflaschen, Treibstoffkanister.«

»Aber Schweden ist doch ein ... zivilisiertes Land?«

Ja, das nahm er an. »Aber es ist groß, riesige Entfernungen. Und kalt ist es dort, du musst warme Sachen mitnehmen, Regenmantel, lange Hosen, alles, was du an Wollsachen hast.«

»Ich habe zwei schöne Decken«, sagte sie. »Die können wir als Bettüberwürfe nehmen.«

Stolz führte Leonidas seinen Klapptisch und die beiden zusammenklappbaren Stühle vor und genoss Anastasias Begeisterung. Aber mit großem Ernst sagte er: »Und jetzt können wir uns mit der Karte beschäftigen.«

Lange betrachteten sie das lang gestreckte Land.

»Schweden ist mehr als dreimal so groß wie Griechenland«, sagte er. »Aber es wohnen nur acht Millionen Menschen dort. Griechenland hat über zehn Millionen Einwohner und ist nicht besonders dicht besiedelt.«

Anastasia dachte über das, was er gesagt hatte, nach. Dann deutete sie mit dem Finger auf die Karte und fragte:

»Was ist denn zwischen den roten Dörfern?«

»Wald«, antwortete er.

Sie versuchten sich das vorzustellen, meilenweit Wälder.

Aber sie konnten es nicht fassen, und als sie später durch Småland rollten und es mit eigenen Augen sahen, war es immer noch unwirklich.

Auf der Fähre zwischen Dänemark und Schweden hatten sie beschlossen, keinen Versuch zu unternehmen, Lillemor Lundgren in Stockholm aufzuspüren. Die Großstadt ängstigte sie. Sie würden in der Nähe des Hauses in Östergötland auf sie warten. Es war ein schwer auszusprechender Name, sie mussten darüber lachen.

Schon Småland entmutigte sie. Und dann die Kälte. Noch Ende April lag Schnee in den dichten Wäldern.

»Ich hätte ein Gasöfchen kaufen sollen«, sagte Leonidas, als er Anastasia abends im Bett bibbern hörte. Aber sie versicherte ihm, es sei alles okay, und zog eine zweite Strickjacke über.

Sie atmete im Schlaf tief wie ein Kind.

Seine Zärtlichkeit kannte keine Grenzen.

Er wagte sie während der ganzen langen Reise nie zu berühren. Das machte ihm nichts aus, denn seine Augen durften sie ja immerzu genießen, ihr glänzendes schwarzes Haar, den schlanken Hals, die Augen mit dem in die Ferne gerichteten Blick und die Hände, die sich, wenn sie sprach, wie die Flügel eines Vogels bewegten, die aber bei jeder Arbeit zielstrebig zupackten.

Sie konnte gut kochen.

Eines Tages hatte er sie auf einem dänischen Rastplatz überrascht, als sie sich die Füße wusch. Und sie hatte gesagt:

»Was schaust du denn?«

Er blieb ihr die Antwort schuldig, denn er konnte doch nicht gut die Wahrheit sagen, dass nämlich die schlanken Füße mit den kleinen Zehen und babyrosa Nägeln ihm in der Nacht viele liebliche Gedanken bescherten.

Oft träumte er von ihren Brüsten.

Am verlockendsten war jedoch ihr Mund, dieser steile Mund mit dem spöttischen Lächeln. Und ihre Stimme, eine helle Stimme mit einem dunklen Unterton.

»Erzähl!«, bat er sie oft.

»Wovon denn?«

»Von Bildmanns zum Beispiel«, sagte er, und sie sprach, doch er achtete nicht auf die Worte, sondern nur auf ihre Stimme.

Von ihrem Dorf sprachen sie kein einziges Mal. Und erst in Småland wich die Freude von ihnen. Leonidas schämte sich dafür, aber die endlosen Wälder machten ihm Angst. Schweigen entstand auch zwischen ihnen beiden.

Sie hatten schon in Hamburg deutsche Mark gegen schwedische Kronen eingewechselt und blieben in einem kleinen Ort mitten in den Wäldern stehen, um Brot und Milch zu kaufen und den Wagen aufzutanken. Der Name des Dorfes war noch schwieriger auszusprechen als Östergötland, gemeinsam buchstabierten sie Skillingaryd und konnten sich nicht vorstellen, wie das auszusprechen war.

Jetzt wurde ihnen klar, dass der Grieche, von dem Leonidas den Wagen gekauft hatte, ihnen eine glatte Lüge aufgetischt hatte, als er sagte, Schwedisch sei wie Deutsch, nur werde es anders ausgesprochen. Die Leute verstanden sie nicht. Und jedes Mal, wenn Anastasia es in ihrem besten Deutsch versuchte, kam von den Schweden die Frage: Please, do you speak English?

Alle waren freundlich, aber eher uninteressiert, und Anastasia fand es besonders merkwürdig, dass sie gegenüber Fremden nicht die geringste Neugier zeigten.

Die Fahrt ging durch kleine Ortschaften und Städte, die schönen roten Bauernhäuser standen mitten in Wiesen und Feldern. Aber selbst diese menschlichen Spuren waren für Anastasia in diesem stillen Land schwer begreiflich:

»Alles ist so ordentlich.«

Überall war der noch kalte Boden mit Blumen übersät, weiße Blumen erfüllten bei ihrer Suche nach einem Nachtlager abseits der

Straße den Wagen mit ihrem Duft. Und jeden Morgen erwachten sie bei Vogelgezwitscher, wie sie es noch nie gehört hatten.

Als sie den Vättersee erreichten, Jönköping und Huskvarna sich über die steilen Hänge am See erstrecken sahen, wurde ihnen leichter zumute. Die Sonne schien, der Weg war schön, und die Östgöta-Ebene kam ihnen offen und hell entgegen. Die Stadt Mjölby, ihr Ziel, glich einem deutschen Einkaufszentrum und war leicht zu überblicken. Anastasia kaufte ein, was ihnen fehlte, Leonidas kaufte ein paar Flaschen griechischen Wein, um den Tag zu feiern.

Sie waren ihrem Ziel jetzt nah, sehr nah. Sie wollten nicht direkt zu dem Haus hinfahren, Leonidas wollte eine Abzweigung in den Wald suchen.

Dann stellten sie fest, dass nur ein Waldweg und keine richtige Straße zu Lundgrens Haus führte. Sie fuhren langsam an dem Haus vorbei und sahen sofort, dass niemand dort war, es sah verlassen aus, und die Vorhänge waren zugezogen.

Sie fuhren weiter. Einen knappen Kilometer entfernt fand Leonidas, was er suchte, eine überwucherte Abzweigung. Er stieß zurück, so weit er es wagte, und war äußerst zufrieden, dass der Wagen zwischen den großen Fichten vom Weg aus nicht zu sehen war.

»Jetzt sind wir also am Ziel«, sagte er, und bei beiden steigerte sich die Spannung, als sie ihre Gläser mit dem geharzten griechischen Wein hoben.

Zwei Tage warteten sie, ohne das Haus aus den Augen zu lassen. Anastasia war geradezu verliebt in das lang gestreckte, niedrige rote Gebäude. Jeden Abend versuchte sie einen Blick durch die Fenster zu werfen. Sie schlich herum wie ein Dieb, untersuchte die Scheune, das Außenklo, die Pfade rund um den Besitz, entdeckte von Unkraut überwucherte Beete und sogar ein Kräuterbeet.

Wenn sie zum Wagen zurückkam, war sie von fiebriger Erwartung erfüllt.

Während dieser beschäftigungslosen Wartezeit stieg das Verlangen in Leonidas wie in einem demnächst explodierenden Drucktopf. Nachts musste er in den Wald laufen und onanieren. Er versuchte nie, sich Anastasia dabei vorzustellen, sondern immer die Hure aus Athen. Aber es gelang ihm nur schlecht.

Am Morgen des dritten Tages hielt er es nicht mehr aus, er musste etwas unternehmen:

»Es hat keinen Sinn, länger hier zu warten. Wir fahren nach Stockholm weiter.«

Anastasia nickte, wollte nur noch ein letztes Mal zum Haus hinübergehen. Aber dort war auch an diesem Tag kein Leben zu bemerken.

Um die Mittagszeit waren sie mit dem Packen fertig, alles war an seinem Platz. Aber sie wollten vor dem Wegfahren noch eine letzte Runde gehen und wählten den Pfad, auf dem sie das Haus erreichen konnten, ohne gesehen zu werden. Und beiden stockte der Atem, als sie ein kleines grünes Auto über den Kiesweg auf das Haus zu fahren sahen.

Eine Frau stieg aus, räkelte sich wie eine Katze und lächelte in die Welt hinein.

Leonidas hatte in Stuttgart einen gebrauchten Feldstecher gekauft und Anastasia gezeigt, wie man ihn benutzte. Jetzt sah sie sich die Frau vor dem Haus an und wurde blass bis in die Lippen.

»Schau«, flüsterte sie nur und reichte ihm das Glas.

Und vielleicht war Leonidas der Erste, der es an diesem Tag aussprach:

»Das darf nicht wahr sein.«

Die Frau pflückte jetzt Blumen, einen ganzen Strauß dieser weißen Blumen, die in den schwedischen Wäldern überall wuchsen und die Leonidas vom ersten Augenblick an nicht hatte leiden mögen. Weißes Fieber hatte er sie genannt, doch Anastasia fand sie schön. Und tapfer. Da musste er beipflichten, und es erschreckte ihn wie etwas Unnatürliches.

Sie sahen, wie die Frau die Tür aufschloss, es gab Schwierigkeiten, aber sie schaffte es schließlich. Dann trug sie ihre Taschen hinein. Zwei schwere Plastikbeutel mit Lebensmitteln waren auch dabei, und Leonidas fragte sich, ob es in diesem Haus wohl einen Kühlschrank gab.

Nun wurden die Gardinen zurückgezogen und die Fenster geöffnet.

Nach einer Weile war alles still.

»Was mag sie tun?«, flüsterte Leonidas.

»Vielleicht hat sie sich hingelegt, sie wird von der Reise müde sein.«

Langsam und vorsichtig gingen sie zu ihrem Wagen zurück.

»Was machen wir jetzt?«, sagte Leonidas.

»Ich gehe zum Haus und klopfe an.«

»Alleine?«

»Das wird am besten sein.«

»Und dann?«

»Ich hoffe, sie nimmt mich mit nach Stockholm.«

Leonidas hörte die Angst in Anastasias Stimme nicht.

»Und was wird aus mir?«, schrie er.

»Sobald ich kann, werde ich dich bezahlen«, sagte sie.

Wahnsinniger, durch das unterdrückte Verlangen verstärkter Zorn ergriff Leonidas, er packte Anastasia und küsste sie besinnungslos. Sie wehrte sich, schlug auf seinen Kopf ein, es tat weh, und die Wut sprengte alle Grenzen des Erträglichen. Das Mädchen ergriff die Flucht in Richtung des kahlen Berges, er jagte hinter ihr her, wie er sie als Kind gejagt hatte, und seine Wut war übermächtig.

Bei der großen Fichte nahe der Bergkuppe holte er sie ein, schlug sie zu Boden, wälzte sich über sie. Als er ihre Bluse hochzog und endlich ihre Brüste entblößte, war er jenseits aller Vernunft.

Sie war unter seinen Händen bald still geworden, blieb liegen, als er sich ergossen hatte, weinte. Es war ein seltsam schluchzendes Weinen, das alle Enttäuschungen, alle Erniedrigungen enthielt, denen sie ausgesetzt gewesen war.

Dieses Weinen war nicht auszuhalten, es waren Martern, vergleichbar den Schmerzen, wenn die Folterknechte der Junta Elektroden an die Hoden ihrer Opfer steckten.

Das hielt er nicht aus. So konnte er nicht weiterleben.

»Liebste!«, sagte er. »Du meine Liebste, sei still.«

Aber sie hörte ihn nicht, das schreckliche Weinen drang immer tiefer in ihn ein, in den Leib, in das Herz.

Er würde sich nie erinnern können, wie alles zugegangen war, wieso der große Stein plötzlich in seiner Hand lag. Er wusste nur, dass er diesem Weinen ein Ende setzen musste, sonst würde er sterben.

Danach saß er neben der Toten, aller Gedanken bar, und es mochte eine Stunde oder mehr vergangen sein. Später würde er erzählen, es sei plötzlich ein Wind durch die hohen Bäume gegangen, der ihn warnte. Jetzt begann er zu denken, und sein erster Gedanke war, dass er überleben wollte.

Vorsichtig trug er das tote Mädchen unter die Fichte. Da hörte er Schritte und rannte über den Steilhang auf den Wald zu. Denn dort, auf dem Pfad, kam Lillemor Lundgren, es war wie ein Albtraum.

Sie sah ihn nicht. Aber sie hatte ihn gehört, denn sie blieb stehen und sah sich fragend um.

Worauf wartete sie?

Er hatte jetzt solche Angst, dass sein Fuß ins Rutschen käme oder ein Zweig knackte. Er fürchtete, das Herz könnte ihm vor Schreck stehen bleiben, aber die Frau lächelte, zuckte die Schultern und ging weiter.

Auf die Tote zu.

Er sah, wie sie sich unter die Fichte beugte, sah, als sie sich wieder aufrichtete, wie weiß sie im Gesicht geworden war und wie sie entschlossen zum Haus zurückging.

Sie würde die Polizei rufen.

Ihm war bewusst, dass für ihn jetzt jede Minute kostbar war, nahm sich aber trotzdem die Zeit, einen Strauß von diesen weißen Blumen zu pflücken und ihn Anastasia in die Hände zu legen.

Als das Polizeiauto aus Mjölby über die Felder holperte, war er auf schmalen Waldwegen schon nach Süden unterwegs. Es war ihm noch Zeit geblieben, den Platz, auf dem sie geparkt hatten, aufzuräumen. Er hinterließ keinerlei Spuren.

Nach einigen Kilometern fand er einen breiteren Weg, der in eine Landstraße mündete, auf der die E4 ordentlich ausgeschildert war. Schon bald war er auf der Autobahn, legte Meile um Meile zwischen sich und das Unerträgliche.

Dort, wo die småländischen Wälder am dichtesten waren, durchzuckte ihn ein Gedanke. Jemand konnte den Wagen gesehen und sich die deutsche Nummer gemerkt haben. Vorsichtshalber verließ er die Straße und fuhr in den Wald. Pass, Brieftasche und Lederjacke nahm er mit. Bevor er das Auto verließ, zog er andere Schuhe an, tauschte seine Turnschuhe gegen gewöhnliche Halbschuhe aus.

Gegen Abend nahm ihn ein deutscher Fernlaster mit. Ohne Schwierigkeiten kam er durch die Passkontrolle in Helsingborg, in Hamburg bedankte er sich fürs Mitnehmen, ging auf die Bank und hob sein ganzes Geld ab.

Er wollte sich quer durch Europa nach Athen zu einem Cousin durchschlagen, der illegalen Geschäften nachging. Zumindest drückte seine Mutter sich so aus, wenn sie von Panos Baridis sprach. Und Leonidas flehte zu den Göttern, dass das stimmte.

Er machte es wie die Lundgrens, in Thessaloniki nahm er einen Mietwagen und stellte fest, dass der Weg zum Dorf schlecht zu fahren war. Die Passstraßen wurden von der tief stehenden Sonne in blendendes Licht getaucht, und die Welt war voller Gegensätze, grelles Licht in den ostwestlich verlaufenden Tälern und tiefes Dunkel hinter den Bergen im Osten.

Janis Pavlidis hatte Schwierigkeiten mit seiner Sonnenbrille. Die Augen mussten die Kontraste von Hell und Dunkel bewältigen, so gut sie konnten.

Er freute sich über den Auftrag, die unerwartete Reise in die alte Heimat. Nicht dass er Heimweh gehabt hätte, das konnte er sich nicht leisten. Aber eine gewisse Wehmut war doch vorhanden.

Er hatte sich für Schweden entschieden. Und die Ferien in Griechenland stärkten immer wieder seine Überzeugung, dass er die richtige Wahl getroffen hatte. Er wollte dem Netz entgehen, in dem die Familie in Athen ihre Mitglieder einzufangen trachtete.

Janis waren diese Familienbande und die damit verbundenen Bespitzelungen zuwider.

Nun war aber ein altes Bauerndorf etwas anderes als der Vorort, in dem er seine Kindheit verbracht hatte. Er erinnerte sich an die Sommer bei den Großeltern in einem Dorf nördlich von Korinth. Es war eine magische Welt, wo sich mitten in dem althergebrachten Frieden die seltsamsten Dinge ereigneten.

Lundgrens Bericht hatte viele Erinnerungen geweckt.

Er erreichte das Bergdorf um die Mittagszeit und ging, wie er es sich vorgenommen hatte, in das Kafenion am Markt, wo es außer Essen auch noch die Gerüchteküche gab. Er wusste, dass es Zeit brauchen würde, zur Sache zu kommen.

Er erzählte von sich, von seinen Verwandten in Athen. Er arbeite jetzt als Anwalt in Schweden, sagte er.

Wussten sie überhaupt, wo dieses Land lag?

Sie waren geradezu gekränkt, sie wussten doch fast alles über das Land am Nordpol, in dem es nur reiche Leute gab und wo die Sonne nie schien.

»Im Winter schneit es, und im Sommer regnet es, das hat Gregoris Madzopoulos gesagt. Und der weiß, wovon er spricht, er hat viele Jahre dort gelebt.«

»Ganz so schlimm ist es nicht«, lachte Janis.

»Dann stimmt es wohl auch nicht, dass da jeder ein Auto hat?«

»Na ja, fast jeder.«

Ja, er sei mit seinem Leben zufrieden, aber selbstverständlich habe er oft Heimweh. Jetzt habe er Ferien und wolle ein paar Wochen durch die alte Heimat gondeln.

Wie er es sich ausgemalt hatte, waren alle beeindruckt und voller Respekt. Er wagte eine Frage:

»Kommen hier manchmal auch schwedische Touristen durch?«

»Na ja, Madzopoulos haben Besuch von einer Familie bekommen.« Aber dann herrschte Schweigen, das Dorf wahrte seine Geheimnisse.

Janis ließ sich Zeit, lud alle zu einem Ouzo ein, fragte, wie das mit dem Kommunismus war. Jetzt kam Bewegung in die Gespräche. Ihr Dorf lag nahe der Grenze und war wie viele andere vom Bürgerkrieg überrannt worden. Jahrelang hatten die Kommunisten hier Quartier bezogen, junge Frauen wurden zu Soldaten ausgebildet, Kinder waren nach Albanien geschickt, Männer erschossen worden. Alles im Namen der neuen Zeit.

Es war Janis klar, dass die Überlebenden gegen Veränderungen gefeit waren.

Aber auch an einem griechischen Caféhaustisch kann das politische Gespräch einmal zu Ende gehen. Zumindest vorübergehend. Janis hatte den Männern im Wesentlichen immer Recht gegeben, es herrschten Sympathie und Vertraulichkeit, als er die Frage wagte, wie ihnen die schwedische Familie, die hier zu Besuch gewesen war, gefallen habe.

»Das war eine verdammt dumme Geschichte.«
»Haben sie sich betrunken?«, fragte Janis.
»Nein.«

Ganz allmählich kamen sie mit der Sprache heraus und erzählten von der seltsamen Ähnlichkeit der Frau mit Anastasia Karabidis.

»Und wer ist diese Anastasia Karabidis?«

Da ergriff der Älteste das Wort und sagte, sie sei eine Schande für das Dorf und eine Hexe. Sie konnte die Zukunft sicherer aus dem Kaffeesatz voraussagen als jede andere. Und von meilenweit her kamen die Leute, um sich von ihr wahrsagen zu lassen.

»Das Schlimmste war, dass sie sich nie geirrt hat«, sagte einer.

»Nein, das Schlimmste war, dass sie die grausigsten Unglücke voraussah und auch noch darüber lachte«, sagte ein anderer.

»Sie war böse, eine, die sich am Elend anderer erfreute.«

Das ganze Dorf hatte vor Erleichterung aufgeatmet, als sie zu einer deutschen Familie verschwand, die ein Kindermädchen suchte. Die armen Deutschen wussten ja nicht, was sie sich da eingehandelt hatten.

Jetzt lachten alle, die verdammten Deutschen hatten nur bekommen, was sie verdienten.

Und dann musste er sich die Geschichten über die Strafexpeditionen im Dorf anhören, damals, in den vierziger Jahren, als die Deutschen die Herren im Lande waren.

»Das war die Hölle«, erinnerten sie sich:
»Und vorher gab's den Krieg gegen die Italiener.«

Und nun waren sie wieder bei der Politik, die Geschichte von Anastasia und der schwedischen Frau war ja trotz allem eher etwas für die Weiber.

In diesem Augenblick sah er sie, die Frau, die aus dem Schatten der Platanen trat und wie gebannt stehen blieb. Es war ihm unangenehm, denn er erkannte sie sofort aus dem Griechischen Verein in Stockholm wieder. Er hatte Träume um sie gesponnen. Nicht weil sie mit ihrer hohen Stirn und dem entschlossenen Mund schön war. Nein, sie war interessant, war eines der wenigen griechischen Mädchen mit Persönlichkeit und eigenen Ansichten.

Sie hätte ihm gefallen.

Nicht einen Augenblick wäre er auf die Idee gekommen, dass Sofia diese Sofia war.

Ihre Versteinerung hatte sich gelöst, und sie ging direkt auf ihn zu. Ihre Stimme war angespannt, als sie auf Schwedisch fragte:

»Ist sie tot?«

»Wer?«

»Lillemor Lundgren.«

»Nein. Wo können wir ungestört sprechen?«

»Wir können zu mir nach Hause gehen.«

Das Gespräch in der fremden Sprache, die kurzen Sätze und Sofias offensichtliche Erregung schufen eine Stimmung, die Janis nicht brauchen konnte. Er lächelte Sofia an und sagte weiterhin schwedisch:

»Es ist wichtig, dass niemand erfährt, wer ich bin, schon allein deinetwegen.«

Auch ihr gelang ein Lächeln, und sie sagte griechisch:

»Wir kennen uns aus Schweden. Ihr habt ja gesehen, wie erstaunt ich war.«

»Wir sind so etwas wie Schulfreunde, haben im selben Kurs Schwedisch gelernt«, sagte Janis und fügte hinzu, man könne nur staunen, wie klein die Welt ist.

Die Männer nickten, und Sofia dachte: Verdammt gut kann er lügen, dieser Polizist.

Sie machte ihre Einkäufe, und als sie ging, sagte sie zu Janis:

»Du kannst mich gern in meinem Garten zu einer Tasse Kaffee besuchen. Ich wohne in dem neuen Haus in der Dorfmitte.«

Es war eine kühne Einladung, aber immerhin verständlich, auch Griechen lernen in fremden Ländern neue Sitten. Und eigentlich bestätigte es nur das Bild, das man sich von Sofia gemacht hatte.

Janis blieb noch eine Weile im Kafenion sitzen, saß aber wie auf Kohlen. Dann endlich ging er seinen Besuch abstatten, ließ sich in Sofias Garten nieder, lehnte den Kaffee dankend ab und stellte seine Fragen. Eine halbe Stunde später spazierte er gemütlich in das Kafenion zurück und verabschiedete sich von den Männern.

Sobald er vom Dorf aus nicht mehr gesehen werden konnte, fuhr er, so schnell er es wagte, durch die Haarnadelkurven zur nächstgrößeren Ortschaft, wo es ein Telefon gab. Er dachte ununterbrochen an Sofia, an ihr selbst gewähltes Schicksal und ihre eigentümlichen Reaktionen. Ihre Erleichterung, als sie erfuhr, dass Lillemor Lundgren nichts passiert war. Sie hielt mit nichts mehr hinter dem Berg, denn schnell hatte sie ihre eigenen Schlüsse gezogen.

»Es muss Leonidas Baridis gewesen sein.«

Und nun hörte Janis von dem jungen Mann, der zu Besuch gekommen war und Fotos von Lillemor an sich genommen hatte. Das verschwundene Kartenblatt hatte sie noch nicht vermisst, aber als sie den Straßenatlas geholt hatte, konnten sie feststellen, dass die Karte von Östergötland herausgerissen worden war.

Das Gespräch mit Leonidas war eigenartig gewesen. Er hatte sie über Lundgrens und Schweden von vorn bis hinten ausgefragt und ... er hatte von Anastasia gesprochen, als wäre er von ihr besessen.

»Verliebt?«

»Ja, das habe ich mich auch gefragt. Aber das ist eigentlich undenkbar, der älteste Sohn von Baridis und sie ...«

»Für Stuttgart kommt mir das gar nicht so unwahrscheinlich vor«, sagte Janis. »Hat er irgendwann erwähnt, dass er sie getroffen hat?«

»Nein, aber er hat lange davon gesprochen, wie gemein wir gegen sie gewesen waren, ich habe mich richtig geschämt.«

Dazu hatte sie auch allen Grund, dachte Janis, als er mit quietschenden Reifen die kurvenreiche Bergstraße entlangfuhr. Und dann dankte er dem Schicksal, dass er zu Hause nie Zeit gehabt hatte, Sofia näher zu kommen. Zu Hause in Schweden.

Sie hatte ihm zu einer weiteren wichtigen Spur verholfen. Leonidas hatte in Athen einen Vetter, der, wie man im Dorf munkelte, mit der italienischen Mafia zusammenarbeitete.

»Drogen und so.«

Man hatte ihm den Namen des Cousins gesagt, und Janis pfiff während der Autofahrt vergnügt vor sich hin. Jetzt wusste er, wohin Leonidas unterwegs war. Vorausgesetzt, die Grenzer machten ihm keine Schwierigkeiten.

Wenn er schlau ist, nimmt er von Deutschland aus einen Charterflug, dachte er.

Enokson war sofort am Telefon. Janis buchstabierte den Namen: Leonidas Baridis, Arbeiter in einem Autowerk in Stuttgart. Und die äußeren Kennzeichen: etwa 175 groß, hager, braunes, gelocktes Haar, braune Augen, leicht gebogene Nase.

Enokson bat Janis, noch nicht aufzulegen, und mit Befriedigung hörte er, wie die Fahndung europaweit verbreitet wurde: Mordverdacht.

Als Enokson sich erneut meldete, fragte Janis:

»Soll ich wieder zurückfahren und die Polizei in diesem Dorf informieren ... und die Mutter?«

»Das brauchst du nicht, das ist Sache der griechischen Polizei, wenn die Identität der Toten sichergestellt ist.«

Janis berichtete von dem Cousin in Athen. Wenn der Junge es über die Grenzen schafft, ist er in wenigen Tagen dort. Ich könnte zu diesem Vetter fahren und dort auf ihn warten.

»Das klingt gut«, sagte Enokson. »Aber ich muss die Genehmigung aus Stockholm einholen. Kannst du in ungefähr einer Stunde wieder anrufen?«

»Okay. Ich fahre inzwischen nach Thessaloniki zurück.«

Eine halbe Stunde später bekam Enokson den Bericht vom Auffinden des Autos in Småland. Es gab keinen Zweifel mehr, wer die Tote war. Er sprach mit der Distriktpolizei, die für das småländische Dorf zuständig war, dann mit der Polizei in Athen und in Stockholm.

In Athen sagte man ihm, dieser Cousin sei seit langem polizeibekannt.

Und in Stockholm erteilte man Janis die Genehmigung, sich in die griechische Hauptstadt zu begeben.

So kam es, dass Janis in einem Kafenion mit guter Aussicht auf das Haustor des Panos Baridis saß, als Leonidas aus dem Taxi stieg. Janis war in Begleitung zweier griechischer Kollegen, sie nickten einander zu und überquerten die Straße ohne Eile, während Leonidas den Chauffeur bezahlte.

Als Janis ihm die Hand auf die Schulter legte, wirkte Leonidas erleichtert. Die hoffnungslose Flucht war zu Ende.

Auf dem Flug nach Schweden erzählte er alles immer und immer wieder. Er sprach, als könnten die Worte das Geschehene begreiflicher machen.

Immer wieder kam er auf das Mädchen zurück, auf dessen Schönheit. Und er sprach viel vom schwedischen Wald und seinen Schrecken.

Nicht ein einziges Mal fragte er, was in dem fremden Land mit ihm geschehen werde, und er schien nicht zu verstehen, als Janis ihm sagte, er werde voraussichtlich wegen Vergewaltigung und Totschlag angeklagt werden.

Auf der Autofahrt nach Linköping fragte er:

»Gibt es in Schweden die Todesstrafe?«

»Teufel nochmal, nein!«, schrie Janis und sah, dass der junge Mann enttäuscht war.

Als Janis und Leonidas auf der Polizeistation von Linköping über die Schwelle traten und Enokson in Leonidas' junge Augen blickte, alles darin schlummernde Elend erkannte, dachte er, was er in letzter Zeit immer öfter gedacht hatte:
»Ich muss mir einen anderen Job suchen.«

Im Westen versank die Sonne im Meer, und die Küste von Halland brannte. Nirgendwo ist das Licht so überwältigend wie hier, dachte Lillemor. Es war eine lange Reise gewesen.

Sie hatte zu schlafen versucht, aber die Schienennähte hinderten sie daran, in die Traumwelt hinüberzugleiten.

Kehre um, kehre um, kehre um, sagte der Zug.

Sie wusste, wer der Westküstenbahn die Stimme geliehen hatte.

»Du hast eine Kindheit gehabt wie alle anderen auch«, hatte Kerstin immer wieder gesagt. »Wenn du nicht den Mut hast, dich daran zu erinnern, wirst du sie nacherleben müssen.«

Sie sah das stille Zimmer mit der zweckmäßigen Einrichtung vor sich und auch Kerstins Gesicht mit den ernsten Augen.

Aber Lillemor konnte sich nicht erinnern, weder jetzt noch sonst wann. Während des ganzen Jahres, in dem sie zweimal in der Woche zu Kerstin ging, blieb die Tür zu ihrer Erinnerung versperrt.

Sie konnte träumen, und die Träume erzählten von dunklen Ängsten in unbekannten Ländern. Sie wollte sich erinnern, sie setzte ihre ganze eigenwillige Kraft dafür ein. Und es kam ab und zu vor, dass sich die Tür einen Spalt öffnete: ihr Vater am Schreibtisch, gebeugt und abgewandt. Mutters Gesicht mit Augen, die immer wieder vor Zärtlichkeit überflossen. Nie die Schwester, keine Spur von ihr.

Als sie Worte für die Bilder fand und mit Kerstin darüber sprechen konnte, fragte Kerstin: Und was geschah, was sagte dein Vater, was tat deine Mutter?

Auf diese Weise erfuhr sie, dass sie ihre Kindheitserinnerungen in stummen Bildern bewahrte.

Gefrorene Augenblicke.

Nach einem Jahr gaben sie auf, Kerstin und sie trennten sich ohne Bitterkeit, jedoch in dem beiderseitigen Gefühl des Misslingens. Und so ging Lillemor nach Hause und kümmerte sich weiterhin besorgt um ihre Kinder. Seit jenem Tag waren zehn Jahre vergangen, und Lillemor hatte sich an die Vorstellung gewöhnt, keine Kindheitserinnerungen zu haben.

Jetzt saß sie im Zug von Malmö nach Göteborg und versuchte wieder, sich an die vernünftigen Gedanken zu klammern, die in den vergangenen Wochen, seit sie die Tote gefunden hatte, in ihrem müden Kopf hin und her gewandert waren.

Was ging Anastasia sie an, dieses Mädchen, das in den griechischen Bergen seine seltsamen Spiele getrieben hatte? Die Ähnlichkeit war nur ein Zufall, eine Laune der Natur.

Aber die vernünftigen Gedanken hielten auch heute nicht stand. Denn das Gefühl kam aus dem Wissen: Anastasia hatte Lillemor eine geheime Botschaft überbracht, und es war ihre Aufgabe, sie zu entschlüsseln.

Was hatte das Griechenmädchen sich gedacht, als es unter dem Mond tanzte?

In Sofias Brief stand: »Ich habe sie einmal den Vollmond mit einem schamlosen Tanz begrüßen sehen.«

Lillemor hatte Sofia eine Kopie ihres Artikels mit dem langen Interview geschickt. Und dazu einen Begleitbrief, in dem sie jedes Wort abgewogen hatte:

> Ich hoffe, dass das, was Anastasia und Leonidas hier in Schweden passiert ist, dir in deinem Dorf nicht geschadet hat. Und dass unsere Freundschaft davon unberührt bleibt.
>
> Mir selbst geht es schlecht, und ich denke viel an Parthena,

die Frau mit dem bösen Blick, und dass du zu mir gesagt hast, ich begreife so wenig. Das ist sicher wahr, in mir ist große Stummheit. Ich weiß jetzt, dass ich dir und deiner Kultur während unserer Zeit in Stockholm zu wenig Respekt entgegengebracht habe.

Mich quält auch ein starkes Gefühl, dass zwischen mir und Anastasia mehr als eine äußere Ähnlichkeit bestand, sie war so etwas wie eine Zwillingsseele, und ich trug womöglich Verantwortung für sie. Daher wäre ich sehr dankbar, wenn du mir schreiben und von der Toten erzählen würdest, alles, woran du dich erinnern kannst …

Sie hatte nicht auf Antwort zu hoffen gewagt.

Aber dann war ein langer Brief gekommen, der Sofia große Mühe gekostet haben musste. Die Gedanken, die Worte in einer fremden Sprache, die Rechtschreibung. Aber sie hatte sehr herzlich geschrieben, je länger der Brief wurde, desto freieren Lauf ließ sie ihren Gedanken, und ihr Schwedisch wurde immer sicherer. Der holprige Anfang trieb Lillemor Freudentränen in die Augen:

Ich bitte Sie zu verzeihen, dass ich mich so dumm benommen habe … so ängstlich, weil du so gleich warst … ich hatte es vergessen, Anastasia war noch ein Kind, als ich von zu Hause wegfuhr. Es ist nicht einfach, Schweden wiegt für mich viel … aber ich muss mein … meine Begrenzungen verteidigen, es ist die sicherste Art, sie nicht zu verlieren … ich habe viel Angst vor Mitleid …

Und dann über Anastasia:

Du darfst nicht glauben, dass ihr gleich wart, sie war böse. Ich weiß, du wirst jetzt sagen, wen die Gemeinschaft ausstößt, der wird böse. Das ist wahr. Aber nicht die ganze Wahrheit. Sie hatte viele Gründe, sich zu rächen, aber sie hatte auch etwas anderes, eine schwarze Kraft. Du hättest ihr Lachen hören müssen, als

Despinas kleiner Sohn als Neugeborenes starb. Die Hexen brauchen ungetaufte Seelen, sagte sie und lachte wie eine Wahnsinnige, bis sie sie aus dem Dorf gejagt haben.

Der Zug fuhr langsam in eine Kurve, die Schienennähte gaben noch einem Wort Raum: Dreh dich um, dreh dich um. Und jetzt konnte Lillemor die Botschaft annehmen und dem Zug in aller Ruhe antworten: Ich bin doch unterwegs, endlich.
Sie verstand selbst nicht, dass sie von dem Brief sprach, von Sofias langem Brief:

Ich wünschte, ich könnte sie dir schildern. Ich habe sie unter dem Mond tanzen sehen … Ich habe ihren Gesang zu Sonnenaufgang gehört, sie sang, als würde sie die Sonne über den Horizont schieben.

Ich versuche mich daran zu erinnern, wie es in der Schule war, ich war älter, aber es gab nur eine Klasse. Sie hatte einen guten Kopf, sie begriff merkwürdig schnell, sie war bestimmt besser als ich. Der Lehrer versuchte, nett zu ihr zu sein, aber er hatte auch Angst vor ihr. Ich habe es selbst versucht, mehrere Male habe ich versucht, mich mit ihr anzufreunden. Aber sie war wie ein wildes Tier. Unberechenbar.

So weit stimmte es für Lillemor, die Schilderung des ausgestoßenen Kindes hielt sich an einfache psychologische Gesetze. Doch dann kam der Bericht von Sofias Gespräch mit Anastasia an der Bushaltestelle in Thessaloniki. Lillemor brauchte diesen Teil des Briefes gar nicht zu lesen, um sich an diese Begegnung zu erinnern. Sofia hatte hier einen sichereren Ton angeschlagen: »Es war damals, gleich zu Anfang, als Schweden noch starken Einfluss auf mich hatte.«

Ich hatte in der Stadt zu tun und hatte mein erstes Kind in einem Korb bei mir. Anastasia saß im Bus, als ich einstieg, und obwohl es mir nicht leicht fiel, setzte ich mich neben sie.

Lillemor schaute in Hallands blaue Dämmerung hinaus und lächelte über Sofia, das Mädchen, das immer alles besonders gut machen wollte.

Das Gespräch im Bus war eher wortkarg verlaufen, das Dorf hörte ja immer noch mit. Aber in der Stadt waren sie an der Bushaltestelle sitzen geblieben, die erwachsene Sofia mit ihrem guten Willen und ihrem durch Schweden beeinflussten Wunsch zu begreifen, und Anastasia, das Mädchen, das mit einer Anstellung irgendwo in Deutschland soeben den Schritt aus der Kindheit wagte.

Sie hatte Sofia beim Wickeln des Kindes geholfen, hatte dem kleinen Mädchen lange in die Augen gesehen und gesagt, dieser neue Mensch habe eine große Seele und werde vielen zum Segen werden.

Natürlich war Sofia darüber erfreut gewesen, in dieser Hinsicht wogen Anastasias Worte schwer. Der Brief sagte nichts darüber aus, warum sie plötzlich von sich selbst zu sprechen angefangen hatte, aber vielleicht geschah die Öffnung genau hier. Vielleicht hatte Sofia eine Frage über den Mondtanz gewagt:

»Ich habe dich unter dem Vollmond tanzen sehen ...«

Vielleicht hatte Anastasia eine Weile gezögert, bevor sie ihre Vorsicht fahren ließ.

Sie sagte, sie sei eine Jungfrau der Artemis, eine Auserwählte. Unter dem Vollmond zu tanzen und die Sonne über den Horizont zu singen gehöre zu ihren Pflichten. Und ihre Unschuld zu bewahren desgleichen. Kein Mann durfte ihr nahe kommen, sonst musste sie sterben.

Lillemors Herz klopfte jetzt genau wie damals, als sie diesen Satz zum ersten Mal gelesen hatte.

Anastasia hatte von Hexen gesprochen, die in den hohen Bergen und den tiefen Wäldern Jahrhunderte überlebten. Die Frauen kamen nie von außerhalb, sondern immer von ganz innen, hatte sie gesagt. Und sie hatte von Dionysos erzählt, der auch heute noch in seinem Karren, von Satyrn gezogen, über die Berge fuhr. Und genau wie einst in Athen lud er die Seelen der Toten in seinen Karren und erfüllte die Täler mit ihren Liedern.

Sie hatte es selbst gesehen.

Natürlich war Sofia vor Staunen verstummt, und vielleicht hatte Anastasia deshalb eine Erklärung versucht. Es gibt Zeiten zwischen den Zeiten, hatte sie gesagt. Zwischen den Zeiten, wenn die alte Zeit aufgebraucht und die neue noch nicht angebrochen ist. Dann kämpfen Ordnung und Chaos miteinander. Aus diesem Kampf wird das Neue geboren, hatte sie gesagt. Aber es ist wichtig, dass am Ende die Ordnung in diesem Kampf siegt. Darum stehen die Auserwählten, die Seher, die Übersinnlichen auf der Seite der Ordnung.

Lillemor konnte sich Sofias Verwunderung vorstellen, sie fühlte selbst, dass ihre Gedanken zusammenhanglos wie unter Drogeneinfluss schwankten.

Das sei der Grund, weshalb die Jungfrauen der Artemis in den heiligen Grotten das Wasser des Vergessens nicht trinken durften, hatte Anastasia gesagt, und vielleicht hatte Sofia wieder eine Frage gewagt:

»Müsst ihr deshalb ohne Männer leben?«

Und Anastasia hatte genickt, erfreut, dass die andere verstanden hatte:

»Ja, in der Zeit außerhalb der Zeiten ist das Gleichgewicht zwischen den aufbauenden Männern und den mit den Mächten vertrauten Frauen bedroht.«

Um das geheime Wissen zu schützen, ist es wichtig, dass einige Frauen, unberührt wie Artemis, in ihrer ganzen Wesensart wirkliche Frauen bleiben, hatte Anastasia gesagt.

Und Sofia, in ihrer ausgeprägt praktischen Art, hatte sie verstanden:

Ich dachte an das, was ich in Schweden gesehen hatte, dass nämlich Männer in den sehr reichen Ländern wie Frauen werden und Frauen wie Männer. Ich habe an dich und Niklas gedacht.

Sie hatten eine volle Stunde miteinander gesprochen, bis Anastasias Bus kam.

Ich habe ihr mit ihrem Koffer geholfen, er war sehr schwer. Als sie meine Verwunderung sah, sagte sie, es seien lauter Bücher.

Sofia schrieb, dass sie mitten in allem Staunen auch über Anastasias Ausdrucksweise verwundert gewesen war: »... wie ein gebildeter Mensch.«

Bevor sie sich trennten, hatte das Mädchen gesagt, es warte auf ein Zeichen. Es werde sich etwas ereignen, alles werde sich verändern, und sie werde heil bleiben.

»Der grausame Zorn werde aus ihrem Leben verschwinden, sagte sie.«

Daran habe ich oft gedacht, nachdem das Schreckliche mit Leonidas und dem Mord passiert war. Vielleicht hatte sie Leonidas mit deinem Foto als das Zeichen angesehen, auf das sie gewartet hatte? Und hatte deshalb die weite Reise mit ihm angetreten?

Der Schaffner kam und machte Licht: »Göteborg in zehn Minuten.«

Als Lillemor Lippenstift und Spiegel aus ihrer Handtasche nahm, sah sie, dass ihre Augen dunkel vor Trauer waren.

Das Haus lag hoch oben, mitten am Hang. Das felsige Grundstück fiel steil zur Straße hinab und zog sich an ihr entlang. Es gab Treppen mit hohen Steinstufen. Über dem schmalen Haus aus den zwanziger Jahren dehnte sich der Grund bergan.

Mit viel Liebe wäre es vielleicht möglich gewesen, aus dem Abhang einen Garten zu machen, Terrassen anzulegen, Blumen und Büsche zu pflanzen und die Klippen mit Geißblatt und Efeu zu bedecken. Aber diese Art von Freude hatte es in Lillemors Elternhaus nie gegeben.

Hinter dem Haus breitete sich das Ödland der Westküste aus, Steine, magere Wiesen, Heidekraut und Rauschbeere in den Felsspalten, und hier und da eine Hand voll genügsamer Bäume.

Vor allem Krüppelkiefern mit kupferfarbenen Stämmen. Und kleine braune Eichengehölze, wo im Frühling die Buschwindröschen blühten.

In dieser Landschaft hatte Lillemor die Bäume verstehen gelernt.

Sie konnte sich nicht erinnern, wie es zugegangen war, wusste es aber doch. Ihre Mutter, die Berge und die Bäume hatten ihr die Kraft und die Klarheit vermittelt, die ihr das Überleben sicherten.

Die ihr mit Sicherheit das Überleben ermöglicht hatten, verbesserte sie sich, als sie dem Taxi nachwinkte, das sie vom Hauptbahnhof hierher gebracht hatte. Und dann nahm sie sich vor, Niklas, sobald sie im Haus war, anzurufen.

Drinnen war es dunkel, das hatte sie erwartet. Das Untergeschoss hatte sie möbliert an drei junge Frauen vermietet, die an der Hochschule für Sozialarbeit studierten, aber als sie von Lund aus angerufen hatte, dass sie kommen würde, hatte sie erfahren, dass die drei eine Studienreise nach Oslo planten.

Das war gut. Sie hatte ihre Untermieterinnen gern, aber hier und jetzt wollte sie lieber allein sein.

Die drei hielten alles gut in Ordnung, dachte sie, als sie mit ihrem Gepäck durch die Zimmer ging und spürte, wie der Schulterriemen der Schreibmaschine am Hals scheuerte. Sie hatte Glück gehabt, nichts war ungepflegt, nur eben abgenutzt und grau, wie es immer gewesen war.

In der Küche hingen ein paar grellbunte Drucke an den Wänden, die rote Kaffeemaschine wirkte wie ein herzlicher Gruß, und auf dem Tisch lag ein Tuch in fröhlichen Farben.

Einige wenige Dinge zeugten von neuem Leben.

Sie ging die Treppe hinauf in die beiden Zimmer mit Dusche und Toilette, die sie wegen der monatlichen Besuche bei ihrer Mutter im Pflegeheim für sich behalten hatte. Sie packte aus, damit die Kleider ordentlich aushängen konnten, sie stellte die Schreibmaschine auf den Arbeitstisch im kleinen Zimmer und nahm Notizen und Kassetten aus der großen Handtasche. Vielleicht hatte sie morgen nach dem Besuch bei ihrer Mutter genügend Ruhe, um ihre Interviews ins Reine zu schreiben.

Doch dann fiel ihr das rote Leuchtzeichen der Kaffeemaschine ein und weckte in ihr ein heftiges Verlangen nach dem Getränk, das klare Gedanken brachte. An sich sollte sie um diese Tageszeit keinen Kaffee mehr trinken, sie konnte danach nicht schlafen. Aber das war ihr jetzt egal, seit ihrem Spaziergang im Ödwald musste sie sowieso Schlaftabletten nehmen.

Während das heiße Wasser durch den Papierfilter tropfte, rief sie Niklas an. Wie immer schien er erleichtert, dass sie sich meldete, und seine Stimme klang herzlich und zufrieden, als er ihr mitteilte, dass er Enokson eine Kopie von Sofias Brief geschickt habe. Und dass Enokson angerufen habe und zufrieden zu sein scheine. Enokson habe verstanden, dass der Brief Lillemor tief berührt haben musste.

»Vielleicht braucht sie Hilfe«, habe er gesagt.

»Was denn für Hilfe?«, fragte Lillemor und hörte selbst, dass es zornig klang.

»Er hat wahrscheinlich einen Psychologen oder so was gemeint«, sagte Niklas, und Lillemor antwortete, dieses Mal werde sie das ganz alleine klären, sie sei schon auf dem besten Weg dazu.

»Mit deiner Hilfe«, sagte sie und fühlte, dass sie es wirklich so meinte.

Er erwiderte, er werde sie am Freitag mit dem Auto abholen, während der Fahrt hätten sie viel Zeit zum Reden.

»Wir nehmen die nördliche Route«, bestimmte Lillemor, die auf gar keinen Fall auch nur in die Nähe des Sommerhauses kommen wollte.

Niklas hatte begriffen, musste aber doch noch etwas über Enokson sagen. Enokson war für die Briefkopie dankbar gewesen, denn er hatte lange darüber nachgedacht, warum es Anastasia so wichtig gewesen war, Lillemor zu treffen. So wichtig, dass sie sich mit einem fast unbekannten Mann auf eine so weite Reise begeben hatte.

Als Lillemor den Hörer aufgelegt und sich ein Brot zurechtgemacht hatte, dachte sie an die Zeilen in Sofias Brief, in denen sie Anastasia bei der Begegnung in Thessaloniki schilderte:

Sie war scharfzüngig und wortgewandt und gleichzeitig auf eine unheimliche Art unschuldig wie ein Kind.

Ganz anders als sonst machte der Kaffee Lillemor müde. Sie döste auf dem Küchenstuhl kurz ein, während die Schatten in der alten Küche tiefer wurden. Aber sie schlief nicht. Und sie würde es Niklas gegenüber beschwören, dass sie nicht geschlafen hatte, als sie das blonde Mädchen auf dem Weg zu Vaters Arbeitszimmer durch die Küche gehen sah.

»Desiree«, flüsterte sie, und das Mädchen hörte es, blieb kurz stehen und sah Lillemor erstaunt an. Ihre Augen verrieten Angst und baten um Schonung, aber um den Mund spielte eigentümliche Lüsternheit, als sie sagte:

»Ich muss zu ihm gehen.«

Da setzte Lillemor ihre Tasse so klirrend ab, dass sie hellwach wurde, und die Gedanken schwirrten ihr durch den Kopf. Der erste: Das ist wirklich passiert, das ist eine lebendige Kindheitserinnerung.

Und dann kamen die vielen mit Desiree zusammenhängenden Fragen. Warum hatte sie Angst vor dem Vater, sie war doch sein Lieblingskind? Wo war Mutter, warum beschützte sie das Mädchen nicht? Und die Lüsternheit, woher kam diese Lüsternheit? Lolita, dachte Lillemor und fröstelte genau wie damals im Wald.

Wie alt konnte Desiree gewesen sein?

Auf die letzte Frage wusste sie augenblicklich die Antwort: zwölf Jahre.

Lillemor war so müde, dass sie sich die Treppe hinauf, unter die Dusche und ins Bett schleppen musste. Doch mit einem Mal war sie wieder hellwach, jetzt war es wichtig, nicht zu denken. Sie fluchte, als sie die hilfreichen Schlaftabletten suchte. Zwei mussten reichen.

Sogar in Göteborg schien die Sonne, als Lillemor am nächsten Morgen angstvoll, aber besonnen aufwachte. Wie immer, wenn sie ihre Mutter besuchen wollte.

Die erste halbe Stunde war am schwierigsten, sie wusste es aus Erfahrung. Dann hatte sie sich auf eine eigene Weise an die Geräusche gewöhnt, an die brüchigen, unverständlichen Stimmen, an die schlurfenden Schritte und die verwirrten Fragen, an die Frau im Zimmer gegenüber, die jede dritte Minute schrie: Helft mir, um Gottes willen, helft mir!

Die ersten Male hatte Lillemor sich aufgeregt, war fast außer sich vor Empörung geraten. Doch dann verstand sie, dass das Personal Recht hatte, wenn es hieß, die alte Frau sei unerreichbar, schon seit langem konnte man ihr nicht mehr helfen. Lillemor hatte es versucht, hatte die Hand der Kranken gehalten, ihr die Wangen gestreichelt, hatte ihr beruhigend zugeredet, und doch kamen die Schreie mit teuflischer Regelmäßigkeit.

Auch an die Gerüche gewöhnte man sich, an den Geruch der Windeln, des Essens, der Reinigungsmittel.

Katarina lebte am Grund der Grube, und dort ging es ihr gut, sie hatte unfassbare Angst davor, hinauf ans Tageslicht gezogen zu werden. In der Grube saß ein Kind, ein kleines Kind ohne Worte, und vielleicht war es sie selbst, die mit den Fingern spielte.

Manchmal beugten sich Menschen über den oberen Rand, manchmal verstand sie sogar, was diese Gesichter sagten, die zu ihr herunterschauten. Aber dann kam die Angst, sie musste die Augen fest zudrücken, sich nach unten, nach innen wenden. Oft gelang es, und wenn sie wieder nach oben schaute, waren die fordernden Gesichter verschwunden.

Heute war es schwer, es war ein so schwieriger Tag. Das gefährlichste aller Gesichter war da, dieses Gesicht, das wehtat. Es wollte auch nicht verschwinden: Mama, rief es, liebe Mama, hörst du mich. Sie schloss die Augen, entkam der Stimme aber nicht, der Stimme, die wie eine alte, ewige Qual in ihr war.

Da begann sie zu jammern, weinte schluchzend, und endlich verstummte die Stimme.

»Sie schläft ein«, sagte die Schwester. »Wir dürfen sie nicht zu sehr anstrengen.« Lillemor spürte den Vorwurf, erkannte dessen Berechtigung. Also saß sie nur da, hielt die Hand der Mutter und stellte ihre Fragen ganz leise wie jemand, der weiß, dass keine Antworten zu holen sind.

»Hör mir zu, Katarina Stefansson, geborene Bergman. Dein Leben war eine Lüge voll dunkler Geheimnisse. Was war das für ein Spiel, das du mit dem Volksschullehrer Edvard Stefansson getrieben hast? Was gab es für heimliche Übereinkünfte?

Du antwortest nicht, du wirst mir nie antworten, aber mir wurde in dieser Nacht bewusst, warum du die Demenz gewählt hast. Du konntest die Erinnerung an deine Toten nicht ertragen, an Desiree. Sie war ja doch dein erstes Kind, auf das du zehn Jahre gewartet hattest, und du hast sie geopfert. Wofür, für wen?

Für mich, ich weiß.«

Lillemors Zorn war kalt, groß und kalt, der brennende Schmerz war zu Eis geworden, jetzt wie damals.

Du verdammte Hexe, sagte sie. Dein war das Verbrechen, mein aber die Schuld. Und so wird es bleiben, denn du bist entkommen.

Die Greisin stöhnte wie unter schweren Qualen, kein Wort war gefallen, aber vielleicht können diese Verrückten, die sich im Land der Dämmerung zwischen Leben und Tod niedergelassen haben, Gedanken lesen, dachte Lillemor.

Jetzt versuchte Katarina etwas zu sagen, die Lippen wollten Worte formen, es gelang aber nicht, nur die Stimme kam als wunderlicher Singsang wie ein altes Kinderlied. Aber es war genug, um das Eis zu brechen.

»Mama, meine liebe, kleine geliebte Mama.«

Und schon war sie wieder voll Sorge, Tränen verwehrten ihr die Sicht.

Als aber das Essen kam, der Kopfteil des Bettes hochgestellt und das Lätzchen von geübten Händen umgebunden wurde, dachte Lillemor, dass der Zorn noch das Ehrlichere war, dass sie sich wieder gedrückt hatte.

»Und jetzt machen wir den Mund weit auf«, sagte sie und führte der alten Frau den Löffel voll Dorsch und Kartoffeln an die Lippen, die sich zornig schlossen.

»Ein Löffel für Papa«, sagte sie. »Einer für Lillemor. Und einer für Desiree.«

Lillemor schleppte sich langsam wie ein alter Mensch den Weg zur Haltestelle hinauf. Sie musste lange auf die Straßenbahn warten und schon gleich wieder umsteigen.

Sie brauchte sicher eine Dreiviertelstunde bis Tranered, stieg dort aus und ging den gewohnten Weg bis zu ihrem alten Zuhause. Die Zeitverschwendung machte ihr nichts aus, sie ging, sah und dachte wie eine Maschine. Bei Börjessons altem Lebensmittelgeschäft, das den Besitzer gewechselt hatte und ein Selbstbedienungsladen geworden war, fiel ihr ein, dass sie ja doch etwas essen musste. Niemand kannte sie hier, sie kaufte ein gegrilltes Hähnchen, eine Packung tiefgefrorene Erbsen, Milch und Brot.

Sie aß zu Hause am Küchentisch, nichts schmeckte so richtig, und ihre Gedanken waren ganz klar. Ich bin schon nahe dran, sehr nahe, sagte sie laut zum Küchentisch, und seltsamerweise hatte sie keine Angst.

Sie hatte immer geglaubt, ihre Mutter zu kennen, ihr Wesen, ihren Eifer, ihre Unruhe. Natürlich hatte es Geheimnisse gegeben, jedes Leben hat geheime Winkel, hatte sie gedacht.

Jetzt fiel ihr ein Jahre zurückliegendes Gespräch, kurz nach dem Tod des Vaters, ein:

»Mama, warum hast du dir das alles gefallen lassen? Warum hast du nicht einfach deine Kinder genommen und bist gegangen? Du hattest dein Lehrerexamen, du hättest uns versorgen können.«

Katarina hatte sich verschlossen, ihr Blick war erstorben, und die Stimme hatte allen Klang verloren, als sie sagte:

»Ich will nicht an Vergangenes denken, Lillemor. Jetzt ist er tot, jetzt bleiben mir noch einige ruhige Jahre.«

Dämonen waren lautlos durch den Raum gegangen, Lillemor hatte sie aus den Träumen von unbekannten, unheimlichen Ländern wiedererkannt.

Katarina war nach dem Begräbnis viel in Stockholm gewesen, sie hatten Ausflüge gemacht, sie hatte sich ihren Enkeln mit solcher Freude gewidmet, dass Lillemor zu Niklas gesagt hatte:

»Es ist, als wollte sie etwas nachholen.«

Dann kam der Novembertag, an dem die Nachbarin anrief, weil sie sich Sorgen um Katarina Stefansson machte:

»Sie ist so vergesslich geworden«, sagte sie. »Und die meiste Zeit sitzt sie am Küchentisch und starrt die Wand an.«

Lillemor nahm den Nachtzug, und die Mutter weinte vor Freude, als sie kam.

Eine Depression, sagte der Arzt. Sie bekam Tabletten und sollte nach Möglichkeit nicht allein sein. Es kam eine schwierige Zeit, Katarina weigerte sich, mit nach Stockholm zu kommen, weigerte sich überhaupt, aus dem Haus zu gehen.

Lillemor hetzte mit ihr von einem Facharzt zum anderen und fand endlich den Mann mit der richtigen Diagnose: senile Demenz. Dagegen konnte man nichts tun, es konnte alles schnell gehen, doch war auch ein verzögerter Verlauf möglich. Ursachen konnte man nicht nennen, möglicherweise gab es eine erbliche Disposition ...

Lillemor blieb in Göteborg, so lange sie konnte, sorgte für Hilfe, junge Frauen, die sich um die Greisin kümmern, für sie kochen und auch das Haus sauber halten sollten.

Die Weihnachtsferien verbrachten Lundgrens bei der Oma, ein Weihnachten, das keiner je vergessen würde. Von einem Tag zum anderen wurde Katarina kleiner und verschreckter. Sie weinte wie ein Baby, wenn sie allein gelassen wurde, sie mussten abwechselnd bei ihr sitzen bleiben.

Lillemor erinnerte sich an einen Morgen, nachdem Niklas Nachtwache gehalten hatte. Er war in die Küche gekommen und hatte gesagt, der Alb, der Katarina nachts ritt, sei nicht einmal für den auszuhalten, der nur daneben sitzen und zusehen musste. Der Facharzt war wieder gekommen, er hatte neue Worte: Es gebe manchmal psychotische Zustände, wenn eine Demenz, so wie hier, im Übergangsstadium sei.

»Im Übergangsstadium?«

»Ja, leider scheint es rapide auf eine totale Zerstörung der Persönlichkeit hinauszulaufen«, sagte er und sprach zum ersten Mal von Dauerpflege.

Silvester entließ der Teufel Katarina endlich aus seinen Klauen. Sie wurde ruhig, aber unerreichbar, wusste nicht mehr, wer sie war, und erkannte ihre Angehörigen nicht.

»Über die Ursachen wissen wir nichts.«
Heute saß Lillemor nun in der Küche auf Katarinas Stuhl und dachte, es war doch idiotisch, auf diesen Medizinmann zu hören.
Welcher Schrecken mochte Katarina wohl eingeholt haben, als sie schließlich alleine war? »Jetzt bleiben mir noch einige ruhige Jahre.«
Natürlich war es im Alter von siebzig Jahren nach einem Leben im Schatten eines Mannes, der Tod und Verderben um sich verbreitet hatte, nicht einfach gewesen, wieder neu anzufangen. Niklas hatte vor langer Zeit einmal gesagt, dass Lillemors Vater so aufgerieben sei, dass er alle, die in seine Nähe kamen, mit seinem Todeshauch ansteckte. Deshalb müssten Lillemor und ihre Mutter doppelt lebendig sein, hatte er hinzugefügt.
Hektisch lebendig, hatte er es genannt.
Aber das war während eines Streites gewesen, und Lillemor hatte die Worte nicht ernst genommen. Vielleicht brauchten ihre Eltern einander trotz allem, dachte Lillemor.

Aber später wusste sie: Ihre Mutter hatte keine Kraft mehr, als sie mit den Schuldgefühlen allein geblieben war.
Und dann kam wieder dieser Gedanke: Desiree.
Das tat weh. Lillemor musste aufstehen. Kaffee! Sie wollte sich frischen Kaffee aufbrühen, um wieder kalt und klar denken zu können.
»Wer warst du, Edvard Stefansson«, sagte Lillemor laut zu der Tür von Vaters Arbeitszimmer. Wie bist du zu dem Mann geworden, der du warst, ein lebender Toter?
Impotent, sagte sie und fühlte, dass das Wort wie ein Haltesignal klang, stopp, rotes Licht, anhalten.
Heute Abend werde ich in deinem Arbeitszimmer schnüffeln ge-

hen, Edvard. Im verbotenen Zimmer, das nur Desiree betreten durfte.

Aber der Raum enthielt keine Geheimnisse mehr, Lillemor wusste das schon in dem Augenblick, als sie durch die Tür ging und sich an den Schreibtisch setzte.

Auch hier hing ein Poster, eine marokkanische Landschaft von Matisse in Grün und Lila. Auf dem Schreibtisch lagen die Arbeitshefte der Hochschule für Sozialarbeit in ordentlichen Stößen und im Regal Notizbücher, ein modernes Konversationslexikon, ein paar Krimis.

Wie so wenige Dinge einen Raum verändern können, dachte Lillemor, denn sie sah den schönen Webteppich auf dem Fußboden, die frischen weißen Gardinen und die Vielfalt an Grünpflanzen auf der Fensterbank. Dann fiel ihr ein: Katarina hatte dieses Zimmer vor der Beerdigung sehr gewissenhaft selbst sauber gemacht.

Es war am Morgen des Tages gewesen, an dem Lillemor aus Stockholm kam, und es hatte im Haus nach Holzfeuer gerochen. Sie hatte gestaunt, der offene Kamin im Wohnzimmer wurde nie benutzt. Aber jetzt brannte dort Feuer, und Katarina hatte gesagt, sie friere und brauche die Wärme.

Ganz hinten im Bücherregal stand eine Anzahl alter Bände, vom Vater? Lillemors Blick fiel auf das Werk des Dichters Stagnelius, und sie schlug willkürlich eine Seite auf:

O du, König der Berge! Dir zu Füßen lege
Die Arbeit ich, die du den Zwergen der Klüfte
Hast anvertraut. Dreimal die Kinder Emblas
Dort oben auf der blumenreichen Erde ...

Sie schüttelte den Kopf, sie hatte Stagnelius nie verstanden. Das Einzige, was Eindruck auf sie gemacht hatte, war sein bekannter Ausspruch: Das Chaos ist der Nachbar Gottes.

Ist es wahr, dass ich Gott jetzt nahe bin, dachte sie, als sie die Treppe zu ihrem Zimmer hinaufging. Morgen, dachte sie, morgen werde ich Enokson anrufen und ihn fragen, wie er sich Gott vorstellt.

Sie verzichtete auf Tabletten und versank in einen unruhigen Schlaf. Die Träume spülten über sie hinweg, Bild um Bild suchte sie heim, quälte, erschreckte sie. Mal für Mal versuchte sie zu entkommen, hinaus, hinauf in die Wirklichkeit und zu den Medikamenten auf dem Nachttisch, die ihr den schwarzen Schlaf schenken sollten. Aber sie hatte nicht die Kraft dazu.

Anastasia kam über die Wiesen in den wilden griechischen Bergen auf sie zu, sie bewegte sich wie ein Vogel, leicht, schwerelos. In der Hand hielt sie den gläsernen Apfel, Lillemor erkannte ihn wieder, durchsichtig, schimmernd, denn nie hatte sie bisher etwas so sehr begehrt wie diesen Apfel.

»Er gehört dir«, sagte das Mädchen und hielt ihr den goldenen Apfel entgegen.

Doch Lillemor konnte ihn nicht erreichen, sie bemühte sich, streckte beide Hände danach aus, aber sie hatten die Fähigkeit zu greifen, zu nehmen und festzuhalten verloren. Anastasia sah sie voll Mitleid an, und Lillemor dachte in ihrem Traum, während das Mädchen im Nebel bergauf verschwand, so ist es, so war es ihr immer ergangen.

Im nächsten Augenblick war sie aufs Höchste erregt mitten in einer Vereinigung, ein Mann ritt sie, sie war wild vor Begierde und Freude, willig, willig. Aber sie wusste mitten im Rausch, dass sie auch diesmal nicht zum Höhepunkt kommen würde, sie würde die Selbsthingabe nicht wagen, denn das Unbekannte war ganz nah, das Gefährliche, Dunkle, das in ihrem Leben immer auf der Lauer lag. Gott ist der Nachbar des Chaos, sagte sie zu dem Mann, und als er von ihr abließ, sah sie sein Gesicht, ein sonnenverbranntes, südländisches Gesicht, das sie kannte.

Von wo nur, von wo?

Sie erinnerte sich nicht, sah aber, dass der Mann den gleichen Ausdruck von Enttäuschung um den Mund hatte, wie sie ihn von Niklas kannte.

Dann war sie ein Kind in den schwedischen Bergen, nein, kein Kind, aber jung und so müde, so müde. Ich kann so schwer einschlafen, sagte sie zu den Bäumen. Und die Bäume sagten, es ist das Tote in dir, das den Schlaf fürchtet, das Tote, das von den Träumen zum Leben erweckt werden kann. Warum bist du so bang, fragten die Bäume, und Lillemor rief:

»Es ist doch so schrecklich gefährlich.«

Und ihre Stimme war ebenso kindlich wie die Worte, und die Bäume wollten nicht verstehen, sie flüsterten von der Auferstehung der Toten zu neuem Leben.

In der Morgendämmerung saß Anastasia wirklicher denn je auf ihrem Bettrand.

»Du hast Sofia ja sagen hören, dass die Hexen von innen kommen«, sagte sie. »Sie kommen in der Zeit zwischen den Zeiten, jetzt, Lillemor. Ich habe dir meine Seele geschenkt, sie ist stark, du kannst dich ihr nicht widersetzen. Du wachst jetzt auf, du schenkst dem Altvergangenen Leben. Hab keine Furcht.«

»Aber es ist doch gefährlich«, schrie Lillemor so laut, dass sie davon aufwachte.

Jetzt saß sie mit weit aufgerissenen Augen in ihrem Bett und erinnerte sich an Niklas und all das, was in Amerika in dem Bett in der Studentenbude passiert war.

Und sie dachte an den Selbstmordversuch, als ihre Angst so überwältigend gewesen war, dass sie sterben wollte.

Lillemor weinte unter der Dusche, es war erst fünf Uhr, aber sie musste auch diesen Tag schaffen. Wieder einzuschlafen wagte sie nicht.

Gegen neun Uhr klingelte das Telefon, es war Enokson, sie vernahm das Wort Gericht und dass sie bei dem Prozess gegen den Griechen als Zeugin auftreten müsse. Sie hörte kaum zu, sagte nur: Ja, selbstverständlich, ja klar.

Und dann fragte sie: »Wie stellen Sie sich Gott vor?«

Er schwieg so lange, dass sie schon Angst bekam.

Aber dann klang seine norrländische Stimme so ruhig wie immer:

»Wie stellen Sie sich das vor, was zwischen Ihnen und Ihren Kindern besteht?«

»Ich verstehe nicht.«

»Eben. Denn das Wichtigste im Leben kann man sich weder denken noch es verstehen. Es gibt dafür keine Worte.«

»Also hat Gott keine Worte?«

»Nein, überhaupt keine menschlichen Ambitionen«, sagte Enokson, und seine Stimme klang jetzt amüsiert.

»Aber Sie glauben doch an ihn als den Schöpfer?«

»Ja, ich fasse die Schöpfung auf als eine ... liebevolle Übertragung seiner Wirklichkeit. Deshalb ist er wohl auch so bedachtsam.«

»Bedachtsam!«, schrie Lillemor. »Wenn es Gott gibt, dann ist er doch rücksichtslos.«

»Ja, das auch. Damit jedes Bewusstsein seinen Ausdruck finden kann. Denn das haben Sie doch verstanden, Lillemor, dass alles, was lebt, um seine Möglichkeiten weiß.«

»Sie sind ein komischer Polizist«, sagte Lillemor nach langem Schweigen. »Warum sind Sie nicht Pfarrer geworden?«

»Das würde ich nicht schaffen«, antwortete Enokson, und jetzt hörte sie, dass er lachte.

Es ärgerte sie:

»Was immer der christlichen Religion gefehlt haben mag, Worte waren es bestimmt nicht«, sagte sie.

»Da haben Sie Recht, darum wird sie wohl auch immer wieder missverstanden. Mit der Religion ist es wie mit der Liebe, die auch von zu vielen Worten erstickt wird.«

Es war lange still, Lillemor ließ sich ihr Gespräch durch den Kopf gehen und wollte sich schon bedanken. Aber dann sagte sie:

»Ich träume von Anastasia, wie sie auf mich zukommt und sagt, sie habe mir ihre Seele geschenkt.«

»Das kann wahr sein«, sagte Enokson. »Behüten Sie sie wohl, Lillemor, um Anastasias und um Ihrer selbst willen.«

Die alte Frau blinzelte in die Frühlingssonne und lächelte dümmlich und unterwürfig. Ekelhaft, dachte Lillemor und schämte sich. Katarina war heute ruhiger, wohl auch, weil Lillemor hinter ihr und damit außerhalb ihres Blickfeldes ging. Sie freut sich so, wenn man sie im Rollstuhl fährt, hatten die Schwestern gesagt, als sie sie anzogen, und Lillemor hatte verstanden. Alles Belastende, alle Erinnerung sollte von Katarina fern gehalten werden.

Sie ging stundenlang immer wieder die gleiche Runde durch den Krankenhauspark. Bergauf war es mühsam, und das war gut, die Anstrengung beruhigte.

Am Vormittag hatte Lillemor mit der Oberschwester sprechen können, die zu trösten versucht hatte: Wir dürfen nicht vergessen, dass unsere Alten ihr Leben gelebt haben, hatte sie gesagt.

Da hatte Lillemor geweint: Das Leben meiner Mutter war ein einziges langes Unglück. Und die Schwester hatte ihr ein Papiertaschentuch gereicht und gemeint, nur Gott allein könne ein Menschenleben beurteilen, nur Er kenne den Sinn der verflossenen Jahre.

Lillemor, die beim Weinen nie weit vom Zorn entfernt war, hatte geantwortet, sie ziehe es vor, sich das Leben ohne Gott vorzustellen.

»Wenn es ihn gibt, ist es ja die reine Hölle«, hatte sie gesagt. »Blinde Ungerechtigkeit ist schwer genug auszuhalten. Gibt es jedoch ein lenkendes ... Prinzip, wird es unerträglich.«

Doch die Worte der Krankenschwester waren in sie eingedrungen. Daran ist Enokson schuld, dachte Lillemor. Hätte ich nicht mit ihm gesprochen, wären mir die Worte der frömmelnden Schwester Maria egal gewesen.

Sie keuchte mit dem schweren Rollstuhl den Berg zu einer der Terrassen hinauf, wo sie sich ein Weilchen in der Sonne ausruhen wollte.

Sie fand eine Bank und achtete darauf, den Rollstuhl so zu stellen, dass ihre Mutter sie nicht anzusehen brauchte. Es war auch für sie selbst besser so.

Lillemor hatte schlimme Schuldgefühle.

Anastasia, flüsterte sie. Wie ist es dir mit deiner Mutter ergangen, dieser halb verrückten, grölenden Parthena? Wie musst du dich für sie geschämt, sie gehasst haben und hättest sie wohl am liebsten auch verleugnet. Und hast dich doch auch mitschuldig gefühlt. Denn sie war ja das Einzige, was du hattest.

Mir erging es besser als dir, Anastasia, ich bekam einen Mann und zwei Kinder, zwei Wunderwerke, Anastasia. Wenn nur Gott allein den Sinn eines Menschenlebens kannte, welche Bedeutung hatte dann Anastasias Leben? Das ihrer Mutter? Ihr eigenes?

Lillemor versuchte an ihre Töchter zu denken, wie es ihnen auf der Klassenfahrt in Dänemark wohl gehen mochte.

Hier in Schweden schlugen gerade die Birken aus, dort in Dänemark waren die Birkenwälder sicher schon grün.

Jetzt versuchte Katarina etwas zu sagen, die Worte waren ihr abhanden gekommen, aber ihre Stimme war unverändert, und Lillemor wurde von Heimweh befallen.

»Was wolltest du sagen, Mama?«

Und Lillemors Worte reichten aus, Katarina wieder verstummen zu lassen, trotzig schloss sie die Augen und kniff den Mund zusammen.

Ich bin eine Bedrohung für sie, dachte Lillemor, und im nächsten Augenblick flammte der Zorn wieder in ihr auf.

Ich verstehe, dass du mir nicht gegenüberzutreten wagst. Es ist ja ein Glück für dich, dass Desiree tot ist, dass nicht sie hier sitzt. Und dich erinnert …

An diesem Abend nahm Lillemor vier Schlaftabletten und beschloss, am nächsten Tag eine Flasche Whisky zu kaufen. Aber beim Frühstück, als sie die Kopfschmerzen mit einer frischen Tasse Kaffee nach der anderen zu verscheuchen suchte, erkannte sie das Unausweichliche. So war es in der Studentenbude in Berkeley auch gewesen. Und sie dachte an ihre Kinder und auch an Niklas, aber vor allem an Ingrid und Karin.

Es war schon zehn Uhr vorbei, lieber Gott, lass ihn im Büro sein und nicht irgendwohin unterwegs.

Er hob selbst ab, Lillemor seufzte vor Erleichterung auf.

»Mir geht's nicht gut.«

Er hörte sofort ihren Tonfall von damals in Kalifornien heraus, die Stimme hatte allen Klang verloren und schien aus unendlichen Fernen zu kommen.

»Ich komme«, sagte er. »Ich nehme das erste Flugzeug, in dem ich einen Platz kriege.«

»Danke.«

Bedächtig legte sie den Hörer auf, bald würde sie sich aussprechen können. Sie würde heute keinen Besuch im Krankenhaus machen, sondern den Flughafenbus von Drottningtorget nehmen und dann in Landvetter in der Bar warten.

Sie zog sich hastig an und ging zur Straßenbahnhaltestelle. Die unerbittliche Sonne überschüttete die Stadt weiterhin mit ihrem Licht, und jede Straße, jedes Geräusch, das Licht und alle Düfte waren jetzt gefährlich und von Erinnerungen bedroht.

Sie liebte ihre Stadt, sehnte sich in jedem Frühling, jedem Sommer nach ihr, nach den breiten Straßen, den Kanälen, dem Hafen, der Allee, die sich wie ein Park durch die halbe Stadt zog. Nach dem Licht, nach dem überall hier in ihrem freundlichen Göteborg zu spürenden Geruch nach Meer. Heute nahm sie sich vor, nie wieder hierher zu fahren, nie. Die Besuche regten Katarina nur auf.

Beim Gedanken an die Mutter fiel ihr der Satz wieder ein, der den ganzen Morgen schon wie ein Nagel in ihrem Kopf gesessen hatte: Stirb, stirb, du alte Hexe.

Es war widerlich, aber immer noch besser als: Ich darf nicht überschnappen. Und sie stellte staunend fest, dass sie unbekanntem Land entgegensah.

Sie dachte an Niklas und daran, wie er war. Misstrauisch, querköpfig und eigensinnig hielt er sich nur an die Welt des Erkennbaren.

Mein Geliebter, dachte sie.

Dann saß sie im Bus, die Autobahn stieg und sank in sanften Kurven durch die Berge entlang der Seen. Hier ist es schön, dachte Lillemor. Und hier gab es keine Bedrohungen, hier waren Stefanssons nie gewesen. Die Ausflüge, an die Lillemor sich erinnern konnte, hatten zu den Inseln geführt, nach Rivö, Styrsö, Vrångö.

Im Boot der Nachbarn, Edvard Stefansson hatte selbst kein Boot besessen. Er war ein ängstlicher Mann. Oder …? Fast wie ein Film liefen jetzt die Bilder vor ihr ab, wie er im Boot saß und mit einem Blick ohne jeglichen Ausdruck auf das Meer hinausschaute. Auf seinem Schoß saß Desiree, nein, es war nicht auszuhalten.

Doch auch während des Wartens in Landvetter ließen die Gedanken ihr keine Ruhe: Anastasia und Desiree, die Hexe und die Hure, beide geschändet, getötet.

In der Inlandhalle gab es frische Krabben zu kaufen. Lillemor erstand ein Kilo und tröstete sich mit dem Gedanken an weißes Brot und Wein.

In der ersten Maschine aus Stockholm war Niklas nicht mit dabei, aber das beunruhigte Lillemor nicht. Er würde kommen, das wusste sie und dachte, ich habe ihn gar nicht verdient.

Das nächste Flugzeug würde schon eine Stunde später eintreffen.

Ihr war übel von Tabletten und Kaffee, also bestellte sie sich Milch in der Bar. Und eine Käsesemmel, sie lächelte darüber, dass man hier Semmel sagte und in Stockholm Franzbrötchen.

Ich komme schon zurecht, dachte sie, und das Essen tat ihr gut.

Dann kam er die Treppe herunter, ein großer, etwas untersetzter Mann mit nervösen Augen und der Andeutung eines Bäuchleins.

Sie umarmten sich wie nach einer langen Trennung, und beiden war es irgendwie peinlich.

»Du bist blass wie ein Gespenst«, sagte er.

»Ich habe Krabben gekauft«, sagte sie.

Wie gewöhnlich waren es die verkehrten Worte, aber das machte dieses Mal nichts aus.

Er hatte kein Gepäck. Wir müssen eine Zahnbürste und einen Pyjama kaufen, sagte er, und sie mussten lachen. Ich werde einen Leihwagen nehmen, sagte er, und Lillemor dachte, wie einfach dadurch alles werden würde, wie angenehm, nicht mehr so lange in der Straßenbahn sitzen zu müssen. Aber sie sagte:

»Können wir uns das leisten?«

Nicht einmal das ärgerte ihn:

»Geht auf Firmenkosten.«

Langsam zog er seinen Arm unter ihr weg, setzte sich auf und sah seine schlafende Frau an. Sie hatten bisher nur belanglose Worte gewechselt.

»Warten wir«, hatte Lillemor gesagt, und er hatte sich mit dem starken Gefühl, ihr schon allein dadurch zu helfen, dass er bei ihr war, zufrieden gegeben.

Sie hatten die Krabben gegessen, Brot geröstet und sich eine Flasche Weißwein geteilt. Dann waren sie in stillem Einverständnis zu Bett gegangen …

Und Niklas war glücklich, denn dieses Mal war die Liebe nicht nur Trost und Nähe gewesen. Sie hatte sich hingegeben, hatte sich selbst losgelassen. Dann war sie wie ein neugeborenes Kind eingeschlafen.

Seltsamerweise hatte er Hunger. Er kroch aus dem Bett und stahl sich in die Küche hinunter, um den Kühlschrank zu inspizieren. Er war leer, und Niklas fragte sich, ob Lillemor überhaupt etwas gegessen hatte.

Er sah sich um, ging durch die Zimmer und fühlte, wie abgrundtief er dieses hässliche Haus verabscheute, die verschlissenen Sessel in schmutziggrünem Plüsch, die rostroten Vorhänge, die das Sonnenlicht aussperrten, die schwarz gebeizten Eichenmöbel. Warum, zum Teufel, verkaufte Lillemor das Haus nicht? Es stand inzwischen in exklusiver Lage, man konnte einen guten Preis dafür erzielen. Aber im Grunde genommen verstand er sie und dachte, ihre kindliche Anhänglichkeit ist etwas Wunderbares. Und eigentlich war es auch nicht hässlicher als viele andere Behausungen.

Aber während er sich so umsah, wusste er, dass es doch so war, nicht hässlicher vielleicht, aber ... trostloser. Andere Leute versuchten wenigstens, alles doch ein bisschen gefälliger zu gestalten, und selbst wenn das Ergebnis kitschig war, kündete es doch von Lebensfreude und gutem Willen. Hier hatte nie jemand versucht, etwas zu verschönern.

Als er zum ersten Mal hierher zu Besuch gekommen war, hatte ihm das gefallen.

»Es wirkt jedenfalls echt«, hatte er zu Lillemor gesagt, und sie hatte geantwortet:

»Ja, durch und durch echte Hoffnungslosigkeit.«

Er konnte sich noch gut erinnern, wie er, seine Chalmers-Studentenmütze mit der albernen Quaste in der Hand, in der Diele gestanden und ihrem Vater die Hand geschüttelt hatte. Eine leblose Hand und ein Blick wie aus zwei Emailaugen, ohne Schärfe oder Interesse. Dann war die Mutter gekommen, eine kleine Frau mit Lillemors blauen Augen, und die Stimmung hatte sich etwas gehoben. Es waren abwartende Augen gewesen, der Blick stabil wie bei einem, der in der Hölle ist und weiß, dass es schlimmer nicht werden kann.

Am besten erinnerte er sich an die blonde Schwester, die sich ihm mit kalter Lüsternheit anbot. Sie kam ihm viel zu nahe, sie erschreckte ihn. Aber schön war sie.

Als sie sich endlich losgeeist hatten, hatte Lillemor ihn gefragt:

»Sie ist hübscher als ich, findest du nicht?«

»Nein.«

Das war kurz und entsprach nicht ganz der Wahrheit, aber es hatte für Lillemor ausgereicht, ihn in seine Studentenbude zu begleiten. An diesem Abend hatte sie sich ihm zum ersten Mal ganz geschenkt.

Danach hatten sie von der Amerikareise gesprochen, Lillemor war vor Freude ganz außer sich gewesen und hatte es auch ausgesprochen:

»Mir dreht sich alles vor Glück.«

Er hatte gerade sein väterliches Erbe ausbezahlt bekommen.

»Ich werde es nach und nach abstottern«, hatte Lillemor gesagt, und er hatte gelacht und ihr geantwortet:

»Hast du denn immer noch nicht begriffen, dass wir heiraten werden?«

Es hatte in dieser Nacht geregnet, mein Gott, und wie sehr. Wie immer war er früh aufgewacht, hatte sich an den Schreibtisch gesetzt und an dem Entwurf für ihr Haus gezeichnet. Ihrem Haus.

»Träume weiter, Lillemor«, hatte er gesagt, als sie aufwachte. »Wunschträume! Du kannst alles haben.«

»Eine Sauna«, hatte sie gesagt.

»Kriegst du, aber lass dir noch Besseres einfallen.«

»Einen Erker mit vielen Topfpflanzen.«

»Gut, mehr.«

»Einen Garten mit großen Bäumen.«

»Wenn wir aus den USA zurückkommen, suchen wir uns ein Grundstück«, sagte er.

Das Haus war nie gebaut worden, aber dazu war immer noch Zeit, dachte Niklas und schaute vom Küchenfenster aus in den Garten, der hier, wo Lillemor ihre Kindheit verbracht hatte, nie etwas Rechtes geworden war.

Es war schon fast vier Uhr, als Niklas beschloss, seine Frau zu wecken. Während er die Treppe hinaufging, pfiff er eine alte Beatlesmelodie: »You really gotta hold me.« Er war musikalisch und traf die Töne richtig, und es klang sogar einigermaßen naiv und sentimental.

Sie lächelte, und bevor sie noch die Augen aufgeschlagen hatte, sagte sie:

»Du solltest mit deiner Musikalität etwas anfangen.«

»Zum Kirchenchor gehen, meinst du?«

»Kauf ein Klavier und nimm Stunden.«

Das war seit jeher ein Zankapfel gewesen, er hatte ihr zu erklären versucht, dass er an dem Tag, an dem sie zu quengeln aufhörte, vielleicht ihren Rat befolgen würde. Aber sie verstand das nicht:

»Du bist so kindisch, Niklas.«

»Aus eigenem Antrieb wachsen zu wollen, ist das kindisch?«

Beide kannten die Floskeln, und beide beschlossen, sie für sich zu behalten. Er sagte stattdessen:

»Ich habe Hunger.«

»Aber ich habe nichts zu essen da.«

»Das habe ich schon gesehen. Weißt du was, wir gehen ins Restaurant.«

Jetzt schlug sie die Augen auf, und wie aus einem Mund sagten sie:

»Långedrags Restaurant.«

Aber dann warf Niklas ein: »Das haben sie doch abgerissen«, und Lillemor sagte: »Die kleine grüne Kneipe, das Winterrestaurant, das haben sie angeblich stehen lassen.«

Ohne vorher anzurufen und sich zu vergewissern, machten sie sich auf den Weg. Ohne Auto. Es würde Lillemor gut tun, die gewundenen Wege über die Hügel zu Fuß zu gehen. Sie fanden den alten Långedragsweg und gingen in Richtung alter Hafen aufs Meer zu.

Aber Lillemor blieb verschlossen, heftete den Blick hartnäckig auf die Straße und war bald wieder so blass, wie er sie gestern auf dem Flugplatz vorgefunden hatte.

»Was ist los?«

»Mir kommen so viele Erinnerungen«, sagte sie. »Das hier ist mein alter Schulweg.«

»Und es sind keine Lichtblicke dabei?«

»Nein.«

»Zurück nehmen wir ein Taxi.«

Da lächelte sie, aber es schmerzte ihn, als er sah, wie verzweifelt dieses Lächeln war.

»Es ist schwierig, Niklas«, sagte sie. »Aber das hat auch sein Gutes, es muss endlich alles ans Tageslicht kommen.«

Das Restaurant war offen, sie bekamen etwas abseits einen Tisch, es gab nur wenige Gäste.

Er wählte Steinbutt, das würde ein Weilchen dauern, also bestellten sie als Vorspeise etwas Hering. Und einen Schnaps.

»Ich erinnere mich gut, wie enttäuscht du warst, als du dich bei dieser Psychologin an überhaupt nichts erinnern konntest«, sagte Niklas.

Sie nickte.

»Was hat deine Erinnerungen jetzt so plötzlich geweckt?«

Erstaunt machte sie ein Gesicht, als hätte sie sich diese Frage nie gestellt.

»Es muss bei dem Arzt in Lund angefangen haben«, sagte sie.

Der Branntwein wurde gebracht, Lillemor trank ihr Glas in einem Zug leer und bekam wieder Farbe. Sie schloss die Augen und sah alles vor sich, den Mann, der ihr in seiner eleganten Privatpraxis zunächst wie ein zynischer Gangster vorgekommen war. Der sich dann aber als feinfühliger Mensch erwiesen hatte.

»Weißt du«, sagte sie, »das war so ein Doktor, zu dem ich gern aus eigenem Antrieb gegangen wäre, ein kluger Mensch und sicher ein guter Diagnostiker. Ich bin mir wie eine Idiotin vorgekommen.

›Ich dachte erst, Sie wollten mich interviewen‹, hat er gesagt. ›Aber Sie hatten sich ja telefonisch als Privatpatientin angemeldet.‹

Ich weiß gar nicht, wie es zugegangen ist«, sagte Lillemor zu Niklas. »Ganz plötzlich habe ich zu erzählen angefangen, von dir und mir und den Kindern. Und wie ich so durch den Wald gegangen bin und die Tote gefunden habe und dass sie mir so ähnlich sah. Und von Enokson, der nachforscht, auf welche Weise meine Schwester gestorben ist.

Ich bin die Schwester von Desiree Stefansson, habe ich gesagt.«

Niklas schwieg, dachte aber, der Arzt müsse schockiert gewesen sein.

»Er ist ein bisschen blass geworden«, sagte Lillemor. »Und er hat ein so verdammt trauriges Gesicht gemacht, dass ich fast Mitleid mit ihm hatte.«

Jetzt fiel das Schweigen Niklas schon schwer. Aber er hielt den Mund.

»›Sie haben nicht die geringste Ähnlichkeit‹, hat der Doktor gesagt.

Und ich: ›Nein, wir sind uns nie ähnlich gewesen.‹

Ich habe auch noch erzählt, dass ich in Amerika war, als sie starb, und dass meine Eltern von Gehirnhautentzündung gesprochen hatten.

Er schien nicht erstaunt zu sein. ›Sie hatten solche Angst vor einem Skandal‹, sagte er.

›Sie haben sie kennen gelernt?‹

›Ja, durch meinen Onkel, den damaligen Vorstand der Gyn, der alles versucht hat, um das Mädchen zu retten.‹

Dann trat eine lange Pause ein, ich hatte den Eindruck, dass er überlegte, was mich interessieren könnte«, fuhr Lillemor fort.

»Und plötzlich fragte er: ›Wie gut haben Sie Ihre Schwester gekannt?‹

Ich sagte, es sei merkwürdig, dass ich mich das oft selbst gefragt habe, dass wir wohl zusammen aufgewachsen waren, dass wir nur ein Jahr auseinander waren, dass sie mir aber immer ein Rätsel geblieben sei. Dass ich sie in meiner kindlichen Art gehasst habe, weil sie so viel niedlicher war als ich und weil sie Papas kleines Mädchen war.

›Sie war Papas kleines Mädchen‹, sagte er.

Und dann schwieg er wieder, es war schwierig, Niklas, ich hatte mit Vorwürfen gerechnet, dass er sich angeklagt fühlen und sich verteidigen würde. Als das nicht der Fall war, versuchte ich ihn zu provozieren:

›Warum haben Sie sie nicht geheiratet?‹

›Sie war nicht mein kleines Mädchen‹, sagte er. ›Zumindest habe ich sie nicht dafür gehalten …‹

›Aber wer …?‹

›Ihre Schwester war ... Allgemeinbesitz‹, sagte er. ›Es gab nicht einen Studenten an der medizinischen Fakultät, der nicht mit ihr geschlafen hatte, sie hatte sich ... vielleicht ... auf Mediziner spezialisiert.‹ Ich brachte keinen Ton heraus, Niklas, ich war stumm vor Staunen.

Als er das sah, sagte er, Desiree sei promiskuitiv und frigide gewesen, eine Frau, die sich den Männern anbot, aber nie befriedigt werden konnte.

›Das alles ist mir erst später klar geworden‹, sagte er. ›In meiner Praxis habe ich viele solche Frauen kennen gelernt, Frauen, die nie Erfüllung fanden. Sie sind unersättlich und verzweifelt.‹«

Lillemor hatte zu verstehen versucht:

»Sie haben überhaupt keine Ähnlichkeit mit Ihrer Mutter«, sagte er. »Ich erinnere mich sehr genau an Ihre Mutter. Es war, als würde sie nicht begreifen, was wir sagten, aber ...«

»Aber?«

»... nun, als hätte sie es gewusst. Ihr Vater sprach kein Wort, er war so starr, dass mein Onkel beim Weggehen meinte, der Mann wird das kaum überleben.«

»Dann«, fuhr Lillemor fort und sah Niklas dabei in die Augen, »dann wurde der Doktor ruhiger und auch sachlicher.

Er berichtete, es habe lange gedauert, bis Desiree begriff, dass sie ein Kind bekommen würde. Sie habe mehrere Studenten gebeten, sie zu heiraten. Aber keiner wollte.

Pfui, schäm dich, pfui, schäm dich, kein Einziger will dich«, flüsterte Lillemor, und Niklas schien darüber traurig zu sein.

»Einige Monate später suchte sie mich auf, sie kam mit dem Taxi«, erzählte der Arzt weiter. »Ein Pfuscher hatte es mit einem Stich durch die Bauchdecke versucht, und der Embryo war tot.

Ich habe sie ins Krankenhaus gebracht, man schob mir die ganze Schuld zu«, sagte er. »Sie starb, noch ehe jemand sie fragen konnte, wer den Abortus eingeleitet hatte, die Polizei wurde eingeschaltet, und niemand glaubte mir. Beweise gab es nicht.«

»Und das Kind?«

»Es sei ein Junge gewesen, erfuhr ich von meinem Onkel, der die Krankengeschichte aufgenommen hatte.«

»Dann schwieg er wieder lange«, sagte Lillemor.

»Wir verabschiedeten uns sehr förmlich, wir waren beide mit den Nerven am Ende. Ich ging in mein Hotelzimmer und schlief die ganze Nacht durch. Am nächsten Tag machte ich ein Interview ... mit einer Wissenschaftlerin, die ... o mein Gott, Niklas, Lisa Månsson arbeitet über die Bedeutung der Vater-Tochter-Beziehung.«

Lillemor lachte schrill und unnatürlich. Niklas bemühte sich, sein Erschrecken nicht merken zu lassen.

Der Steinbutt wurde aufgetragen und rettete sie. Sie konzentrierten sich auf das Essen und versicherten einander, dass es wunderbar schmeckte, sehr gut, und dass man Fisch eben in Göteborg essen müsse und Steinbutt nur in Luxusrestaurants.

Sie tranken wieder Wein, viel zu viel Wein.

Erst beim Kaffee sagte Lillemor:

»Du scheinst dich viel weniger zu wundern als ich.«

»Ja, irgendwie scheine ich das alles geahnt zu haben. Du weißt, sie war mir immer irgendwie eine Belastung, und das nur, weil sie ... weil sie sich so ... so herausfordernd benahm, Lillemor.«

»Dir gegenüber?«

»Ja.«

»Gott im Himmel, Niklas!«

Sie tranken ihren Kaffee, er bezahlte die Rechnung, ohne sie zu überprüfen, sie gingen.

»Kein Taxi«, sagte sie. »Wir brauchen Bewegung.«

Als sie steil bergauf an Bagarns Slott vorbeigingen, sagte Niklas:

»Welche Erinnerungen kommen dir jetzt in den Sinn?«

»Nicht hier«, sagte sie. »Ich brauche Licht, ich muss dich sehen können, wenn ich davon erzähle.«

Eine Stunde später saßen sie in der Küche wieder beim Kaffee, und Lillemor schaute Niklas unverwandt in die Augen, als sie von der zwölfjährigen Desiree erzählte, die zu Vaters Zimmer unterwegs war, von deren Angst und deren Lüsternheit. Aber sie erschrak, als sie sah, wie Niklas vor Zorn blass wurde, sie hatte ihn noch nie so erlebt.

»Verdammt«, stöhnte er. »Verdammt ...«

Sie schliefen eng umschlungen in dem schmalen Bett, beide erschöpft von all den Gefühlen. Einige Male weckte ihn Lillemors Weinen, er streichelte ihr über Stirn und Haare, flüsterte: »So, so ...«

Aber sie weinte im Schlaf.

Er wachte wie immer früh auf, draußen schrien die Sturmmöwen, und er fand, dass die Schreie genau den Hass ausdrückten, der in ihm brannte. Du verdammter Satan, dachte er, und machte Edvard Stefansson den Garaus.

Dann fiel ihm ein, was Lillemor vor dem Einschlafen als Letztes gesagt hatte, dass nämlich ihre Mutter alles gewusst und Desiree nicht beschützt hatte.

»Ich bin ins Krankenhaus gegangen und habe sie dafür gehasst, Niklas. Und ich verstand jetzt, woher ihre Demenz kam. Mit solcher Schuld hält kein Mensch seine Erinnerungen aus.«

Jetzt war er es, der sich fragen musste: Warum hat Katarina ihre Tochter geopfert, warum nur, zum Teufel?

Als er sich in die Küche hinunterstahl, um Kaffee zu kochen, traf ihn die Antwort mit solcher Wucht, dass er sich einen Augenblick auf die Treppe setzen musste. Während er Brote schmierte, wurde er immer sicherer, so sicher und so aufgeregt, dass er Lillemor wecken musste.

»Komm mit runter«, sagte er. »Du kriegst außer Frühstück auch noch die Auflösung deines Rätsels serviert.«

Sie war nur halb wach, saß im alten Morgenmantel ihrer Mutter da und trank heißen Kaffee, als er sagte:

»Dein Vater hatte sie in der Hand. In dem Sommer, als Desiree ein Baby war, ging sie tanzen, und das Ergebnis dieses Tanzes bist du, Lillemor.«

Sie nickte, sie hatte es geahnt.

Und sie erinnerte sich an Gedanken, die gekommen und gegangen waren: Dein war das Verbrechen, aber mein die Schuld. Und dann fiel ihr jener Abend ein, als sie Vaters Zimmer untersuchen wollte, und sie hatte gedacht: ein impotenter Mann.

Damals war die Verkehrsampel auf Rot gesprungen, und sie hatte bremsen müssen.

Sie hatten nicht den Mut, das Gespräch in der Küche fortzusetzen, sie redeten von anderen Dingen, davon, dass es endlich regnete und was für ein Glück das sei, denn das Frühjahr war trocken gewesen.
»Wir fahren heute nach Hause?«
»Ja. Ich gehe nur noch auf einen Sprung ins Krankenhaus.«
Telefonisch bestellte er Flugbilletts und sagte dann:
»Ich begleite dich zu ihr.«
»Danke.«
Während Lillemor sich anzog und ihre Sachen packte, spülte Niklas das Geschirr und räumte auf. Sie schloss die Tür ab, blieb aber lange auf der Treppe stehen. Und bevor sie sich ins Auto setzte, betrachtete sie noch einmal das Haus.
Als sie bei Högsbo abbogen, sagte Niklas überraschend:
»Wenn du jetzt eingesehen hast, dass sie nicht ... ohne Schuld war, kannst du mit deinem eigenen Schuldgefühl möglicherweise leichter umgehen.«
Verwundert schüttelte sie den Kopf.
»Vielleicht hast du Recht, Niklas, aber ich bin noch nicht so weit.«
»Wie weit bist du denn?«
»Ich bin überall gleichzeitig, im absoluten Chaos.«
Obwohl er sich vor dem alten Streitthema fürchtete, musste er fortfahren:
»Du hast immer für die Mütter Partei ergriffen, Lillemor, für deine und auch für meine Mutter. Und du stellst unmenschliche Ansprüche an dich selbst, wenn es um unsere Kinder geht.«

Er hat Recht, dachte Lillemor. Der Kampf um das Bild von der guten Mutter war ein Kampf ums Leben.

Sie sprach es auch aus, und er legte seine Hand auf ihre.

»Das hast du dir nur eingebildet, Lillemor.«

»Ja, ich habe es mir eingebildet.«

Als er vor dem Krankenhaus einen Parkplatz suchte, flüsterte sie: »Glaubst du, sie hat es gewusst?«

»Sicher hat sie es gewusst«, sagte er. »Aber ich glaube, sie hatte nie den Mut, es sich einzugestehen.«

»Und wie konnte sie … die Augen davor verschließen?«

Er fand eine Parklücke für den kleinen Leihwagen. Als er die Handbremse anzog, sagte er:

»Vielleicht hat sie Desiree vom ersten Augenblick an abgelehnt …«

»Aber Niklas, das ist doch vollkommen unnatürlich …«

»Es ist menschlich«, sagte Niklas. »Du selbst hast Desiree ja auch nicht gemocht.«

»Aber ein Baby«, flüsterte Lillemor. »Ein Neugeborenes, Niklas, man kann sein eigenes Neugeborenes doch nicht hassen.«

»Sie hat sich sicher alle Mühe gegeben, aber … nicht alle Mütter lieben alle ihre Kinder.«

Sie blieben noch eine Weile im Auto sitzen und dachten wohl beide darüber nach, wie es Katarina bei dem Mann mit den Emailaugen im Bett gegangen sein mochte.

Als sie aus dem Wagen stiegen, schien Lillemor kleiner geworden zu sein, wie vor lauter Anspannung geschrumpft. Er nahm sie in die Arme, tief atmen, sagte er, ganz tief einatmen, Lillemor. Sie entspannte sich ein wenig, er strich ihr über den Rücken:

»Musst du unbedingt zu ihr gehen, Lillemor?«

»Ja, ich muss«, sagte sie.

Sie waren zu früh dran. In diesem Krankenhaus gab es zwar keine festgesetzten Besuchszeiten, aber zehn Uhr vormittags war auf jeden Fall zu früh, sie merkten es an dem knappen Gruß des Personals. Man war beschäftigt, Wagen mit Bergen von nassen Windeln wurden durch die Gänge geschoben, und der Geruch von Urin und Hoffnungslosigkeit war schlimmer denn je.

Niklas biss die Zähne zusammen, die alte Frau von gegenüber schrie um Hilfe, und ihre Angst war so groß und so brutal, dass allen, die es hörten, der Schreck in die Glieder fuhr.

Sie mussten eine Weile warten, bis sie Katarinas Zimmer betreten durften:

»Ihrer Mutter geht es heute nicht besonders gut«, sagte die Schwester, die aus der Tür kam. »Der Magen macht uns Beschwerden.«

Das große Fenster stand weit offen, aber im Zimmer stank es trotzdem nach Stuhlgang, und ganz kurz erkannte Lillemor, dass ihre Mutter sich schämte, und diese Scham war unerträglich.

Doch es war nur ein kurzer Moment. Ich muss mich geirrt haben, dachte die Tochter.

Katarina versank in dem Boden der Grube, tiefer und tiefer, es war Eile geboten. Sie drückte die Augen so fest zu, dass das ganze kleine Gesicht zerknittert war.

Guter Gott, ich muss mich geirrt haben, dachte Lillemor, sie begegnete Niklas' Blick und wusste, dass er es genauso empfunden hatte.

»Guten Tag, Katarina«, sagte er. »Jetzt mach mal schön die Augen auf und sag mir guten Tag. Ich weiß, dass du mich erkennst.«

Sie gehorcht ihm, Gott im Himmel, sie gehorcht.

Die selbstverständliche Autorität der Männerstimme zwang Katarina, die Augen zu öffnen, und mit großer Anstrengung zwang sie ein Lächeln hervor, entschuldigend, aufgeschreckt.

Lillemor erkannte dieses Lächeln wieder, es hatte im ganzen Haus immer, ständig, an einem dünnen Faden gehangen.

»Mama«, sagte Lillemor, sie legte der Greisin den Kopf auf die Brust, weinte, bebte und schluchzte.

Untröstlich wie ein Kind, dachte Niklas, sah aber auch, dass Katarina erschrocken war, unglaublich verängstigt. Ihm war, als würde

er einer Geschlagenen Schläge versetzen, aber er dachte nicht daran aufzugeben:
»Wir wollten dich wegen Desiree etwas fragen«, sagte er.
Jetzt steigerte sich Katarinas Angst zur Panik, das gab ihr die Kraft, wieder in der Grube zu verschwinden, in dem schützenden Dunkel, in dem ein kleines Kind auf sie wartete, und es war ganz sicher sie selbst und nicht das Blondgelockte mit den blauen Porzellanaugen.
»Sie hat sich wieder verkrochen«, sagte Niklas, aber Lillemor hörte ihn nicht, sie weinte noch immer. Er hob sie hoch, trug sie ans Fenster und blieb, sie umarmend, dort in der frischen Luft stehen. Er weinte jetzt selbst.

Eine Viertelstunde später gingen sie; durch den Korridor hallten die Schreie: Helft mir, helft mir, um Gottes willen, helft mir.
»Es gibt keine Hilfe«, sagte Lillemor, und einen schrecklichen Augenblick lang erkannte Niklas, dass es die Wahrheit war. Früher oder später gelangt man an einen Punkt, wo alle Schleichwege enden und wo einem niemand mehr helfen kann.

Und er dachte an seine eigene Mutter, daran, wie er sie hasste und wie bis ins innerste Mark heftig sein Grimm gegen sie war.
Kleine Mama, du, dachte er.
In der Krankenhauscafeteria stellte er sich in die Warteschlange, während Lillemor auf die Toilette ging, um ihr vor Traurigkeit verschwollenes Gesicht mit einer Puderschicht zu restaurieren. In der Halle begegnete sie einer Frau ihres Alters, größer als sie und auch wesentlich selbstbewusster.
»Bist du nicht Lillemor?«
»Ja.« Lillemor wäre am liebsten geflohen.
»Erkennst du mich nicht?«
Lillemor versuchte zu lächeln, irgendwie kam ihr die Frau bekannt vor.
»Doch«, sagte sie. »Aber ich kann dich nirgends einordnen.«

»Anna Hansson«, sagte die andere. »Wir waren Nachbarn. Ich bin mit deiner Schwester in eine Klasse gegangen.«

Lillemor nickte und versuchte wieder zu lächeln:

»Du musst entschuldigen, aber ich habe gerade meine Mutter besucht ... und das ist nicht so einfach.«

»Ich weiß«, sagte Anna. »Meine Mutter liegt auch hier ...«

Sie sahen einander hilflos an.

»Komm mit und lerne meinen Mann kennen«, sagte Lillemor. »Wir wollten gerade eine Tasse Kaffee trinken.«

Niklas wunderte sich, war aber auch erleichtert, er hoffte auf eine Atempause. Die beiden Frauen sprachen ganz normal von ihren Kindern, ihren Berufen, sie sei Lehrerin, sagte Anna.

»Und wir sind nie in dieselbe Schule gegangen?«

»Nein, aus irgendeinem Grund bist du draußen in Långedrag gelandet, während Desiree und ich in Påvelund geblieben sind.«

»Das stimmt«, sagte Lillemor. »Ich frage mich, warum ich ... es war ja ein schrecklich weiter Schulweg.«

Und jetzt segelten sie in gefährlichen Gewässern.

»Vielleicht wollten deine Eltern nicht, dass du in die Schule deines Vaters gehst.«

»Aber wieso ist dann Desiree dort geblieben ...?«

»Ja«, Anna zog die Worte jetzt in die Länge. »Aber das war ... wohl auch ... nicht das Beste ... für sie.«

»Anna«, sagte Lillemor und beugte sich über den Tisch, ohne die andere aus den Augen zu lassen. »Wie war mein Vater?«

Es blieb lange still, Anna schluckte, konnte Lillemor aber nicht einfach ins Gesicht lügen.

»Er war nicht besonders beliebt, kalt und ... ziemlich gemein«, sagte sie, und ihre Stimme verhärtete sich. »Aber am allerschlimmsten waren seine Wutausbrüche, er hat richtige Anfälle gekriegt, es war der reine Wahnsinn, er schlug um sich und so ...«

Es blieb still, unnatürlich still, es war, als hätte alles Gescheppern im Café aufgehört, als wären alle Gespräche verstummt.

Anna sagte: »Aber das musst du doch gewusst haben, Lillemor, deine Mama und du, ihr hattet doch Angst vor ihm. Von Desiree wollen wir gar nicht reden, manchmal, wenn sie bei uns war, hat sie sich gar nicht heim getraut. Manchmal hat meine Mutter sie begleitet ... um gleichsam abzulenken ...«

»Anna, ich weiß gar nichts«, sagte Lillemor. »Versteh mich richtig, ich habe keinerlei Erinnerungen.«

»Du traust dich wohl nicht«, sagte Anna, und in ihrer Stimme lag tiefes Bedauern.

»Deine Mutter hatte es nicht leicht, Lillemor.«

»Das war mir bewusst.«

Jetzt wagte Niklas eine Frage:

»Wie haben Sie Desiree erlebt?«

»Sie war schwer zu verstehen, unberechenbar, man wusste nie, woran man mit ihr war. Aber ich mochte sie ... ich fand sie interessant. Später, als sie ... als sie anfing, den Jungens nachzulaufen ... ist unsere Freundschaft auseinander gegangen, ich durfte nicht ...«

Anna war jetzt verlegen, sah auf die Uhr, wollte entkommen.

»Ich muss gehen, ich habe Unterricht und muss noch schnell nach meiner Mutter sehen.«

Sie standen alle drei auf, schüttelten einander die Hände.

Anna drehte sich an der Tür noch einmal um, als wollte sie etwas zurücknehmen. Aber dann hob sie die Hand, winkte, als bäte sie um Verzeihung.

Wie in stiller Übereinkunft sprachen sie weder auf der Fahrt nach Landvetter miteinander noch im Flugzeug, das sie in vierzig Minuten nach Arlanda brachte.

Sie schwiegen auch auf dem Dauerparkplatz, im Volvo. Erst als sie zu Hause vor der Garage hielten, sagte Lillemor:

»Woran denkst du, Niklas?«

»Ich denke an deinen Vater, deinen biologischen Vater, und wer der Mann war, den Katarina liebte.«

»Vielleicht war er Grieche«, sagte Lillemor, und sie sahen einander in dem Gedanken, dass das durchaus möglich sein konnte, lange an.

Dann steckte Niklas den Schlüssel ins Türschloss, den Schlüssel ... Lillemor starrte ihn an, und ein Bild ging ihr durch den Kopf, das so schnell wieder verschwunden war, dass sie es nicht festhalten konnte.

Der Glasapfel in Anastasias Hand? Nein.

Aber es war das Bild aus einem Traum gewesen.

Während Niklas das Gepäck ins Haus trug, sah Lillemor im Briefkasten nach, es hatte sich Post von drei Tagen angesammelt und auch ein ganzer Packen Zeitungen. Sie trug alles ins Haus und legte es auf den Küchentisch.

»Möchtest du Kaffee?«

»Ja bitte«, sagte Niklas, dem auffiel, dass ihre Stimme heller klang, sicherer.

Lillemor ging mit der Gießkanne von Zimmer zu Zimmer und sprach, wie sie es gerne tat, mit ihren Topfpflanzen: Un du, ahmes Dingelchen, bist schier verdurstet ...

Die vertraute Umgebung spendete Lillemor Trost, sie nahm Brot aus der Truhe, taute es in der Mikrowelle auf und genoss den Duft.

Das hier ist die Wirklichkeit, Göteborg ist nur ein Albtraum, dachte sie. Aber genau in diesem Augenblick sagte Niklas:

»Du sprichst göteborgisch. Das tust du immer, wenn du müde bist.«

Und dann lächelte er sie an und machte es nach: Un du, ahmes Dingelchen.

»Die Post lasse ich erst mal liegen«, sagte Lillemor und spürte jetzt, dass die dunklen Schatten wieder da waren.

»Die kann warten«, sagte Niklas, der schon mit dem Sortieren der Briefe begonnen hatte.

Jetzt sah sie ihn wieder, den Umschlag mit den griechischen Briefmarken.

»Ein Brief von Sofia«, sagte Niklas.

»Dazu bin ich im Moment nicht in Stimmung, lies du ihn, und wenn etwas Wichtiges drinsteht, lass es mich wissen.«

Lillemor zog die Wohnzimmervorhänge zurück, die Sonne strömte herein, sie legte sich aufs Sofa und deckte sich mit dem Plaid zu, einer sonnengelben Decke auf einem hellroten Sofa. Wie es ihre Gewohnheit war, ließ sie den Blick durch Jørgen Rytters abstrakte Landschaft schweifen. Sie verlor sich in den Rhythmen, den Farben, der leichten Wehmut und der großen Freude des Gemäldes und war weit draußen in einer türkisblauen Freiheit auf dem Weg zum Meer und den Weiten, als Niklas sie zurückholte.

»Parthena Karabidis ist gestorben«, sagte er. »Du weißt schon, die Hexe, die dich mit dem bösen Blick gestraft hat.«

»Anastasias Mutter«, sagte Lillemor und fand es eigenartig, dass sie Parthena nicht einen einzigen Gedanken gewidmet hatte, Parthena, der Mutter, die ihr einziges Kind und damit ihren Lebensinhalt verloren hatte.

»Die Arme«, sagte sie. »Wie gut, dass sie sterben durfte.«

»Aber Sofia berichtet da eine ganz seltsame Geschichte. Als die Nachricht von dem Mord das Dorf erreichte, war Parthena verschwunden. Einen Tag später kam ein Mann von der Polizei im Nachbardorf, um ... ihr offiziell mitzuteilen, was passiert war. Aber man konnte sie in den Bergen nicht finden.

Eine Woche später fand ein Hirte namens ...«, Niklas überflog den Brief, fand den Namen. »Er heißt Nikos Tatsidis, ihren Leichnam im Fluss unter dem Wasserfall. Sie war nicht ertrunken, und es gab auch keine Spuren äußerer Gewaltanwendung. Sie hat sich einfach hingelegt, um zu sterben, schreibt Sofia. Bevor sie die Todesnachricht bekommen hatte, bevor sie es wusste, begreifst du das?«

»Sie hat es eben gewusst«, sagte Lillemor wie selbstverständlich.

»Das muss sie wohl«, Niklas klang, als fände er es geradezu sittenwidrig.

Draußen kamen Wolken auf, und in der Hängebirke auf dem Rasen, dem Baum, den sie gepflanzt hatten, weil er das Wetter voraussagte, raschelte es.

»Es kommt schon wieder Regen«, sagte Lillemor.

Niklas sah sie an, sah ihr schwarzes Haar auf dem gelben Kissen und die bitteren Linien um ihren Mund. Sie sind tiefer geworden, dachte er, als sie die Augen aufschlug und seinen Blick suchte.

»Was schreibt Sofia sonst noch?«

»Sie berichtet etwas, das vielleicht uns angeht«, sagte Niklas, und Lillemor fiel sein unsicherer Ton auf.

»Sag schon! Ich werde es aushalten.«

»Nun ja, dieser Tatsidis, dieser Hirte, ist ein alter Mann. Er hat sein ganzes Leben in den Bergen verbracht, schreibt Sofia, die ihm öfter ihre Schafe überlässt. Am ... Donnerstag hat sie ihre Tiere zu dem Mann hinaufgetrieben, und sie sprachen von Parthena und davon, wie er ihren Leichnam gefunden hatte, und in diesem Zusammenhang haben sie auch von Anastasia gesprochen. Sie schreibt ja in sehr knappen Worten, und es ist nicht ganz erkennbar, wie sie plötzlich auf Anastasia gekommen sind.«

Lillemor setzte sich auf: »Lies vor, Niklas, lies es mir vor.«

»Da war ein Italiener«, sagte der Hirte. »Nicht mehr ganz jung, er war wendig und lebhaft, hatte olivbraune Haut und sah gut aus. Gott allein weiß, wie er hierher gefunden hat, sagte Tatsidis, der ihn wohl vierzehn Tage lang jeden Morgen in der Nähe der Kirche Zum Heiligen Demetrios beobachtet hatte. Natürlich wurde der Hirte neugierig und entdeckte schon sehr bald, dass der Italiener auf Parthena, die Ausgestoßene, wartete, die kein Mann haben wollte.

Sie kam Tag für Tag in der frühen Morgendämmerung und verschwand Hand in Hand mit dem Italiener in die Berge.«

»Eine Liebesgeschichte«, sagte Lillemor. »Also hat Parthena doch auch irdisches Liebesglück erleben dürfen.«

Erstaunt sah Niklas, dass Lillemor Tränen in den Augen hatte, und einen Augenblick lang konnte er sehen, was seine Frau sah, die junge Parthena unterwegs zum heimlichen Stelldichein in den Bergen, weit abseits aller bösen Blicke des Dorfes.

»Schreibt sie sonst noch etwas?«

»Ja. Als Parthena merkte, dass sie schwanger war, hatte dieser

Mann längst das Weite gesucht. Im Dorf schwirrten Gerüchte, dass der Heilige selbst Parthena geschwängert habe, und Tatsidis verschwieg, was er wusste. Hätte er die Wahrheit gesagt, wäre das Mädchen gesteinigt worden.«

Durch Lillemors Kopf schwirrten die Worte, olivbraune Haut, nicht mehr jung, gut aussehend ...

»Woher wusste der Hirte, dass dieser Mann Italiener war?«

»Er hat einmal morgens mit ihm gesprochen, als Parthena sich verspätet hatte, schreibt Sofia. Der Mann konnte nur wenige Brocken Griechisch, aber immerhin hatte Tatsidis verstanden, dass er diese Berge vom Krieg her kannte, als die Italiener das nördliche Griechenland erobert hatten. Er hatte Sehnsucht nach diesen wilden Bergen gehabt und sie noch einmal sehen wollen.«

Lillemor lächelte, sie konnte die beiden Männer vor sich sehen, den langen, hageren Griechen und den lebhaft gestikulierenden Italiener, der, eine Hand auf dem Herzen, mit dem anderen Arm auf die blauen Berge wies ...

Schwirrende Worte, geschmeidig, lebhaft.

Worte, dachte sie, Schlüsselworte, der Schlüssel im Schloss.

»Hörst du den Kuckuck«, sagte sie.

»Nein«, sagte Niklas, ging aber zum Fenster und öffnete es.

»Horch!«, sagte Lillemor. »Horch ...«

Aber er konnte den Lockruf des treulosesten aller Frühlingsboten nicht hören und wollte es eben aussprechen, als er sah, wie blass Lillemor war.

»Ich glaube, du solltest ein Stündchen schlafen«, sagte er und stopfte die Decke unter ihr fest.

Noch ehe er das Zimmer verlassen hatte, war sie eingeschlafen.

Sie fanden es beide eigenartig, aber am Freitagmorgen klappte alles wie immer, Niklas fuhr zeitig ins Büro, und Lillemor setzte sich an die Schreibmaschine.

Aus dem Interview mit der Wissenschaftlerin, die das Verhältnis von Karrierefrauen zu ihren Vätern erforschte, wurde ein guter Artikel.

Einige Male hatte Lillemor während des Schreibens so bösartig und höhnisch aufgelacht, dass sie selbst erschrak. Trotzdem wusste sie, dass dieses Lachen echt war, dass ein neues, zorniges Wesen in ihr heranwuchs, das keine Rücksichtnahmen und keine Schamgefühle kannte.

Aber natürlich war auch Angst dabei, mein Gott, wo sollte das enden. Ich muss ja ... morgen kommen doch die Kinder nach Hause ...

Wenn ich mit dem Artikel fertig bin, muss ich aufräumen, dachte sie, und einkaufen, gute Sachen, die die Mädels gern essen.

Und es half ihr, stärkte die alte demütige und besorgte Lillemor, die nie gewusst hatte, wer sie ist.

Sie kaufte Blumen, zwanzig gelbe Tulpen und einen zarten japanischen Kirschblütenzweig. Als sie die schlanke Vase gefunden hatte, blieb sie mit dem Zweig in der Hand in der Küche stehen, schaute und schaute und wusste, dass sie nie etwas Schöneres gesehen hatte.

Doch dieses intensive Erlebnis währte nur so kurz, dass sie später daran zweifelte. Aber sie ahnte immerhin, dass es mit dem Hohngelächter und dem Zorn verwandt war, dass es zu der neuen Frau gehörte, die sich hier Bahn brach.

Niklas kam mit einer Neuigkeit nach Hause, einer seiner Kollegen wolle heiraten.

»Wie schön«, sagte Lillemor. »Ich hoffe, er hat diesmal mehr Glück.«

Niklas nickte, Erik hatte sich nach einer langen, schwierigen Ehe scheiden lassen.

»Die Neue spricht edelstes Schonisch, upper class, würde ich meinen, lieb und nett. Aber jetzt hör zu.«

Und er erzählte, dass die beiden sich im Dom von Linköping trauen lassen wollten, wo die Frau aus Skåne eine alte Freundin hatte, die Pfarrerin war. Sie hatten in Lund zusammen Psychologie studiert, ja, ja, Eriks Neue war Psychologin. Ihre Kollegin war nach dem Studienabschluss bekehrt worden …

»So was soll vorkommen …«, sagte Lillemor.

»Hm«, machte Niklas. »Aber du wirst nie erraten, wie diese Freundin heißt.«

Aber Lillemor ahnte es schon:

»Nein!«, sagte sie. »Das darf nicht wahr sein.«

»Doch«, sagte Niklas. »Pastorin Elisabeth Enokson. Ich war so verblüfft, dass ich lange für meine Frage brauchte, ob sie … vielleicht … mit einem Polizeibeamten verheiratet sei. Und das ist sie, sie ist seit vielen Jahren mit einem interessanten Kriminalbeamten verheiratet.«

Lillemor ging ins Badezimmer, lange stand sie dort, wusch sich das Gesicht kalt ab und blickte dabei in den Spiegel; sie sah das Bild eines neuen und fremden Menschen.

»Du bist ein Betrüger und Schurke, Walter Enokson«, sagte sie in heißem und verstocktem Zorn. Als sie wieder ins Wohnzimmer kam, sagte sie zu Niklas: »Jetzt genehmigen wir uns einen Drink, einen doppelten Martini.«

»Wird gemacht«, antwortete Niklas, der die Pastorin Elisabeth Enokson schon wieder vergessen hatte. Aber aus dem Augenwinkel sah Lillemor, dass er seine Flaschen überprüfte, bevor er die Drinks einschenkte.

»Ich verspreche dir, nicht zur Säuferin zu werden«, sagte Lillemor.

Er lächelte schief.

»Wie fühlst du dich jetzt, Lillemor?«

»Sauschlecht«, sagte der neue Mensch rücksichtslos.

»Ich nehme an, es dauert seine Zeit«, sagte der alte Niklas tröstend und merkte nicht, dass sie ihn höhnisch belächelte.

Am Samstag schien die Sonne wieder, sie froren, als sie mit den anderen Eltern im Schulhof auf den Reisebus warteten. Da kam er, Karin war als Erste draußen, klein, eckig und zielbewusst. Sie warf sich Lillemor in die Arme, die sich von dieser großen und schmerzhaften Liebe überwältigt fühlte, dass es kaum auszuhalten war. Sie weinte und streichelte die dunklen Haare, Stirn und Gesicht ihrer Tochter, die ihr so ähnlich sah.

»Karinkind«, sagte sie.

»Werd jetzt nur nicht sentimental«, wehrte das Mädchen ab und fragte Niklas, während sie ihn umarmte: »Was ist mit Mama los?«

»Schwierig, schwierig. Wir reden zu Hause drüber.«

Sie hatten beschlossen, den Kindern alles zu erzählen.

Lillemor hatte es selbst vorgeschlagen. Wir dürfen sie nicht schonen, Niklas, sie brauchen ihre Kindheitserinnerungen, und wenn sie noch so schrecklich sind.

Auf Ingrid mussten sie warten, sie stieg als eine der Letzten aus. Schließlich kam sie, groß, schön, die blonden Haare umwehten ihr fein geschnittenes Gesicht.

Und jetzt sah Lillemor es. Das ist nicht möglich, dachte sie. Es kann nicht wahr sein, dieses Menschenkind, das ich in- und auswendig kenne, dieses Gesicht, das ich gewaschen und geliebt habe ...

Aber es war die Wahrheit, es gab keine Schonung:

Ingrid sah Desiree ähnlich.

Sofia wanderte durch den Nebel, die Wege schlängelten sich bergan, Hirtenpfade zu den Bergweiden.

Im Dorf hatte sie gesagt, sie gehe Thymian sammeln. Nur ihre Mutter durfte wissen, dass sie bis zum Kloster nahe dem Gebirgskamm aufsteigen wollte.

»Zünde eine Kerze an und bitte die Heiligen um Regen«, hatte die alte Frau gesagt. Und Sofia hatte genickt, ja, das wollte sie tun. Aber sie hatten dabei in bestem Einverständnis gelacht, denn die Mutter wusste, dass Sofias Ziel weder die Kräuter noch das Kloster waren. Sofia wollte die Seherin am Rande des Klosterdorfes aufsuchen.

»Ich glaube, du wirst zufrieden sein«, hatte die Mutter gesagt, als Sofia ihr die Kinder brachte.

Wie jeden Tag und zu jeder Stunde, wenn sie die Gedanken nicht auf ihre Arbeit konzentrieren musste, schrieb Sofia im Geist an ihrem Brief für Lillemor. Das meiste wurde gar nicht niedergeschrieben, es war eher ein Gespräch ohne Anfang und Ende.

Viele Sätze begannen: Ich wünschte, ich könnte dir erzählen …

Schritt für Schritt führte Sofia die Freundin in das ein, was ihre eigene Welt war. Heute wollte sie Lillemor begreiflich machen, warum es so wichtig war, einen Sohn zu bekommen.

Aber ihre Gedanken schwankten, verstand sie es denn selbst?

Sie machte einen Versuch:

Ich will dir erzählen, wie Mutter den Jungen geboren hat.

    Ihr war es gegangen wie mir, sie bekam drei Töchter hintereinander. Ich war die Älteste, war gerade sechs Jahre alt, als sie zum vierten Mal gebären sollte. Wir Kinder saßen in der Küche auf dem Fußboden, ich hatte meine beiden Schwestern im Arm, denn sie waren wegen Mutters Schreien drinnen in der Stube wie von Sinnen. Ich hatte selbst auch Angst, denn du musst wissen, dass man meine Mutter nie klagen hörte, aber jetzt schrie sie wie in äußerster Not, und wir Kinder glaubten, dass der Tod sie jetzt holte. Die Stunden vergingen, Großmutter kam in die Küche geschlichen und setzte sich in die Ecke, ohne ein Wort zu sagen.

Wir fürchteten uns vor der Großmutter, sie war für uns wie ein Rabe, der Tod und Unglück ankündigte, ein Mensch, der in allem immer nur das Schlimmste sah. Aber noch mehr Angst hatten wir vor Großvater, der im Dorf großen Einfluss besaß. Er war wortkarg. Wenn er irgendwann doch sprach, hatten seine Worte solches Gewicht, dass niemand sie je vergaß: Wie Vasiliki schon einundfünfzig gesagt hat, hieß es bei den Leuten.

Jetzt kam auch er zu uns, schweigend und beängstigend tauchte er in der Türöffnung auf, und obwohl er uns Kinder keines Blickes würdigte, hatten wir alle drei das Gefühl, etwas Unrechtes getan zu haben. Er kam nicht herein, wir konnten durch die Küchentür sehen, wie er hin- und hergehend den Hof kehrte.

Mein Vater war nicht zu Hause, er arbeitete in einem höher gelegenen Dorf in der Mühle, und ich glaube nicht, dass es jemandem eingefallen wäre, ihn zu benachrichtigen.

Dann verstummte Mutter plötzlich mitten in einem Schrei, und wir hörten die Hebamme lachen. Es war ein so dröhnendes Lachen, dass wir auch davor erschraken, und Großmutter zog sich die Schürze über den Kopf und schrie, du Miststück lachst nur, weil es schon wieder ein Mädchen ist. Aber die Hebamme rief zu mir heraus, ich solle zu Großvater in den Garten laufen und ihn um seinen Hut bitten.

Da schrien alle auf, und ich spürte irgendwie, dass es Freudenschreie waren, und ich lief zu Großvater, obwohl ich Angst davor hatte, mit ihm zu sprechen. Als ich ihn aber um seinen Hut bat, hob er mich hoch und tanzte mit mir durch den Garten. Du kannst dir vorstellen, wie verblüfft ich war. Als er mich auf die Erde stellte, sah ich, dass er Tränen in den Augen hatte.

Du musst wissen, er hatte damals sechs Töchter und drei Enkelinnen. Als wir zu Mutter hineingehen durften, war ihr Gesicht weiß wie Schnee, aber ich werde den Stolz in ihren Augen nie vergessen. Und es war eine feierliche Stimmung im ganzen Haus, das die Frauen jetzt putzten und wohin die Dorfleute ihre Geschenke für den Jungen brachten.

Da habe ich verstanden, dass eine Frau erst vollwertig ist, wenn sie einen Sohn geboren hat.

»Und dass Mädchen Menschen zweiter Klasse sind.«

Sofia hatte den Eindruck, dass die dunkle Altstimme, wie immer, wenn Lillemor sich ärgerte, etwas knapper und trockener als sonst klang.

»Du irrst dich«, sagte Sofia.

Aber das Herz war ihr schwer, als sie versuchte zu begründen, warum Lillemor sich irrte, und plötzlich sah sie rot. Es war ein Körnchen Wahrheit in den Worten der Freundin, dass Sofia nämlich schon sehr früh Demut hatte lernen müssen.

»Man muss lernen, das zu wollen, was sein muss«, sagte sie in den Nebel hinein. Und dann dachte sie wie so oft in letzter Zeit, dass nur die verdammte Sprache an ihren unruhigen Gedanken schuld sei. Die Sprache der Schweden hatte keine Wörter für das Dunkle und schwer Verständliche. Schwedisch war eine klare und erbarmungslose Sprache, die alle Gedanken ans Tageslicht förderte.

Immer öfter ertappte sich Sofia dabei, dass sie schwedisch dachte.

Das Licht in den Bergen veränderte sich, der wattegraue Nebel wurde durchsichtig. Nur noch wenige Schritte, und sie würde in der Sonne, über den Wolken sein.

Der Weg war hier sehr steil, sie schwitzte, schnaufte, dachte, sobald ich ins Licht gekommen bin, werde ich eine Rast einlegen, mein Brot essen und vom Holundersaft trinken, der den Durst löschte und neue Kräfte gab. Sie konnte den Steig vor sich schon erkennen, im nächsten Augenblick sah sie die Sonnenstrahlen im gelben Ginster aufflammen, und nun lag die Welt vor ihr, in jeder Einzelheit deutlich sichtbar.

Sie wählte ihren Rastplatz mit großer Umsicht aus, es war eine Steinplatte mit weiter Aussicht auf die umliegenden Berge. Aber das Dorf tief unten mit den schiefergrauen Dächern und den grünen Feldern konnte sie nicht sehen.

Hier von ihrer Aussichtswarte aus wirkten die Wolken so schwer, als wären sie voll Regen, aber sie wusste, dass in diesem heißen und trockenen Frühsommer ein Tag wie der andere war. Eine tiefe Wolkendecke voll Hoffnung am Morgen und dann plötzlich die Sonne, die den Himmel rein fegte und die dünne Erdkrume auf den Terrassen zu Staub trocknete.

Heute würde sie die Klagen der Frauen und die Flüche der Männer nicht hören müssen. Wie seit Menschengedenken … würden sie auch heute wieder sagen. Wie in jedem Frühjahr, dachte Sofia zornig, denn der Frühsommer war hier in den Bergen meistens trocken.

Während sie aß, schrieb sie an dem Brief an Lillemor weiter, versuchte ein wenig zu scherzen.

Jetzt sollst du hören, was Großmutter im Haus der Freude tat, in dem ein Sohn geboren worden war. Sie verließ das Fest, ging zu sich nach Hause und kam mit einem Packen alter Tücher zurück. Damit verhängte sie im Haus alle Spiegel, und als der letzte Gast gegangen war und meine Mutter sich endlich Ruhe gönnen sollte, versiegelte Großmutter die Türen. Niemand protestierte, die Älteren nickten vielmehr und meinten, man kann nie vorsichtig genug sein.

Wie sollte sie das nun erklären? Sofia biss sich auf die Unterlippe und dachte nach. Aber diesmal war es gar nicht so schwierig:

Bei uns glaubt man, dass man das Schicksal nicht durch maßlose Freude herausfordern darf. Drum spucken wir aus, wenn uns etwas besonders gut gelungen ist, und denken uns die merkwürdigsten Vorsichtsmaßnahmen aus, wenn wir irgendwann einmal besonders glücklich sind.

Ihr Schweden glaubt, dass ihr das Glück lenken könnt und dass ihr es selbst in der Hand habt. Es war für mich während der vielen Jahre in deinem Land unglaublich schwer zu verstehen, dass ihr euch einbildet, ihr könnt das Leben lenken, wie ihr wollt, und dass ihr das Schicksal nicht mit einbezieht, das immer eins gegen das andere abwägt und darüber Buch führt. Jetzt denke ich manchmal, dass ihr es mit eurer Art, die Dinge zu sehen, weit gebracht habt und dass es euch deshalb so gut geht. Aber ihr seid immer in Sorge, als würdet ihr trotz allem glauben, dass die Rechnung irgendwann bezahlt werden muss.

Durch die Sonne und den Holundersaft gestärkt, fühlte Sofia sich jetzt besser. Außerdem konnte sie sich angenehmen Gedanken widmen. Den vielen Briefen.

Nicht nur Lillemor schrieb aus Schweden an Sofia. Ständig kamen Briefe von Frauen, die das Interview mit ihr in der schwedischen Frauenzeitschrift gelesen hatten, bei der Lillemor arbeitete. Die meisten äußerten sich positiv, sie meinten, es stecke viel Wahrheit in dem, was Sofia über Schweden gesagt hatte, dass die schwedischen Frauen sich ihre Freiheit erkauft hatten, indem sie wie Männer geworden waren. Manche schrieben, es habe für die Frauen gar keine andere Möglichkeit gegeben, der Unterdrückung zu entkommen. Den langen Brief einer alten Frau hatte Sofia viele Male gelesen. Er fing mit der Schilderung der Kindheit dieser Frau in einem schwedischen Dorf an, »wo das Leben sich wohl gar nicht so sehr von deinem unterschieden hat«. Sie erzählte von ihrer Mutter, »die, abgerackert und ausgemergelt von den vielen Geburten, viel zu früh sterben musste«. Von zwölf Kindern hatten fünf überlebt, sieben Schwangerschaften und ebenso viele Entbindungen waren sinnlos gewesen.

Auch in dem schwedischen Dorf hatten sich alle seit Generationen gekannt, schrieb sie:

> Viele junge Leute von heute sind zu romantisch. Aber ich weiß noch, wie es war, als jeder immer jeden beobachtete. Für mich war es die Hölle. Das Schlimmste war der Neid, der boshafte Hohn, der jeden traf, der auch nur ein klein wenig anders war. Ich lernte in der Schule sehr gut und war bildungshungrig. Das war nicht erlaubt, mein Blut sollte in den Adern verfaulen, vorausgesetzt, ich wäre nicht sowieso längst verrückt geworden! Ihr Griechen kennt vielleicht keinen Neid, vielleicht herrscht echte Solidarität in deinem Dorf. Aber in meinem war es entsetzlich.

In dem Brief war auch von anderen Dingen die Rede, von Männern, die tranken und ihre Frauen schlugen, und von den Frauen, die um jeden Pfennig bitten mussten und keinen Ausweg aus der Unterdrückung sahen.

> Meine Mutter wurde immer wieder gedemütigt. Ich bin in die Stadt gegangen, mir erging es besser. Aber das Beste in meinem Leben sind meine Kinder, meine beiden Töchter, die so frei sind wie Männer und die selbst für sich und ihre Kinder sorgen können. Vielleicht sind sie, wie du in der Zeitung schreibst, nicht immer nur glücklich. Aber, Sofia Madzopoulos, Freiheit ist mehr wert als Glück. Außerdem halte ich Glück für ein komisches Wort, obwohl ich weit über siebzig bin, weiß ich nicht, was es ist.

Dieser Brief hatte Sofia tiefer getroffen als alles, was Lillemor je gesagt hatte. Sie trug ihn immer in der Schürzentasche bei sich, las ihn oft und versuchte eine Antwort zu finden. Aber sie kam nie weiter als zum Herauslegen des Briefpapiers.

Nun lichteten sich die Nebel auch in den Tälern, Sofia konnte ihr Dorf weit unten erkennen.

Ihr Griechen kennt vielleicht keinen Neid ...

Heilige Mutter Gottes, dachte Sofia. Du müsstest nur wissen, wie der Neid die Wege dort unten entlangkriecht, wie er sich auf den Plätzen und in der Kirche aufbläht, wie er aus allen neugierigen Augen spricht, die abwägen und urteilen. Er dringt auch im Haus meiner Mutter durch die Ritzen, obwohl sie sich immer bemüht, den Klatsch draußen zu halten. Aber in den meisten Häusern kommt der Neid direkt durch die Tür herein. Der böse Blick, dachte Sofia. Ich wüsste gern, ob man in schwedischen Dörfern an den bösen Blick geglaubt hat, früher ...?

Sie war jetzt vielen Arten von Neid ausgesetzt. Da war einmal der Artikel mit den vielen Bildern vom Dorf, der herumgezeigt worden war, dann die Briefe mit den ausländischen Briefmarken, und die Bedeutung, die sie im Zusammenhang mit Leonidas Baridis' Schicksal erlangt hatte.

Seine ganze Familie hatte sie aufgesucht. Gab es in Schweden die Todesstrafe? Also nicht? Welche Strafen gab es denn dann für Mord? Seine Eltern waren blass geworden, als sie sagte, lebenslänglich, und sie hatten mit erstaunten Augen misstrauisch geschaut, als sie sagte, lebenslänglich bedeute nur ... so ungefähr zehn Jahre und dann werde man begnadigt.

Und wie waren die Gefängnisse? Nun, das wusste sie wirklich nicht, aber man konnte in schwedischen Zeitungen oft lesen, dass man Verbrecher viel zu gut behandelte. Und unter den Einwanderern hieß es, dass die Schweden mehr für die Bösen und Faulen übrig hätten als für die Guten und Fleißigen.

Dann hatte sie gezögert, denn ihr war bewusst geworden, dass sie viel zu wenig wusste und dass sie nichts sagen durfte, was sie nicht verantworten konnte.

»Wir rufen in Schweden an«, hatte sie gesagt. »Wir fragen meine Freundin. Sie weiß besser Bescheid.«

Da hatte die ganze Familie Baridis sich mit Sofia zum Kafenion aufgemacht und das Gespräch angemeldet. Lillemor war selbst am Apparat gewesen und hatte sich gefreut, aber ihre Stimme hatte einen eigenartigen Klang gehabt. Und so sehr viel mehr als Sofia hatte sie über die schwedische Rechtsprechung auch nicht gewusst. Aber wie üblich hatte sie gute Ratschläge: Wir rufen morgen zurück, hatte sie gesagt. Gib mir eure Telefonnummer, ich werde versuchen, einen schwedischen Polizeibeamten zu erwischen, der gebürtiger Grieche ist ... Der weiß ...

Und wie immer hielt Lillemor Wort, das Gespräch kam zur festgesetzten Zeit, und diesmal hörte das ganze Dorf im Laden mit. Der schwedische Polizeibeamte, er hieß Janis Pavlidis, sprach selbst mit dem alten Baridis. Leonidas hatte einen griechischen Dolmetscher und einen guten Verteidiger, es ging ihm den Umständen entsprechend gut, er würde vermutlich eine Strafe von höchstens fünf, sechs Jahren bekommen.

»Wir hoffen, dass die Anklage auf Vergewaltigung und Totschlag im Affekt lauten wird«, sagte Pavlidis. »Also nicht auf Mord.«

»Vergewaltigung!«, schrie Leonidas' Mutter. »Vergewaltigung!«, schrien sämtliche Leute in dem engen Lokal. Und danach ging es in den Gesprächen eigentlich nur noch darum, wie es möglich war, einen Ehrenmann wegen Vergewaltigung einer Hure wie Anastasia Karabidis anzuklagen.

Zu diesem Zeitpunkt hatte Sofia zum ersten Mal rot gesehen, sie hatte Herzklopfen bekommen, und die Tränen hatten ihr die Sicht genommen, als sie schrie:

»Anastasia war keine Hure!«

Die anderen hatten geschwiegen, vielleicht hatten einige sich besonnen und erkannt, dass sie Recht hatte. Aber Sofias Mutter hatte behauptet, dass Adonia Baridis ihre Sofia in diesem Augenblick mit dem bösen Blick gestraft hatte.

»Sie ist nicht machtlos«, sagte Sofias Mutter.

»Wenn sie Macht hat, soll sie ihre Kräfte auf ihren Sohn im Gefängnis übertragen«, hatte Sofia geantwortet.

Als aber die zweijährige Alexandra wenige Tage später ihre üblichen Magenschmerzen bekam, wurde Sofia ängstlich. Jetzt saß sie hier oben auf dem Berg und sah ihr Dorf aus dem Nebel auftauchen und fühlte, dass sie es hasste. Auch an das absolut Verbotene dachte sie an diesem Tag, an den Mann Gregoris Madzopoulos. Er gehörte nicht zu den Schlimmsten im Dorf, war nicht hart gegen sie oder die Kinder. Aber jeden Abend forderte er im Bett sein Recht …

»Daran gewöhnt man sich mit der Zeit«, sagte Sofias Mutter immer.

Aber Sofia konnte sich nicht gewöhnen. Ich muss an Lillemor schreiben, ich muss sie um Verhütungspillen bitten. Sobald der Junge geboren ist.

»Ich verabscheue dich, Gregoris«, sagte sie laut und sah ihn vor sich, sah das runde Gesicht mit den leicht vorstehenden Augen, die immer halb geschlossen waren, als träumte er, unschuldig wie ein schlafendes Kind. Er ist eine dumme Schlafmütze, dachte sie. Und wie die meisten Dummköpfe ist er störrisch und gefährlich, wenn er gereizt wird.

Im Dorf lachte man über ihn, das wusste Sofia. Man lachte über Gregoris und seine lächerliche Autowerkstatt. Noch konnte man dem Hohn einigermaßen begegnen, noch waren Ersparnisse aus Schweden vorhanden. Aber dann? Sofia fürchtete sich vor der Zukunft, schließlich hatte sie vier Kinder und war Selbstversorgerin. Der Vater würde ihr helfen, so lange er konnte. Aber die Felder würde sein Sohn Dimitris Vassiliadis erben, der verwöhnte Kronprinz, der mit der schönen Anna verheiratet war, die sich im Dorf nicht wohl fühlte und nach Athen ziehen wollte. Oder mindestens nach Thessaloniki.

Obwohl sie sich in der Sonne ausgeruht hatte, spürte Sofia die Schwere ihres Körpers, als sie zum Kloster hinaufstieg, das einige

Kilometer entfernt über ihr weiß und prächtig wie ein Leuchtturm strahlte. Daran waren die vielen Gedanken Schuld. Was, in Gottes Namen, sollte sie mit all diesen Gedanken tun, die sie dauernd heimsuchten?

Sie ging gar nicht erst in die Klosterkirche. Sie ging geraden Weges zu dem letzten Haus im Dorf, in dem Simela Papadopoulos wohnte.

Sofia war schon früher bei Wahrsagerinnen gewesen, als Kind mit der Mutter und als Erwachsene einmal, bevor sie nach Schweden fuhr. Es war unangenehm, aber oft hatten diese Frauen Recht, also fügte man sich.

Nicht nur die Angst, die jeder Mensch vor der eigenen Zukunft verspürt, löste Unbehagen aus. Die Frauen waren Furcht einflößend und schmutzig, in ihren Häusern stank es, und mit klauenartigen Fingern griffen sie nach dem Kaffee, den man mitzubringen hatte. Sie weissagten aus dem Kaffeesatz.

Sofia ließ, während sie nach Simela Papadopoulos suchte, die Kaffeetüte in ihrer Tasche nicht los. Sie wollte möglichst niemanden fragen. Es sei das letzte Haus im Dorf, das hatte sie dem Geflüster entnommen, wenn zu Hause von Simela getuschelt wurde, die dafür bekannt war, dass sie kein Blatt vor den Mund nahm, selbst wenn der Tod schon um die Ecke lugte.

Wie Anastasia, wurde geflüstert. Aber immer mit dem Zusatz, dass sie sich über das Unglück der Menschen nicht freute. Wie Anastasia das getan hatte.

Das letzte Haus rechter Hand im Klosterdorf war frisch getüncht und ansehnlich, und die Blumen in den bunt bemalten Blechdosen im Hof waren eine Pracht.

Nach einigem Zögern klopfte Sofia an die Tür und merkte sofort, dass es das richtige Haus war. Die Augen der Frau, die ihr öffnete, sahen ins Weite, schauten in die Ferne und doch durch Sofia hindurch. Alles andere stimmte nicht, sie war stattlich, trug ein schönes blaues Kleid, ihr Haus war sauber, und auf dem großen Tisch im Zimmer lag eine weiße Decke.

Sofia grüßte und streckte der Frau ihren Kaffee entgegen.

»Danke, ich brauche keinen Kaffee«, sagte Simela, und Sofia wurde rot und blieb mit ihrer Tüte in der Hand stehen.

»Steck sie wieder ein und setz dich. Du hast einen weiten Weg hinter dir, möchtest du vielleicht etwas trinken?«

Während Sofia den Saft trank, der ihr gebracht worden war, überlegte sie, wie alt die Frau wohl sein mochte, nicht mehr ganz jung, vermutlich über vierzig, aber sie hatte keine einzige Falte.

Sie lächelte freundlich, das beruhigte.

»Und was möchtest du wissen?«

Sofia sprach aus, was sie sich vorgenommen hatte, dass sie im September gebären werde und dass sie schon drei Töchter habe, und jetzt müsse sie ...

Aber Simela unterbrach sie mit einem Lachen: »Nein, du! Du trägst einen Jungen, und das weißt du längst.«

»Ich war mit Anastasia befreundet«, sagte Sofia verwundert.

Es entstand eine lange Stille, die den Raum mit Traurigkeit erfüllte. Schließlich sagte Simela:

»Ich weiß, du bist Sofia Madzopoulos, die die Schwedin hierher gebracht hat.«

Einen Augenblick lang fürchtete Sofia sich, aber es war kein Vorwurf in der Stimme der anderen, nur Traurigkeit.

»Ja«, sagte sie. »Das war eine eigenartige Geschichte.«

Dann saßen die beiden sich wieder schweigend gegenüber, und Sofia spürte, dass Simela der Stille lauschte, dass sie aus ihr Wissen schöpfte.

»Niemandem kann ein Vorwurf gemacht werden«, sagte sie schließlich. »Nicht dir, nicht der Schwedin, nicht Leonidas Baridis. Er war nur das Werkzeug.« Sofia wagte keine Frage.

»Wir haben nicht mit der Liebe gerechnet«, sagte Simela plötzlich. »Sie hat den jungen Mann überkommen und seinen Verstand mit einer Gewalt ausgelöscht, die Anastasias Kräfte weit übertraf. Sie verstand das nicht, sie hatte keine Möglichkeit, es zu verstehen ...«

Dann wieder Schweigen, danach ein Lächeln.

»Anastasia hat es bis heute nicht begriffen«, sagte sie. »Sie surrt wie eine Hummel um deine schwedische Freundin herum und glaubt, sie befreien zu können.«

Plötzlich richtete sich ihr Blick auf Sofia:

»Du hast nicht etwa einen Gegenstand aus dem Besitz der Schwedin?«

»Ich habe ihre Uhr«, sagte Sofia erstaunt und nestelte schon an der Halskette mit der kleinen Uhr, die sie von Lillemor zur Hochzeit bekommen hatte.

»Gut. Gib sie mir. Ist sie lange in ihrem Besitz gewesen?«

»Ich denke, ja. Sie hat sie während der Schulstunden immer getragen. Sie war nämlich meine Lehrerin.«

»Ich weiß«, sagte Simela kurz, doch Sofia hörte die Ungeduld in der Stimme der anderen nicht. Sie war in Gedanken wieder in Lundgrens Küche, wo sie Lillemor endlich erzählt hatte, dass sie heiraten werde:

»Wie wunderbar, dann bist du verliebt.«

Sofia hatte sich ihr gegenüber wie eine Idiotin gefühlt.

Hatte sie sich eigentlich jemals für die Uhr mit der Kette bedankt, die Lillemor abgenommen und ihr um den Hals gelegt hatte?

»Viel Glück«, hatte sie dabei gesagt.

Es war so typisch für Lillemor, völlig unüberlegt zu handeln wie auch damals in Tensta, als sie den Straßenatlas hergeschenkt hatte. Gelegen hatte er hinter ...

Sofia riss sich von ihren Erinnerungen los und sah Simela wieder an. Sie hatte die Augen geschlossen und den Kopf über die Hände gebeugt, mit denen sie die Uhr umschloss. Wieder langes Schweigen.

Nur unter Schwierigkeiten begann Simela zu sprechen, die Worte kamen langsam, als habe sie Mühe, sie zu finden.

»Es ist ein eigenartiges Schicksal, das deine Freundin hat«, sagte sie. »Drei Schwestern«, sagte sie, »drei Schwestern ... Zwei hatten dieselbe Mutter, zwei hatten denselben Vater. Zwei sind in jungen Jahren gestorben ...«

»Das klingt wie ein Rätsel«, flüsterte Sofia, und Simela nickte.

»Es ist ein Rätsel. Die Lösung muss deine Freundin selbst finden, das wird sie wohl schaffen, sie hat jetzt Hilfe bekommen ... Aber grüße sie von mir, sie soll um die blonde Schwester nicht trauern. Sie hat sie ein zweites Mal geschaffen und alles gutgemacht.«

»Und die einzige Möglichkeit, Anastasia zu helfen, ist, ihr den Zutritt zu verwehren.«

In der wieder eintretenden Stille lag jetzt weniger Traurigkeit, in Simelas Küche war es jetzt heller.

»Anastasia hat mir von Artemis erzählt, von den Auserwählten und der Jungfräulichkeit«, flüsterte Sofia. »Hast du ... sie geführt?«

»Ich war nur eine von vielen«, antwortete Simela so kurz, dass Sofia wusste, die Frage war taktlos.

»Zum Abschluss werde ich auch dir ein paar Worte mitgeben«, sagte die weise Frau. »Du wirst jetzt gespalten sein, Sofia Madzopoulos, und dafür sei dankbar. Du weißt genau, dass ein Baum, der immer höher in den Himmel wächst, nie Früchte trägt. Er muss beschnitten und gezwungen werden, sich zu verzweigen.«

Sofia war dem Weinen sehr nahe.

Simela nahm kein Geld von Sofia und bot ihr noch ein Glas Saft an, bevor sie sich trennten. Als Sofia den Heimweg antrat, rief die Wahrsagerin ihr nach:

»Möge die Jungfrau deine Schritte segnen.«

Erst auf halbem Weg fielen Sofia diese Abschiedsworte ein. Wie seltsam, dass die weise Frau Christin war. Doch dann erkannte sie, dass Simela wohl nicht die Jungfrau Maria angerufen hatte.

Heute Abend, dachte sie. Heute Abend muss ich mir Zeit für den Brief an Lillemor nehmen.

Zum ersten Mal in ihrem Leben war Lillemor boshaft. Unberechenbar und rücksichtslos.

Ingrid zog sich immer ängstlicher zurück, als wäre sie in ihren Grundfesten erschüttert. Lillemor sah es und fühlte sich so schlecht, wie ein Mensch sich nur fühlen kann. Karin schien es gelassener zu nehmen, als rechnete sie damit, dass die altgewohnte Mama bald wieder zum Vorschein käme. Aber natürlich war auch sie traurig. Und wütend:

»Du bist ein richtiger Weibsteufel!«, fuhr sie sie einmal an.

»Kannst du an nichts anderes mehr denken, als wie arm du dran bist?«

»Ja, richtig!«, schrie Lillemor zurück. »Aber ich habe so viele ungedachte Gedanken, begreif das doch. Ich habe, verdammt nochmal, in meinem Leben immer nur an andere gedacht.«

»Mach so weiter«, sagte Karin. »Das ist nicht nur toll für dich, sondern auch für deine Umgebung. Denk zum Beispiel an Papa.« Und dann rannte sie aus der Küche und knallte die Tür hinter sich zu.

Aber Lillemor wollte nicht an Niklas denken, der abends immer später nach Hause kam, sich viel zu viele Drinks gönnte und vor ihren Augen alterte.

Zum Teufel mit Niklas.

Sie hatte doch gleich gewusst, dass seine Sympathie nur für wenige Wochen ausreichen würde. Dann würde er wieder werden wie immer, der Mann, der von der Kraft seiner Frau lebte. Und wenn sie keine Kraft mehr hatte, würde er welken.

Er hatte Angst. Ja, Niklas war jetzt von ihnen beiden der mit der größeren Angst.

»Du brauchst Hilfe«, sagte er.

Sie wollte keine, sie wollte allein sein. Sie wollte keine Erklärungen für das, was nicht zu erklären war, sie wollte nicht zuhören, nicht reden. Vor allem nicht reden.

»Was willst du dann?«

»Ich will selbst begreifen«, sagte Lillemor. »Lass mir Zeit, Niklas.«

»Das geht jetzt seit sechs Wochen so, und du wirst nur ...«

»... immer verrückter.«

»Schlimmer«, sagte er.

Es gab wieder Streit, öfter und heftiger denn je.

»Ich finde, du solltest die Scheidung einreichen«, schrie Lillemor. »Geh doch dahin, wo der Pfeffer wächst!«

»Und die Kinder?«, sagte er.

»Nimm sie einfach mit.«

»Lillemor, das meinst du doch nicht wirklich.«

»Nein, wahrscheinlich nicht.«

Dann weinten sie beide, und Niklas sagte:

»Ich kann ohne dich nicht sein.«

»Aber eben daran krankt ja alles, kapierst du das nicht?«

»Nein, wir leben einer vom anderen. Jeder von uns tut das, du auch. Diese verdammte Selbständigkeit ist nur ein Mythos.«

»Das ist eine sehr bequeme Einstellung«, schrie sie, und da ging er, endlich, in die Küche und holte sich einen weiteren Drink.

So macht man Männer zu Alkoholikern, dachte Lillemor, aber sie hatte keine Kraft, etwas dagegen zu unternehmen.

Abends betete sie zu Enoksons Gott, aber er hörte sie nicht.

Sie ließ sich krankschreiben.

Morgens war es besser, da war sie noch die alte Lillemor, die aufstand, Frühstück machte, trachtete, dass die Kinder rechtzeitig in die Schule kamen und dass Niklas ordentlich aß.

Aber die Lillemor, die die Sicherheit gepachtet zu haben schien, würde nicht den ganzen Tag durchhalten. Sie wusste es, die Kinder wussten es auch.

Eines Morgens sagte Ingrid:

»Stell dir vor, man könnte darauf vertrauen, dass am Nachmittag, wenn man heimkommt, alles noch unverändert ist.«

»Glaubst du, ich bete nicht darum?«

Lillemor sagte es flüsternd, sie umarmten sich in der Diele und blieben lange so stehen: »Meine liebste Mama.«

»Mein liebes Kind, verzeih mir.«

Lillemor weinte, während sie die Morgenzeitung las, weinte während des Abwaschens, Bettenmachens und dachte so intensiv, dass ihr der Kopf davon wehtat: Ich muss mich zusammennehmen, ich muss.

Doch dann hörte sie es wieder, dieses Lachen, Anastasias spöttelnd höhnisches Lachen, und sie richtete sich auf und lachte mit: Nein, warum, zum Teufel, sollte sie sich zusammennehmen?

Eines Tages sagte Karin: »Wie immer Großmutter auch gewesen sein mag, zu dir und uns war sie immer lieb.«

»Sie war eine Lügnerin«, sagte Lillemor.

»Nicht nur«, sagte Karin. »Sie war auch lieb ...«

Lillemor lachte Anastasias Lachen, aber es gelang ihr nicht so recht, es klang komisch und endete in Tränen. Obwohl Karin es sah, tröstete sie sie nicht, sie machte sich davon, in die Schule und zu ihren Freundinnen.

An diesem Tag unternahm Lillemor einen Ausflug, sie fuhr mit dem Auto zum Rydboholmspark, stellte den Wagen vor dem langen gelben Holzbau ab, in dem die Gutsverwaltung untergebracht war, folgte der Allee hinauf zu dem alten Schloss Gustav Vasas und dann dem Weg am Meer entlang.

Die Zeit der Buschwindröschen war vorbei, im jungen Gras leuchteten nun, schön und an keine Erinnerungen gebunden, die Himmelschlüssel. *Primula veris.*

Die Buschwindröschenzeit war vorbei, die dem Gott der Winde geweihte Anemone hatte sich in ihr geheimes Leben unter der Erde zurückgezogen.

Lillemor lief sich müde, sie ging bis zur Grabkapelle der Freiherrin, dem rosafarbenen Bau auf dem Berg mit der Aussicht auf die Förde. Dort blieb sie lange sitzen und dachte nach über das, was Karin über ihre Mutter gesagt hatte:

Wer warst du, flüsterte sie in den Wind, und dann kamen die Bilder aus dem Krankenhaus in Göteborg, die Bilder eines verängstigten kleinen Menschen, der sich in sich selbst zurückzog.

Es tat weh.

Sie verfolgte das Leben der Greisin zurück bis in die Küche zu Hause, wo die Mutter fröhlich auf Lillemor wartete, wenn sie aus der Schule kam. Fröhlich, ja, sie war fröhlich gewesen. Es war ihrer beider schönste Stunde vor der Heimkehr des Vaters, eine Stunde mit heißer Schokolade, Hefekuchen und Geplauder.

Du konntest zuhören, sagte Lillemor. Du hast dich an mir erfreut, du hast mich immer wissen lassen, dass dich alles erfreute, was ich tat und konnte. Du hast mich immer mitten im Zentrum deines Lebens gesehen.

Sie hatte die bohrende Frage nach dem Schweigen und der Lüge aufgegeben, und ihre eigenen Kinder hatten ihr dabei geholfen. Wie geplant hatte sie ihnen am Tag nach ihrer Rückkehr aus Dänemark alles erzählt. Vom Vater, von Desiree, von dem Arzt in Lund und was er über Desirees Leben und Tod gesagt hatte. Sie waren erschüttert gewesen, aber weit weniger, als Lillemor angenommen hatte.

»Es ist zwar schlimm, aber so was kommt öfter vor, als man denkt«, hatte Ingrid gesagt. Und Karin hatte erzählt, dass ein Lehrer einmal im Unterricht über Inzest gesprochen hatte und darüber, wie wichtig es sei, dass betroffene Kinder darüber zu sprechen wagten und dass ihnen anders nicht geholfen werden könnte.

»Ich werde nie begreifen, warum Mama Desiree nicht beschützt hat«, sagte Lillemor.

»Vielleicht hat sie es nie wirklich wahrhaben wollen«, meinte Ingrid.

»Na und, aber Desiree hätte doch mal den Mund aufmachen können.«

»Was hätte sie denn sagen sollen?«, hatte Karin erwidert.

Ein Schwanenpaar kam in die Bucht geschwommen, im Schilf schnellte ein Fisch aus dem Wasser. Hecht, dachte Lillemor, nein, es ist eine Brasse.

»Ich bin eine schlechtere Mutter als du«, sagte sie laut vor sich hin.

Das Meer schimmerte in der Sonne, das Wasser sah warm aus, einladend. Aber Lillemor dachte nicht mehr daran, sich etwas anzutun. Komisch, dachte sie, noch nie im Leben ist es mir so elend gegangen wie jetzt, aber ich denke nicht im Entferntesten an Selbstmord, und ich habe auch keine Angst mehr davor, verrückt zu werden.

Erst als sie zum Auto zurückging, durchzuckte es sie, dass sie vielleicht längst verrückt war und ihre Angst gegen den Wahnsinn eingetauscht hatte.

Anastasia, flüsterte sie.

Sie wusste genau, wie die Psychologen es nennen würden.

Schizophrenie.

Meine Persönlichkeit ist gespalten, sagte sie zu der riesigen Kiefer neben der alten Fischräucherei. Ein Stück weiter traf sie auf Schafe, der Weg führte an dem Schafpferch vorbei.

Trotzdem habe ich keine Angst, sagte sie sich. Ich will ja nur Zeit haben, diesen neuen zornigen Menschen kennen zu lernen, der sowohl Anastasia ist als auch ich.

Aber dieser Zorn schlägt Wunden, es ist wahr, was Sofia schreibt, dass Anastasia böse war. Sie hat geglaubt, ich werde sie von der Bosheit befreien. Wie kann ich das anders erreichen, als dass ich ihre Bosheit auf mich nehme?

Von jetzt an besuchte Lillemor die Grabkapelle der Freiherrin jeden Tag und bei jedem Wetter. Es war ein kalter und nasser Frühsommer, aber das Wetter kümmerte sie nicht, sie saß einfach in Regenmantel und Gummistiefeln, den Rücken dem rosa Mausoleum zugewandt, in dem die Freifrau zur ewigen Ruhe gebettet war, auf der Bank über der Förde.

Aber sie dachte nicht an Ulrica Catharina Koskull, die tüchtige und schöne Gemahlin, wie auf dem Grabmal geschrieben stand.

Nein, Lillemor sprach mit ihrer Mutter.

Was sie einander gesagt hatten, daran konnte Lillemor sich später nicht mehr erinnern, aber die Gespräche taten ihr gut. Zurück blieb jedes Mal ein starkes Gefühl der Dankbarkeit.

Sie dachte oft darüber nach, ob Heilung und innere Ruhe von selbst kamen, wenn man Dankbarkeit fühlte.

Ihre Ausflüge wurden zu einer Art Ritual, jedes Mal blieb sie auf dem Heimweg bei den riesigen Kiefern stehen und spürte, wie schon beim ersten Mal, dass sie das war, was die Leute schizophren nannten. Ein erschreckendes Wort.

»Hörst du mich, Anastasia«, konnte sie sagen, wenn sie zu den Schafen kam. »Hörst und begreifst du, dass du mich verrückt gemacht hast.«

Aber sie war nicht zornig und fürchtete sich auch nicht. Manchmal hörte sie Anastasia lachen, ein höhnisch lockendes Lachen, das sich durch die feierlich emporragenden Kiefern brach. Lillemor konnte laut und voll Hohn einstimmen.

Was kümmern mich die Diagnosen der Menschen!

Und wenn sie sich dann im Auto zurechtsetzte, den Sicherheitsgurt befestigte, traf sie eine Abmachung:

»Okay, Anastasia. Für heute reicht es. Am Nachmittag lässt du mich in Ruhe, verstanden?«

Und Anastasia verstand. Widerwillig und gekränkt.

Sie ist wie ein verwöhntes Kind, das nie genug kriegen kann, dachte Lillemor.

Im Reihenhaus in Täby wurde es heller, Lillemor widmete den Kindern den ganzen Nachmittag, saß mit ihnen in der Küche, redete, hörte zu.

Wie meine Mutter, dachte sie und empfand auch jetzt Dankbarkeit.

Mit Niklas war es schwieriger, aber sie gab sich Mühe, widmete sich mit Hingabe dem Kochen, dem Tischdecken, dem Blumenschmuck im Haus und im Garten, allem, was für Niklas von Bedeutung war. Er wurde wieder zugänglicher, allmählich verging die Angst.

Eines Tages war sie so sicher, Anastasia bezwungen zu haben, dass sie ihr Bett vom Arbeitszimmer durch die obere Diele in das gemeinsame Schlafzimmer zurückwuchtete.

Es war ein guter Tag.

Sie rief Niklas an und erzählte ihm, was sie unternommen hatte, er sagte nicht viel, brachte ihr aber einen neuen Morgenmantel aus weichstem Samt mit. In Kirschrot, ihrer Lieblingsfarbe.

Sie liebten sich nach langer Zeit wieder, auch das tat ihr gut, erfüllte sie mit eigenartiger Dankbarkeit.

Sie machte das Haus sauber, dieses schöne Heim, auf das sie beide so viel Sorgfalt verwandt hatten. Und dabei machte sie die gleiche Erfahrung wie im Frühjahr, als sie mit dem japanischen Kirschzweig in der Küche gestanden hatte. Dass sie für einen kurzen Moment fähig war, der Schönheit des Augenblicks nachzuspüren.

»Es ist wie früher, Mama«, sagte Ingrid eines Tages am Küchentisch.

Aber es entging Lillemor nicht, dass so etwas wie Unruhe in ihrem Blick lag. Nie wieder, dachte Lillemor, nie wieder darf ich ihr Schaden zufügen, sie hat genug davon abbekommen.

Und Lillemor kannte den Preis sehr wohl, den täglichen Gang durch den Park von Rydboholm, wo sie Anastasia mindestens eine Stunde Zeit widmen musste. Sie schaffte es, sie schafften es beide. Anastasia hielt die Abmachung ein.

Angst hatte Lillemor nur, wenn sie an die Zukunft dachte. Ist es möglich, dachte sie, dass man eine Schizophrenie auf diese Weise in Schach halten kann?

Sie ging zum Arzt und klagte über Müdigkeit und Schlaflosigkeit, erreichte ihr Ziel, wurde wieder krankgeschrieben. Von der Persönlichkeitsspaltung sagte sie kein Wort. Sie bekam Medikamente, einen Haufen Pillen, und Niklas war beruhigt.

Aber dann verliebte Ingrid sich, es war ein schlaksiger Junge mit ungeschickten Händen und glühenden Blicken, der da unversehens in der Küche, im Wohnzimmer, in Ingrids Zimmer saß. Unerträgliche Popmusik dröhnte durchs Haus, sie brauchen diese Lautstärke, damit man sonst nichts hört, dachte Lillemor und spürte, dass Panik sie zu befallen drohte.

Was nicht hört?

Sie küssen sich, schmusen ... guter Gott!

Desiree, dachte sie, versuchte sich aber zu beruhigen, nein, nicht Desiree, Ingrid. Sie klopfte an, bat, das Grammophon leiser zu stellen, sie machten die Tür auf, rot, zerzaust, mit glänzenden Augen.

Sie entschuldigten sich, aber die ganze Ingrid glitzerte.

»Hast du gesehen, dass unsere Tochter eine neue Körpersprache hat?«, fragte Niklas, der nachsichtig und eher belustigt war. »Sie bewegt sich, als würde sie tanzen.«

Nie sah Niklas den Schatten, der Lillemor umgab.

Und eines Tages, als Ingrid die Schule schwänzte, weil ihr Freund frei hatte, gewann Anastasia in Lillemor die Oberhand:

»Du Hure, du verdammte Hure«, schrie Lillemor und sah, wie Ingrid zusammenschreckte, die Hände hob, wie um sich zu schützen, die Mutter aufzuhalten. Aber Lillemor war jetzt nicht zurückzuhalten, sie schrie, die merkwürdigsten Worte kamen aus ihrem Mund: von Anastasias ewiger Verdammnis, vom Tod, der Ingrids harrte, wenn sie hurte, von der Macht der Hexen.

Ingrid floh, aber die Mutter holte sie an der Tür ein, schlug das Mädchen mitten ins Gesicht, Schlag auf Schlag, hielt erst inne, als Ingrid aus der Nase zu bluten begann. Da wurde sie still, stand wie versteinert da und hörte ihre Tochter wie aus weiter Ferne weinen.

Im nächsten Moment nahm Lillemor ihre Jacke, verließ das Haus, holte das Auto. Floh nach Rydboholm, zu Anastasia ...

Sie saß stundenlang auf der Bank der Freifrau und nahm in ihrem Inneren langsam zur Kenntnis, was Anastasia von ihr verlangte. Sie musste sterben, sich jenseits der Grenze mit Anastasia vereinen.

»Ich habe zwei Kinder und einen Mann«, hielt sie ihr entgegen.

Aber sie kannte die Antwort schon, bevor der Wind von der Förde sie ihr zutrug: Du tust ihnen weh.

»Du siehst doch, wie es ist«, sagte Anastasia, und Lillemor nickte: Ja, sie würden es ohne sie besser haben.

»Und meine Mutter?«

»Sie weiß gar nicht, ob du lebst oder tot bist.«

Auch das war die Wahrheit.

»Ich will nicht«, sagte sie.

»Du musst«, sagte die andere.

Und so war es doch, sie musste.

»Ich komme, Anastasia. Ich komme heute Abend, aber jetzt gehe ich nach Hause. Es ist niemand da, ich werde einen Brief schreiben und alles erklären.«

»Das lässt sich nicht erklären«, flüsterte Anastasia, aber Lillemor ließ nicht locker, sie musste es trotzdem versuchen.

Das Haus war verschlossen, niemand daheim. Das war gut, sie hatte wenig Zeit. Sie musste den Brief schreiben und alles erklären, bevor Karin aus der Schule kam.

Ingrid, meine Liebste, wo bist du?

Doch Lillemor schob den Gedanken an Ingrid beiseite, steckte den Schlüssel ins Türschloss, ging dann aber, einem Impuls folgend, an den Briefkasten. Danach saß sie in der Küche mit Sofias Brief über Simela Papadopoulos, dieser Hexe, die Anastasia unterwiesen hatte und sie durch und durch kannte. Immer wieder las Lillemor die an sie gerichtete Botschaft: Die einzige Möglichkeit, Anastasia zu helfen, war, ihr den Zutritt zu verweigern.

Richte deiner schwedischen Freundin aus, dass Anastasia nicht befreit werden kann, solange sie wie eine Hummel um ihre schwedische Schwester herumsurrt.

»Ich fasse das so auf, dass Anastasia erst erlöst wird, wenn sie nicht mehr bei dir ist«, schrieb Sofia. Und weiter unten hatte Sofia noch einen eigenen Gedanken: »Ich weiß, dass du an so etwas nicht glaubst, aber hier in Griechenland würde man sagen, dass du besessen bist.«

Ich brauche das nicht zu glauben, Sofia, ich weiß es, flüsterte Lillemor. Besessen war ein Wort, das sie verstand und das ihr besser gefiel als Schizophrenie.

Im nächsten Moment wusste Lillemor, was sie zu tun hatte. Sie würde zum Sommerhaus fahren, zur großen Fichte gehen und es aussprechen. Die alte Fichte auf dem Berg war Anastasias schwedisches Zuhause, dort befand sie sich, dort würde sie mit sich reden lassen.

Lillemor strich den Brief glatt und steckte ihn in die Brusttasche über ihrem Herzen. Während sie die Treppe hinauflief, um das Notwendigste zu packen, dachte sie in Dankbarkeit an die ihr unbekannte Simela Papadopoulos.

»Du hast dafür gesorgt, dass dieser Brief genau heute bei mir ankam.«

Erst als sie die Tasche zum Auto trug, wurde ihr bewusst, dass sie noch einen Brief schreiben musste:

»Ingrid, irgendwann wirst du mir vielleicht trotz allem verzeihen können. Ich habe getan, was ich konnte, um meiner selbst Herr zu werden, aber heute habe ich verloren.

Ich bin sehr traurig.

Ich fahre ins Sommerhaus, um allein zu sein und niemandem wehzutun. Und ich habe eine Hoffnung, ich glaube, dass ich dort, in Ellend, wo alles angefangen hat, endlich mit mir selbst ins Reine kommen werde. Ich bitte euch, macht euch keine Sorgen. Sollte mein Vorhaben nicht gelingen, komme ich zurück und lege mich ins Krankenhaus, um Heilung zu finden. Dieses ist ein Versprechen.

Karinkind, ich erlege dir eine große Last auf. Aber du verstehst mich, das habe ich die ganze Zeit gespürt. Kümmre dich um Papa.

Sie war mit dem Brief nicht zufrieden, hätte gern sachlicher formuliert. Aber sie hatte nur noch Zeit für ein PS:

Ich rufe euch jeden Abend vom Bahnhof aus an. Macht euch keine Sorgen.

*D*er kleine Japaner verschlang auf der E4 Richtung Süden Meile um Meile. Lillemor war gelassen, ja, mehr als das, sie war erfüllt von Zuversicht. An der Nyköpingbrücke legte sie einen Halt ein, tankte, aß in der Bar über der Autobahn eine Pizza, kaufte Kaffee, Butter, Brot und etwas Schinken ein.

Mein Gehirn funktioniert noch.

Sie kam zu der abschüssigen Strecke am Kolmården und genoss das Sonnengeglitzer auf dem Wasser des Bråviken. Inzwischen war es Frühsommer, die Konturen der Landschaft waren durch das Grün weicher geworden.

Und der Boden freut sich, dachte Lillemor.

Von der Kuppe der letzten Abzweigung aus konnte sie das Sommerhaus sehen, und es erschien ihr wie ein Wunder, es unberührt am Waldrand liegen und auf sie warten zu sehen.

Es war später Abend, helle, blaue Dämmerung. Das Jahr ging auf Mittsommer zu. Sie hielt neben dem Erdkeller, stellte den Motor ab. Ein Vogel sang, die Nachtigall? Nein, das hier klang weicher, eher suchend. Buchfink? Amsel? Aber die mussten um diese Zeit doch schlafen. Vielleicht war die Nacht so schön, dass nicht einmal die Vögel schlafen mochten, dachte sie und stellte fest, dass sie gleichmütig war und ganz gewöhnlichen, friedlichen Gedanken nachhing.

Als sie die Tasche aus dem Wagen hob, spürte sie den Nelkenduft, mild, beharrlich. Und dann entdeckte sie die Nachtviolen im hohen Gras unterhalb des Erdkellers, von Faltern und Motten umschwärmt. Sie wertete es als ein Zeichen und ein Versprechen, dass sie von der seltenen Blume daheim willkommen geheißen wurde. Und mit sicherer Hand steckte sie den Schlüssel ins Schloss.

Wieder einmal: Schlüssel und Schloss.

Aber für Rätsel war jetzt keine Zeit. Als sie ins Haus ging und in der Küche Licht machte, sagte sie laut und entschlossen:

»Morgen, Anastasia Karabidis, werden wir beide miteinander abrechnen und Abschied nehmen.«

Und die Entschlossenheit schenkte ihr einen guten Schlaf.

Aber sie wachte in einem jämmerlichen Zustand auf. Als sie sich ihren Morgenkaffee filterte, war all die einengende graue Traurigkeit wieder zur Stelle. Von ihr gewichen waren Bosheit, Trotz, Hohngelächter, Rücksichtslosigkeit. Zurückgeblieben war Lillemor, alleine, der Schwermut verfallen.

Die alte Traurigkeit, im selben Jahr wie sie geboren.

Anastasia hat mich verlassen, dachte sie, und deren Abwesenheit traf sie hart. Sie versuchte, die junge Frau zurückzurufen:

»Natürlich werden wir uns trennen, aber erst müssen wir uns aussprechen.«

Aber im Sommerhaus war keine Anastasia.

»Hör mir zu«, sagte Lillemor. »Wir müssen uns doch wenigstens voneinander verabschieden.«

Doch Anastasia antwortete ihr nicht, und immer verzweifelter versuchte Lillemor, sie zu erweichen:

»Bitte, meine Liebe.«

Aber niemand hörte es, und mit erstickter Stimme flehte Lillemor: »Komm zurück. Ich verstehe, dass du verärgert bist, weil ich nicht zu dir hinübergegangen bin, wie ich es versprochen hatte. Aber ich habe einen Brief mit einem Gruß von Simela Papadopoulos bekommen.«

Doch Anastasia hatte sie verlassen.

Also ist die ganze Reise vergebens gewesen, dachte Lillemor, als sie in ihren neuen Morgenrock schlüpfte und hinaus in die Sonne zu den jubilierenden Vögeln ging. Unten beim Erdkeller stand sie ihrer Nachtviole gegenüber.

»Du hast es mir versprochen.«

Aber jetzt bei Tageslicht waren die Blüten ohne Duft.

Sie ermatten im Tageslicht genau wie ich, dachte Lillemor. Keine Blume ist so einsam wie die Nachtviole, hatte in einem Schulbuch gestanden. Jungfrauenblume, geschützt.

Ich wüsste gern, wie man unter Naturschutz gestellt werden kann, dachte Lillemor. Falter und Schwärmer lassen dich doch nicht in Ruhe, besonders nicht in der Nacht.

Dann durchzuckte sie ein neuer Gedanke: War es Simela gelungen, zu Anastasia vorzudringen? Diese griechische Hexe wusste doch viel besser als Lillemor, wie man mit den Toten redet.

Aber sie konnte es nicht glauben, Simela hatte nichts mit den Gemeinsamkeiten von Lillemor und Anastasia zu tun. Drei Schwestern, sie hat gesagt, wir seien Schwestern.

»Meine kleine Schwester«, sagte sie, doch sofort wusste sie, dass sie dabei an Desiree gedacht hatte, dass Desiree das Rätsel war.

Langsam ging sie zum Brunnen, um die Pumpe in Betrieb zu nehmen, sich zu waschen. Sie erinnerte sich, wie sie diesen Weg im Frühling gegangen war, wie sie Buschwindröschen gepflückt und dabei an zwei kleine Mädchen gedacht hatte, die der Mutter vor langer Zeit ihre kleinen Sträuße überreicht hatten.

Eine Vase und zwei Sträuße, hatte sie gedacht.

Jetzt sah sie es vor sich, erinnerte sich, wessen Strauß in Mutters Vase gestellt worden war. Ihrer, Lillemors.

Was war aus Desirees Blumen geworden? Ja, sie wusste es, hatte sich nur nie daran erinnern wollen, dass sie in Vaters Zimmer getragen worden waren und sich in dem Silberbecher neben Vaters Schreibunterlage so hübsch ausgenommen hatten.

Sie musste sich eine Weile auf den Brunnendeckel setzen, als ihr endlich aufging, dass ihre ewige Eifersucht dem Vater gegolten hatte, dass seine Anerkennung das Wichtigste im Leben gewesen war. Papa, dessen Augen immer an Lillemor vorbeigewandert waren, als wäre sie Luft.

So, wie ich Niklas manchmal ansehen kann, dachte sie verzweifelt und beschämt.

Eine Stunde später hatte sie sich gewaschen und auch das Geschirr gespült.

Ich sollte das Gras mähen.

Sie fürchtete sich vor dem Rasenmäher, aber noch gefährlicher war die Kreuzotter. Genau gegenüber dem Erdkeller erstreckte sich das alte Steinfundament der Schuhmacherwerkstatt, und dort gab es Schlangen, jeden Sommer hatten sie das Reptil mit dem Zickzackband beobachtet. Also mähte Niklas das Gras und machte den Boden angenehm für die Menschen und unangenehm für die Schlange, wie Karin es immer ausdrückte.

Das Abmühen mit der Startschnur, der Ärger, wenn der Motor auch nach dem zehnten Versuch noch nicht ansprang, die Erleichterung, wenn er aufheulte, und die Plackerei mit dem hohen Gras im unebenen Gelände schufen für Lillemor Verbindung zur Außenwelt und legten einen Abstand zwischen sie und die Trauer. Sie schwitzte und zog schließlich eimerweise Brunnenwasser aus dem Schacht, schüttete es sich über den Körper, schrie vor Kälte auf und entspannte sich. Konnte fast lachen, als sie so nackt in der Sonne stand.

Nachdem sie ihre Dickmilch gegessen hatte, ruhte sie sich eine Weile unter dem alten Apfelbaum aus, machte sich bewusst, dass sie Anastasia zur alten Fichte im Wald bestellt hatte. Dort würde sie sich, wie ausgemacht, am Nachmittag einfinden.

Heute ist Freitag, dachte sie, auf den Tag genau der zehnte Freitag seit unserer ersten Begegnung.

Pünktlich, als ginge es darum, einem alten Ritual zu folgen, ging Lillemor zum gleichen Zeitpunkt in denselben Stiefeln und derselben über die Schultern geworfenen Jacke von zu Hause weg. Sie verließ den Weg, folgte der alten Einzäunung, blieb wie letztes Mal beim Ödhof stehen und dachte wie damals: Welch schöne Lage!

Damals waren die Schlehen am Hang kurz vor dem Aufblühen

gewesen, jetzt waren sie längst verblüht. Damals waren es Buschwindröschen gewesen, jetzt sah sie Mittsommerblumen, Akeleien, und auf den Wiesen schwenkte der leicht säuerlich duftende Kerbel seine Sonnenschirmchen.

Das alles erschwerte Lillemor das Einhalten des Rituals. Und noch eine andere Bildfolge in ihrem Gedächtnis verwirrte sie, die Bilder aus dem Traum jener Nacht nach dem Mord, als die ganze Natur sie zu warnen versucht hatte. Und als sie zur Steigung kam, als sie am Hang bis hinauf zu der Fichte längere Schritte machen musste, glaubte sie den Elch wieder zu hören und musste sich Mühe geben, sich nicht von dem Wissen irreführen zu lassen, dass es Leonidas und nicht der Elch gewesen war, der am Hang entlang floh.

Dann sah sie ihn, den alten Fichtenbaum, der da stand, als wäre nichts geschehen, unberührt. Jetzt hatte sie Herzklopfen, ihre Schritte wurden langsamer, zögernder.

Doch sie sagte sich, dass es ja nur Anastasia war, die sie treffen wollte, eine Freundin und Schwester, und sie ging die letzten Schritte und sank unter den weit ausladenden Zweigen auf die Knie. Sie fürchtete sich nicht, sie konnte schwören, dass sie sich nicht fürchtete ...

Doch Anastasia kam nicht.

Lillemor wartete eine ganze Stunde. Dann ging sie nach Hause, und noch nie hatte sie sich so verlassen gefühlt.

Vier Tage lang lebte Lillemor in tiefer Trauer.

Jeden Nachmittag ging sie zur richtigen Uhrzeit und in den richtigen Kleidern durch den Wald und den Berg zu der alten Fichte hinauf.

Anastasia kam nicht.

Jeden Abend fuhr sie zur Bahnstation und rief zu Hause an, sprach tröstliche Worte, hörte aber selbst, dass ihre Stimme trostlos klang.

Morgens, wenn sie die meiste Kraft hatte, versuchte sie, sich vernünftig zuzureden: Ich wollte es doch so, sagte sie. Wollte mich von ihr befreien, wollte, dass sie mich verlässt.

Jetzt ist doch alles, wie es sein soll, sagte sie. Ich bin deprimiert, es ist eine ganz normale Depression. Die ist längst nicht so gefährlich wie die Schizophrenie, sie kommt und geht.

Doch dann verabscheute sie ihre Vernunft, die wie seit eh und je mit jedem Wort eine Lüge hervorbrachte. Sie war von einem Tod besessen gewesen. Jetzt war sie verlassen und traurig. Ach, und wie traurig.

Mit der Traurigkeit kamen die Kindheitserinnerungen, klar und deutlich, und fast immer stand Desiree im Mittelpunkt. Niedlich, ja gewiss war sie das mit ihren blauen Augen und den blonden Haaren. Und sie war keineswegs so ausgeglichen, wie Lillemor geglaubt hatte, nein, in ihr war großer Zorn, war Hass.

Bild auf Bild, Desiree, die zuschlug, zwickte, petzte, ihre kleine Schwester verleumdete, hasste, ihr sagte, sie sei hässlich, eklig, ein Wechselbalg, ein Kuckucksei.

Lillemor war verblüfft, weigerte sich, das zu glauben. Aber die Bilder kamen zurück, deutlich, überzeugend.

Ich hatte zwei böse Schwestern.

Aber schon kurz darauf konnte sie denken, dass es gar nicht so schwierig war, für Desiree, das Kind, das von seiner Mutter angenommen worden war, Verständnis aufzubringen. Denn deine Eifersucht wog schwerer als meine.

Sie dachte an die Abschlussfeiern am Ende des Schuljahres. Mama ging in Lillemors, Papa ging in Desirees Schule. Am allerschönsten war es für sie, wenn sie auf dem Podium stand und das schwedische Frühlingslied von der Zeit der Blumen sang, und dann der Gedanke daran, dass Mama ihr Zeugnis nach Hause tragen und auf Vaters Schreibtisch legen würde. Sie wusste, dass sie Desiree um Längen schlug.

Ich wüsste gern, wie Desiree es empfunden hat, als ich in der Volksschule eine Klasse überspringen durfte. Oder als ich ins Gymnasium kam und sie nur ins Lyzeum gehen durfte.

Als ich das Abitur zwei Jahre vor ihr, der Älteren, bestand. Sie erinnerte sich an ein Gespräch, als sie einmal zusammen auf die Straßenbahn warteten:

»Was für ein Glück, dass du bei deiner Blödheit wenigstens hübsch bist.« Sehr richtig, hatte Desiree triumphierend geantwortet.

Nachts hatte Lillemor schlimme Träume, kindliche, unheimliche Träume. Die Motive wechselten, aber das Thema war immer dasselbe:

Sie war etwas ängstlich mit einem Hund an der Leine unterwegs. Er riss sich los, wuchs, wurde zum Wolf, machte sich über sie her.

Sie klammerte sich im Sturm an der Ruderbank eines Bootes fest, sah die Wellen sich tosend erheben, über sie herfallen, sie erschlagen.

Sie war in der Küche ihrer Kindheit allein zu Hause, als der Herd explodierte und alles vernichtete, Mama, sie selbst, das ganze Haus.

Erst am dritten Morgen nahm sie die Botschaft der Träume an, erinnerte sich an Anna, die sie in der Cafeteria des Krankenhauses getroffen hatte und die von Edvard Stefansson gesprochen und gesagt hatte, dass das Schlimmste an ihm seine Wutanfälle gewesen waren.

Nun saß sie im Bett und versuchte der Flut von Erinnerungen an die wahnsinnigen Ausbrüche ihres Vaters in den Jahren, als Desiree den Jungens nachzulaufen begann, Einhalt zu gebieten. Er hatte sie geschlagen, sie konnte es jetzt sehen.

Wie sie selbst Ingrid geschlagen hatte.

Lillemor sprang aus dem Bett, ins Freie, rannte im Schlafanzug auf dem ganzen Grundstück herum, Gott, lieber Gott, hilf mir.

Aber wie üblich hörte Enoksons Gott sie nicht.

Dann setzte sie sich oben auf den Erdkeller und versuchte, ihr Herz zu beruhigen: nicht so schnell, nicht so laut. Was tat Mama, dachte sie, was tat sie, wenn er Desiree misshandelte?

Neue Bilder, neue Antworten, Katarina mit aufgelösten Haaren und mit Lillemor an der Hand auf der Flucht ins Nachbarhaus. Der Nachbar, der Mann mit dem Boot, der zu Stefanssons hinüberging, erregte Männerstimmen, und dann zum Schluss die Drohung: Wenn das noch einmal vorkommt, Stefansson, rufe ich die Polizei. Die schaffen dich ins Irrenhaus, dort gehörst du nämlich hin.

Am selben Tag – konnte es derselbe Tag gewesen sein? Sie verließ sich nicht ganz auf ihre Erinnerungen, aber sie sah, wie die Mutter Desiree ins Krankenhaus brachte und, das Kind im Arm mit einem Gesicht, das all seine Not und Verzweiflung hinausschrie, im Taxi saß.

»Warum, zum Teufel, hast du ihn nicht angezeigt«, schrie Lillemor dem Nachbarn zu. »Du feiger Lump!« Und sie schlug mit der Faust auf den Erdkeller ein.

Da hörte sie es, dieses spöttische Gelächter, so laut, dass die Vögel zu singen aufhörten und der Wind sich legte.

»Anastasia«, flüsterte sie. »Wo bist du gewesen?«

»Ich fürchte diesen Ort«, flüsterte das Mädchen im Wind. »Hier war es …« Sie weinte.

»Ja, Anastasia, hier bist du gestorben.«

»Ich bin nicht gestorben, sei nicht dumm, Lillemor.«

»Was ist denn passiert?«

»Er hat mir Gewalt angetan, dieser Teufel hat mich vergewaltigt.«

»Ich weiß, und danach?«

»Danach bin ich zu dir gekommen, das war ja der Sinn meiner Reise.«

Vor Verwunderung fühlte Lillemor sich wie in einem leeren Raum, langsam und unter Schwierigkeiten kamen ihre Gedanken wieder in Gang. Das war es, was Simela gemeint hatte, deshalb war Anastasia bei ihr hängen geblieben, bei ihr, dem Ziel für die irdische Reise.

Sie wollte es aussprechen, versuchte Worte zu finden, fühlte aber, dass sie Angst hatte.

»Ich soll Grüße von Simela Papadopoulos bestellen«, flüsterte sie in den Wind. Aber sie kam nicht weiter, denn Anastasia schrie:

»Simela hat mich betrogen, mich und die anderen. Ich hasse sie, ich will kein Wort über sie hören.«

Die Kronen der Espen raschelten wie im Sturm, aber Lillemor versuchte es noch einmal:

»Hast du deine Mutter getroffen, Anastasia?«

»Du bist ja nicht gescheit, Parthena wohnt in Griechenland in den Bergen. Ich bin hier in Schweden, das weißt du.« Die Stimme wurde härter, böse, drohend, und die Worte kamen langsam, als sie fortfuhr:

»Ich habe in diesen Tagen, seit du dich von mir weg in diesen Wald geschlichen hast, den ich verabscheue, Zeit zum Nachdenken gehabt. Jetzt lasse ich dich nicht mehr los, Lillemor Lundgren. Nie wieder wirst du vor mir Ruhe haben.«

»Du weißt, dass ich meine Kinder habe ...«

Doch Anastasia unterbrach sie, und ihre Stimme stieg triumphierend in den Himmel, als sie schrie:

»Wenn du deinen Mann und deine Kinder nicht verlässt, töte ich sie. Du weißt, dass ich das kann, dass ich die Macht besitze.«

In ihrem ganzen Leben hatte Lillemor noch nie solche Angst gehabt wie jetzt. Sie brachte kein Wort heraus, und es dauerte lange, bis sie einen Gedanken fassen konnte: Es muss einen Ausweg geben.

Aber sie fand keinen.

Jetzt strich der Wind wieder durch die Espen und nahm Anastasias Worte mit fort.

»Ich hasse deine saure Milch. Warum isst du nicht wie normale Menschen Fleisch und Kartoffeln? Ich will Hummer haben. Und Wein, hörst du.«

»Du isst, was ich auch esse?«

»Was hast du denn gedacht, ich bin Gast an deinem Tisch. Ich habe dir ja gesagt, dass du dich um mich kümmern sollst.«

»Ich habe keinen Hummer.«

»Aber Wein hast du. Im Erdkeller. Du bist geizig, Lillemor, aber mich wirst du nie wieder betrügen.«

»Wir können doch wohl nicht mitten am hellen Vormittag Wein trinken.«

»Ich bin Griechin. Ich kann zu jeder Tageszeit Wein trinken. Geh die Flaschen holen.«

Als Lillemor aufstand, um den Schlüssel zum Erdkeller zu holen, hatte sie nur einen Gedanken im Kopf, Anastasia nachzugeben, sie betrunken zu machen.

Es war ein guter Jahrgang, die Flaschen hatte Niklas an einem geheimen Ort für besondere Stunden versteckt.

»Nun, Niklas, das ist jetzt wohl so ein besonderer Augenblick«, sagte Lillemor, als sie die drei Flaschen mitnahm, sich unter der Tür bückte, mit den Flaschen im Sonnenschein stand und versuchte, den Staub abzuwischen.

»Mit wem hast du gesprochen?«

Meine Gedanken kann sie nicht lesen, also habe ich die zumindest für mich.

Sie kam mit dem Korkenzieher nicht zurecht, und Anastasias Ungeduld war keine Hilfe: Mach schnell, beeile dich. Als der Kork der ersten Flasche sich lockerte, stellte Lillemor die Flasche im blauen Zimmer auf den Tisch, ging Käse und zwei Weingläser holen.

»Wer ist denn noch da? Wer soll aus dem zweiten Glas trinken?«
»Du natürlich, du als mein Gast.«
»Aber ich trinke doch aus deinem mit.«

Die Stimme klang jetzt unsicher, ängstlich, und Lillemor wagte eine Frage:

»Und warum tust du das?«
»Trink!«, schrie Anastasia. »Trink jetzt, Lillemor.« Und Lillemor trank den kostbaren Wein bis zur Neige aus, als wäre es Himbeersaft.

»Mehr«, sagte Anastasia, und obwohl das Zimmer sich drehte, trank Lillemor auch das zweite Glas leer. Dann ging sie auf unsicheren Beinen zum Sofa, sank darauf nieder und schlief.

Als sie aufwachte, war es später Abend. Der Alb ritt sie. Sie war in einer Kiste eingeschlossen und verbrannte ohne eine Möglichkeit, sich zu befreien. Das Feuer erfasste ihre Hände und Haare, sie brannte wie Zunder. Ihre Angst war unerträglich, aber mitten im Albtraum konnte sie denken: Es tut nicht weh, wie eigenartig, es tut nicht weh. Und sie schaffte es zurück in die Wirklichkeit, sah die Dämmerung vor den Fenstern und erkannte, dass sie den ganzen Tag geschlafen hatte. Sie hatte rasende Kopfschmerzen.

Im selben Augenblick hörte sie Anastasias Stimme, gellend, in Todesangst:

»Sie verbrennen mich, o Gott, sie verbrennen mich! Alle Heiligen Gottes, diese Heiden verbrennen mich.«

»Beruhige dich«, sagte Lillemor. »Es tut nicht weh.«

Es dauerte, bis die Stimme zurückkam, voll Staunen: Nein, es hat nicht wehgetan.

»Du warst tot, Anastasia.«

»Nein, ich bin doch hier, ich lebe, ich habe Hunger.«

Da spürte Lillemor den eigenen Hunger unter dem Zwerchfell brennen. Essen, Kaffee.

Sie schnitt Schinken in dicken Scheiben auf, Brot, Butter, Käse. Machte sich gierig wie ein Tier darüber her und hörte Anastasias befriedigtes Lachen.

Ich bin verrückt, dachte Lillemor, daran ist nicht mehr zu zweifeln. Dieser Gedanke führte sie zu sich selbst zurück. Ich nehme das Auto, dachte sie, ich fahre nach Linköping, dort gibt es ein großes regionales Krankenhaus. Spritzen, dachte sie, Spritzen und Menschen, denen Anastasia nichts anhaben kann.

»Woran denkst du?« Das war wieder die kindlich fordernde Stimme.

»Wir beide werden zusammen eine Autofahrt machen«, sagte Lillemor.

»Aber Desiree wartet unten an der Eiche auf uns.«

»Das ist nicht möglich.«

»Ich sehe sie, sie wartet. Ihr müsst endlich miteinander ins Reine kommen«, sagt Anastasia. »Nimm das Messer mit, Lillemor, ich bin auf deiner Seite.«

Im selben Augenblick war Lillemor, das große Tranchiermesser an die Brust gedrückt, schon vor der Tür. Dort stand, an die Eiche gelehnt, Desiree, und das blonde Haar leuchtete in der blauen Dämmerung. Sie lächelte.

Da wusste Lillemor alles, jetzt endlich konnte sie den großen Zorn erkennen, der in ihr war.

»Du verdammte Hure«, schrie sie, und die Berge warfen Anastasias Hohngelächter als Echo zurück. Und Lillemor rammte der Schwester das Messer mitten ins Herz. Sie starb augenblicklich, und Lillemors Hände waren schwarz vom Blut.

Die Tote fiel langsam, im Rücken von der Eiche gestützt. Als der Körper schließlich ruhig dalag, beugte Lillemor sich in wildem Triumph darüber, tot bist du, endlich tot.

Aber die Tote sah sie mit Ingrids Augen an, und Lillemor rannte in Panik zum Haus, zur Tür. Schnell, schneller als der Blitz schloss sie von innen ab, stand in der Diele und hörte Anastasia bitten:
»Lass mich ein, öffne.«
Es war möglich, sie auszusperren.
Um durchs Fenster nicht gesehen zu werden, kroch Lillemor auf allen vieren in die Kammer, wie ein Tier, das weiß, dass es sterben wird, suchte sie die weit vom Fenster entfernte Ecke auf, rollte sich ein. Die Stunden vergingen, Anastasias Stimme vor den geschlossenen Fenstern war nicht mehr zu hören.
Lillemor hatte absolut vernünftige Gedanken: Ich bin verrückt. Ich muss ins Irrenhaus, brauche Spritzen, Pillen. Morgen … Linköping.
Der Morgen dämmerte schon, als sie sich endlich ins Bett wagte, die Kleider auszog und sich hinlegte. Ein letztes Mal wandte sie sich an Enoksons Gott: Hilf mir.
Aber sie wusste ja, dass er sie nicht hörte, sie nahm es hin. Warum sollte er das Gebet eines Menschen erhören, der wusste, dass es ihn nicht gab?

Am Morgen kurz vor acht kam ein Engel zu Lillemor. Sie wusste es, denn sie wachte mitten im Traum auf und sah auf die Uhr.

Es war kein deutlicher Traum, sie konnte sich nicht an ihn erinnern. Aber jemand war da gewesen, hatte Lillemor die Hand gereicht und war mit ihr durch eine Welt von Licht gewandert.

Er war hoch gewachsen, bemerkenswert groß. Sie ging, ihre Hand in seiner, wie ein Kind neben ihm her und reichte ihm kaum bis zur Mitte.

Seine Körpergröße führte sie zu dem Schluss, dass er ein Engel war. Und auch der Gedanke, dass Enoksons Gott sie trotz allem gehört und ihr einen Boten gesandt hatte.

Welche Botschaft er brachte, erfuhr sie nicht, denn er sprach nicht mit ihr, sondern ging nur mit ihrer Hand in seiner im Licht. Und er war guter Dinge, seine Augen glitzerten vor Freude, und einmal war ihr, als hörte sie ihn lachen.

Es war ein Lachen, das mit einem Schlag erkennen ließ, dass das Leben trotz allem nicht gefährlich war.

Als Lillemor beim Aufwachen auf die Uhr sah, war das silbrige Licht noch nicht vergangen, und alle Dinge in dem niedrigen Raum schimmerten. Es lag Zuversicht in der schwerelosen Luft und noch etwas anderes. Vergebung, dachte Lillemor, Enoksons Gott hat mir verziehen.

Sie verließ ihr kleines Haus, ging im grünen Garten umher und versuchte, sich für die gewährte Hilfe zu bedanken. Sie hatte keine Angst mehr, und sie dachte nicht: Es war nur ein Traum.

Dann trank sie Kaffee, lüftete das Haus durch, beseitigte die Spuren des gestrigen Gelages. Blödsinn, dachte sie, ich habe Alkohol doch noch nie vertragen.

Sie konnte sogar denken, dass Anastasia, über das Ausgesperrtsein wütender denn je, zurückkommen könnte. Heute werde ich mich mit ihr aussprechen.

Im nächsten Moment hörte sie einen Wagen, kam die Griechin etwa mit dem Auto? Der Gedanke war so albern, dass Lillemor lachen musste, als sie vor der Haustür auf der obersten Treppenstufe stand und einen kleinen roten, recht klapprigen Fiat über das Gras aufs Haus zuholpern sah.

Der Fahrer war an schmale Wege auf dem Land gewöhnt, das merkte Lillemor, als sie sah, dass das eine Räderpaar in der ausgefahrenen Spur lief, das andere auf dem viel höheren Mittelstreifen der Auffahrt. Wir müssen den Weg schottern, dachte sie und merkte, dass sie sich ärgerte. Sie wollte jetzt nicht gestört werden, wer war der Eindringling?

Der Fiat parkte auf dem Wiesenstück beim Erdkeller, ordentlich und in angemessenem Abstand zu Lillemors Japaner. Eine große, verblüffend große und im Verhältnis zu dem lächerlich kleinen Wagen kräftige Frau wälzte sich heraus. Sie trug die blonden Haare im Herrenschnitt, war sonnengebräunt und auf eine eigene Weise immer zum Lachen bereit.

Als sie ihre Wagentür zuschlug, sah Lillemor sie im Profil, sah die edel geformte Nase und wusste im nächsten Augenblick, wen sie vor sich hatte.

»Frau Enokson«, sagte sie. »Ich ahne, wer sie geschickt hat. Niklas hat angerufen ...«

Die andere nickte: »Ist das wichtig?«

»Ich weiß sogar, was Sie wollen«, sagte Lillemor, die selbst hörte, dass ihre Stimme eiskalt klang. »Sie sollen mich in die Psychiatrie bringen, Sie sind ja Psychologin und können die Diagnose sicher selbst stellen.«

»Ist das wichtig?«, sagte die andere noch einmal, und Lillemor verlor den Faden.

»Was denn?«

»Die Diagnose«, sagte die Frau. »Für mich sind Diagnosen kaum von Bedeutung.«

»O doch! Eine wasserdichte Diagnose ist für Sie und Ihren Seelenfrieden bestimmt von Bedeutung. Schizophrenie, dabei müssen wir ja auch an die armen Kinder denken.«

Da brach das große Lachen aus, das Lillemor schon die ganze Zeit gespürt hatte.

»Jetzt immer mal schön langsam«, sagte Elisabeth Enokson. »Ich habe nicht an Ihre Kinder gedacht, sondern eher an Sie.«

»Das arme Weib«, sagte Lillemor mit einem Hohn, der, auf Elisabeth gemünzt, reine Verschwendung war.

»Ja«, sagte diese mit großem Ernst.

»Sie wissen gar nichts von mir«, schrie Lillemor. »Und jetzt hören Sie mir gut zu. Wenn ich es gewagt hätte, Ihnen Walter Enokson wegzunehmen, hätte ich es nur getan, weil er der Einzige war, der mich verstand.«

Jetzt wird sie wütend, jetzt haut sie ab, dachte Lillemor, aber Elisabeth lachte schon wieder:

»Das wäre Ihnen nie gelungen«, sagte sie.

»Sie sind sich Ihrer Macht sicher.«

»Nein, nein, aber Walter Enokson hat einen so strengen Gott.«

»Haben Sie verschiedene Götter?«

»Ja, verschiedene Gottesbilder. Aber was meinen Sie, wir können doch nicht hier auf der Treppe theologische Diskussionen abhalten. Haben Sie keinen Kaffee für mich?«

Lillemor fühlte den Zorn in sich aufsteigen und hörte im selben Augenblick den Wind in den Espen rauschen.

»Nein!«, schrie sie.

»Wen schreien Sie denn an?«

»Anastasia«, flüsterte Lillemor. »Sie ist jetzt auf dem Weg zu mir. Aber Sie wissen nichts von Anastasia.«

»O doch, ich habe die junge Frau beerdigt.«

»Du lieber Gott«, stöhnte Lillemor.

»Ja, und außerdem habe ich Walters Kopie von Sofias Brief gelesen. Da habe ich mir Sorgen gemacht.«

»Weil Sie darin eine Gefahr für mich gesehen haben?«

»Nein, nein, ich habe gar nichts gesehen. Ich habe geahnt, dass viel mehr dahinter steckt.«

»Mehr als was?«

»Sie missverstehen mich. Ich weiß einiges über geheime Kräfte und über die Geschwisterlichkeit der Hexen.«

Lillemor stand jetzt so unter Spannung, dass ihre Stimme brach und sie nur flüstern konnte:

»Elisabeth, Sie müssen mir genau erklären, warum Sie gekommen sind.«

Trotz des Ernstes dieser Frage blitzte es in den Augen der anderen auf, und ihre Mundwinkel zuckten vor verhaltenem Lachen, als sie antwortete:

»Ich spiele gern einen Engel und kann das auch gut.«

Lillemor schloss die Augen.

»Woran denken Sie?«

»Ich danke dem unbekannten Gott, an den ich nicht glaube«, flüsterte Lillemor, und endlich kamen die Tränen.

Sie filterten Kaffee und kochten Eier. Der Kühlschrank war fast leer, und Elisabeth sagte: »Ich glaube, wir müssen einkaufen fahren.« Aber sie fand, während Lillemor nur drauflos heulte, Knäckebrot und eine alte Tube Kaviar.

Mitten in der Mahlzeit nahm Lillemor sich zusammen und dachte an Sofias Brief mit dem Gruß von Simela Papadopoulos. Sie hatte ihn in der Brusttasche ihrer Bluse, nahm ihn heraus, glättete ihn, sagte:

»Lesen Sie das.«

Elisabeth las den Brief langsam und genau. Als sie aufsah und Lillemors Blick begegnete, lag kein Lachen mehr in ihren Augen.

»Haben Sie ihren Rat befolgt?«

»Ich habe es versucht, deswegen bin ich hier. Tag für Tag gehe ich zu dem Treffpunkt unter der Fichte. Aber sie kommt nicht, sie ist irgendwo in der Umgebung des Hauses ... und sie ist viel stärker als ich.«

»Wieso ist sie stärker?«

Diese Frage hatte sich Lillemor nie gestellt, sie musste, den Blick der anderen nicht aus den Augen lassend, lange nachdenken.

»Wahrscheinlich, weil sie mir so schrecklich Leid tut. Sie hat nie ... echte menschliche Gemeinschaft erfahren dürfen. Drum ist sie zu mir gekommen, und ich kann sie doch nicht auch noch zurückweisen.«

»Wann gehen Sie das nächste Mal zur Fichte?«

»Heute Nachmittag um vier.«

»Darf ich mitkommen?«

Lillemor senkte den Blick, unglaublich erleichtert. Aber sie musste fragen: »Auf wessen Seite stehen Sie?«

»Ich weiß nicht, ich will zuhören.«

»Um ein Urteil über uns zu fällen?«

»Nein, eher darum, wovon« – sie schaute in den Brief – »Simela spricht, nämlich Anastasia zu helfen, damit sie weiterkommt.«

Als sie aufräumten und abwuschen, sagte Lillemor:

»Sie sind doch Psychologin. Bin ich schizophren?«

Dieses Mal war sie auf das Lachen gefasst.

»Elisabeth!«, sagte sie bittend.

»Verzeihen Sie mir, nein, ich glaube nicht, dass Sie schizophren sind. Man könnte wohl eher sagen, dass Sie eine Schicht Ihres Unterbewussten abgespalten und eine Doppelpersönlichkeit entwickelt haben.«

»Und was bedeutet das?«

»Um diese Frage zu beantworten, bedarf es langer theoretischer Erklärungen. Genügt es, wenn ich Ihnen sage, dass ich mich, als ich trotz all der sinnreichen Systeme die Welt der Psychologie zu eng fand, entschloss, Pfarrerin zu werden?«

Dieses Mal konnte Lillemor in das Lachen einstimmen.

Noch nie in ihrem Leben hatte Lillemor so viel und so zusammenhängend geredet wie an diesem Vormittag. Alles, was ihr widerfahren war, seit sie die Tote im Wald gefunden hatte, sollte Elisabeth wissen, von dem Arzt in Lund, vom Erlebnis in der Küche in Göteborg, von Anastasia und von Desiree, immer wieder kam sie auf Desiree zurück.

Als Lillemor ihr von dem gestrigen Weinrausch erzählte, verzog Elisabeth den Mund, aber als sie von dem Mord unter der Eiche hörte, runzelte sie die Stirn und unterbrach Lillemor mit einer Handbewegung:

»Moment, ich muss nachdenken.«

Dann nickte sie: »Sprechen Sie weiter.«

»Es fehlt gar nicht mehr so viel. Ich habe die ganze Nacht da drüben in der Ecke gesessen, weil ich Angst hatte, man könnte mich vom Fenster aus sehen. Als es dämmerte, bin ich ins Bett gekrochen und habe ein paar Stunden geschlafen.«

Lillemor verschwieg das Gebet und den Traum.

Elisabeth stand auf und zog den Kopf unter dem Küchenbogen ein.

»Sie sind zu groß für dieses Haus«, sagte Lillemor.

»Ja, schade, ich hätte gern selbst so ein altes Holzhaus.«

Wieder ein Lachen.

»Ihr Mann konnte es nicht leiden.«

»Walter ist ein Spießer.«

Es klang spöttisch, aber als sie sich Lillemor wieder zuwandte, war sie ernst. Sie stand lange am Fenster und sah hinaus auf die grünenden Felsplatten, auf denen jetzt Tüpfelfarn und Mauerpfeffer wuchsen. Dann sagte sie:

»Die Toten haben eine furchtbare Macht über jene, die ihnen etwas schuldig geblieben sind.«

Lillemor nahm die Worte in sich auf, sie schlugen Wurzeln. Aber sie verstand sie nicht.

»Stehe ich in Anastasias Schuld?«

»Nein, nicht in Anastasias. Aber sie hat sich über die Schwester eingeschlichen.«

Wieder verstand Lillemor die Worte nicht. Aber sie wusste, dass sie die Wahrheit enthielten.

Kurz darauf sagte Elisabeth, dass sie keine Lust habe, den ganzen Tag von Knäckebrot und Margarine zu leben.

»Jetzt fahren wir einkaufen.«

»Sie müssen mich entschuldigen«, sagte Lillemor. »Aber ich habe nie Hunger seit … das anfing.«

»Aber Sie hätten bestimmt gern … gebeizten Lachs mit Kartoffelsalat.«

»Wenn Sie Lust darauf haben«, lächelte Lillemor. Aber nicht das Essen löste ihre Freude aus, sondern das Wissen, dass Elisabeth den ganzen Tag bleiben würde. Jetzt wagte sie geradeheraus zu fragen:

»Wie lange haben Sie Zeit?«

»Ich hatte vor, über Nacht zu bleiben.«

Auf der Fahrt nach Mjölby sprachen sie über ihre Männer.

»Niklas ist so unerträglich lieb. Und so abhängig.«

»Meiner Erfahrung nach sind alle Männer abhängig. Sogar meiner, der große Detektiv.«

Elisabeths Lachen war nahe daran, die Windschutzscheibe des kleinen Japaners zu sprengen. Dann aber sagte sie:

»Und außerdem ist er unerträglich ernsthaft. Deshalb muss ich wohl so … fröhlich sein.«

»Das glaube ich nicht. Sie sind fröhlich … weil Sie wissen, dass das Leben für Sie keine Gefahren birgt.«

»Das haben Sie schön gesagt, und ein bisschen wahr ist es auch«, sagte Elisabeth. Und nach einer kleinen Pause:

»Aber das ganze Leben ist ein Wagnis, ein Riesenwagnis sogar.«

Sie sprachen von ihren Kindern, Lundgrens beiden Töchtern und Enoksons Söhnen.

»Ich hätte so gern eine Tochter gehabt«, sagte Elisabeth. »Aber es kam zur Fehlgeburt, ziemlich spät, drum weiß ich, dass es ein Mädchen war. Und dann ... ja, dann ist keins mehr dazugekommen.«

Sie schwiegen eine Weile, Lillemor fuhr vorschriftsmäßig fünfzig – Elisabeths Mann ist schließlich Polizist – und suchte nach tröstlichen Worten.

»Aber Jungens sind doch faszinierend – durch den kleinen Unterschied.«

»Bei unseren Jungen ist der kleine Unterschied wahrscheinlich etwas zu klein geraten«, antwortete Elisabeth kurz. »Der Jüngere ist schüchtern wie ein Veilchen und leicht zu knicken. Er hat wohl eine zu starke Mutter.«

»Kinder zu haben«, sagte Lillemor, »das heißt, Schuld auf sich zu laden. Aber nie im Leben würde ich behaupten, dass ich schuldig bin, weil ich zu stark bin.«

Sie aßen gut zu Mittag, wunschgemäß gab es Lachs. Als sie abgewaschen hatten, war es schon fast drei.

»Sie wird heute auch nicht kommen.«

»Doch, doch«, sagte Elisabeth. »Sie ist ja die ganze Zeit hier. Sie surrt um Sie herum wie eine Hummel, genau wie Simela Papadopoulos gesagt hat.«

Lillemor war so erstaunt, dass sie sich hinsetzen musste.

»Also bin ich es selbst, die ...?«

»Ja, Sie nehmen sie in Ihr Bewusstsein herein, wenn Sie sie brauchen. Und das ist unleugbar dann, wenn Sie wütend sind.«

»Stimmt«, flüsterte Lillemor.

Sie legten sich eine Weile hin, dann ging Elisabeth mit ihrer Tasche ins Obergeschoss. Als sie wieder herunterkam, trug sie ihr Pfarrgewand. Das war durchaus angebracht, es war feierlich und passend.

»Ich hätte gern, dass wir noch ein bisschen miteinander reden, bevor wir gehen«, sagte sie, und der schwarze Talar unterstrich den Ernst in ihrer Stimme.

»Sie tragen an einer großen Schuld«, sage sie. »Gehen Sie in sich und versuchen Sie, selbst Worte dafür zu finden.«

Sie standen einander im blauen Zimmer gegenüber, auch das war feierlich. Lillemor schloss die Augen.

»Ich habe Desiree gehasst«, sagte sie. »Ich habe sie immer gehasst, und es war mir unerträglich, als ich erkannte, dass ... sie das wahre Opfer war.«

Als sie die Lider hob, sah sie, dass das Silberlicht vom Morgen wieder da war, und es war jetzt so stark, dass es schwierig war, die Pastorin zu erkennen. Der Engel, dachte sie, der Engel.

Und der Engel hob seine Hand, legte sie Lillemor aufs Haupt und sprach:

»Im Namen Jesu Christi sind dir deine Sünden vergeben.«

Die Gedanken wälzten sich schwer durch Lillemors Kopf, das ist geschmacklos, das ist lächerlich, ich will mit ihrem Christus nichts zu schaffen haben. Trotzdem waren diese Gedanken unwichtig, sollten sie tun, was sie wollten, sie konnten den Frieden nicht stören, der in ihr war.

Sie wusste nicht, wie lange sie so gestanden hatten, war erstaunt, als Elisabeth in normalem Tonfall sagte:

»Ich glaube, wir müssen jetzt gehen.«

Kein Wort sprachen sie, während sie durch den Wald gingen, auch nicht, als sie bei der Fichte angelangt waren und sich darunter niedergelassen hatten.

Anastasia ist auch heute nicht hier, dachte Lillemor, aber dann erinnerte sie sich an das, was Elisabeth gesagt hatte, dass die Griechin immer bei ihr war. Und als die Pastorin das Silberkreuz mit den Händen umfasste, das sie an einer Kette um den Hals trug, und zu sprechen begann, wusste Lillemor, dass es die Wahrheit war. Anastasia war in der Dämmerung hier unter den tief hängenden Zweigen der alten Fichte anwesend.

»Mein Kind«, sagte Elisabeth. »Anastasia Karabidis, höre mir zu. Du hast die Grenze des irdischen Daseins überschritten. Sieh zum Horizont, sieh das Licht dort drüben. Dort wartet die Heilige Jungfrau auf dich. Gehe und finde Ruhe, dir ist vergeben.«

Als Elisabeth schwieg, stieg der Gesang der Vögel in den Himmel. Laubsänger, dachte Lillemor, die Laubsänger begleiten sie mit ihrem Gesang.

»Wir wollen für sie beten, auf dass es ihr wohl ergehe.«

»Ich glaube, sie braucht unsere Gebete nicht mehr.«

Lillemor hatte keine andere Erinnerung an den Heimweg als diesen, dass die Vögel sangen, wie sie noch nie in ihrem Wald gesungen hatten. Sie schlief den ganzen Abend, wachte einmal kurz auf und sah Elisabeth mit einem Buch am Tisch sitzen.

»Ich sollte zu Hause anrufen«, flüsterte sie.

»Schlafen Sie weiter, Lillemor, ich habe es schon getan.«

»Hier gibt es doch gar kein Telefon.«

»Ich habe ein Handy im Auto.«

»Sie sind eine merkwürdige Pastorin«, sagte Lillemor und schlief mitten in Elisabeths Lachen wieder ein.

Am Morgen wurde sie mit einem Frühstückstablett geweckt.

»Ich bin keine besonders gute Hausfrau«, sagte Elisabeth und bekam dafür ein unbekümmertes Lachen zurück.

Bevor Elisabeth Enokson wegfuhr, durfte Lillemor ihr Handy benutzen.

»Es ist vorbei, Niklas, es ist endlich vorbei. Ein Engel ist zu mir gekommen.«

»Ich weiß, Frau Enokson.«

»Stimmt genau«, sagte Lillemor und musste schon wieder lachen.

»Dürfen wir heute Abend kommen? Ich und die Kinder?«

»Aber ja, Niklas, willkommen!«

Elisabeth saß im Auto und hatte schon den Gang eingelegt, als sie mit großem Ernst sagte:

»Wenn Sie das nächste Mal wütend werden, Lillemor Lundgren, können Sie es auf niemanden mehr schieben.«

Sie streifte den ganzen Vormittag mit seltsamen Gedanken durch die Wälder. Zum ersten Mal in ihrem Leben erkannte sie, dass es in der Welt der Gedanken keine Liebe gab, dass Liebe nicht gedacht werden konnte. Und dass die Gedanken den Menschen am Sehen hinderten. Sie konnte jetzt sehen, ohne aufzulisten.

Alles Bewerten hörte auf, was sie beobachtete, wurde nicht mehr in Erlebnisse umgewandelt. Es wurde nicht mehr vom Gedächtnis gehandhabt, wurde nicht eingeordnet und forderte keine Werturteile.

Und doch hatte sie nie so viel gesehen wie während dieser Wanderung, und sie verstand, dass ein Insichgehen, ein Bis-auf-den-Grund-seiner-selbst-Gehen, kein Suchen war, sondern ein Sehen.

Am Nachmittag fuhr sie wieder einkaufen, füllte zufrieden ihren Kühlschrank. Dann setzte sie sich auf die Vortreppe und wartete.

Bei Sonnenuntergang fuhr der Volvo, sehr zur Seite geneigt und sehr schnell, den Kiesweg herauf. Die Mädchen waren viel flinker als Niklas, und Lillemor hatte sie längst in den Armen, als Niklas sagte:

»Du bist aber schrecklich mager und alt geworden.«

»Aber Papa!«, schrie Karin. Und Ingrid sagte:

»Du bist richtig schön geworden, Mama.«

»Ich bin alt und weise geworden«, sagte Lillemor, und das große Lachen stieg in ihr auf und war ebenso allumfassend wie das von Elisabeth.

Lillemor blieb fast den ganzen Sommer in dem kleinen alten Bauernhaus.

Im Juni war sie mit Karin alleine, denn Ingrid war zu einem Sprachkurs nach England gefahren.

Nach Mittsommer war sie mit Ingrid alleine, weil Karin im Reitlager war.

Mitte Juli hatte Niklas Urlaub.

Zweimal fuhr sie alleine zu Katarina, saß wie früher schmerzlich berührt am Krankenbett, spürte aber keine Bitterkeit.

Jede Woche bekam sie einen Brief von Sofia, und sie beantwortete ihn jede Woche. Auch an Elisabeth schrieb sie und erhielt ab und zu eine Ansichtskarte. Mitte August nahm sie ihre Arbeit wieder auf. Es war schwieriger, als sie es sich vorgestellt hatte, und sie beklagte sich bei Niklas.

»Ich kann zu überhaupt nichts mehr Stellung nehmen.«

Im Oktober starb ihre Mutter. Als der Anruf vom Krankenhaus kam, dass Katarinas Zustand sich verschlechtert habe, flog Lillemor noch am selben Vormittag zu ihr. Sie traf, eine Stunde bevor die alte Frau über die Grenze ging, ein. In den letzten Augenblicken ihres Lebens entnahm Lillemor ihren Blicken, dass sie gesehen und verstanden hatte.

Auch Mutters Weg hat zur Einsicht geführt, dachte Lillemor, als sie mit Trauer und Erleichterung neben der Toten saß. Erst jetzt verstehe ich, dass diese vielen Jahre ohne zusammenhängende Gedanken auch sinnvoll waren.

Zur Beerdigung kamen mehr Menschen, als sie gedacht hatte, frühere Nachbarinnen, die in verschiedenen Heimen untergebracht waren, einige Verwandte, zu denen Lillemor schon seit Jahren keinen Kontakt mehr hatte.

Ganz hinten in der Kirche saß eine Frau, die Lillemor nicht kannte, braune Augen, blond mit silbernen Fäden. Sie blieb nach der Zeremonie, als die Gäste zu den Autos gingen, die sie zu Kaffee und Kuchen bringen sollten, noch stehen.

»Ich weiß nicht, wer Sie sind«, sagte Lillemor und drückte der Unbekannten die Hand.

»Das kann ich mir denken. Ich heiße Kerstin, Månson, als ich … Ihre Mutter kannte. Jetzt heiße ich Lagerkvist.«

»Woher haben Sie meine Mutter gekannt?«

»Ich war in dem Sommer, als Desiree ein Baby war, Kindermädchen bei ihr, als sie zur Erholung in der Pension in Falkenberg weilte.«

Lillemor war erstaunt:

»Ich wusste gar nicht, dass Mama jemals Urlaub gemacht hat.«

»Doch, im ersten Sommer nach dem Kind, als Herr Stefansson in die Berge gefahren ist, um Pflanzen für sein Herbarium zu sammeln. Wie Sie wissen, war das sein Hobby. Botanik.«

Lillemor machte vor Staunen große Augen, sie konnte sich an kein Herbarium erinnern und wusste auch nicht, dass Stefansson je in seinem Leben Interesse für irgendetwas gehabt hatte.

»Ich war in diesem Sommer erst dreizehn Jahre alt, aber ich habe Desiree gut versorgt. Ihre Mama war in diesem Sommer viel außer Haus.«

Lillemors Gedanken quecksilberten durch ihren Kopf.

»Wollen Sie damit sagen, dass meine Mutter dort am Meer glücklich war?«

»Ja, genau das wollte ich sagen. Sie war verliebt, es gab dort einen Mann, einen italienischen Koch. Sie verschwanden jeden Abend in den Dünen … Und wenn sie in der Nacht nach Hause kam, war sie wie von einem Leuchten umgeben.«

»Können Sie sich zufällig erinnern ... wie er geheißen hat?«

»Nein, nur daran, dass er sehr gut aussah, nicht groß, aber unglaublich charmant, lebhaft.«

Kerstin Lagerkvist war rot geworden, und sie sah verlegen aus.

»Damit wollen Sie mir wohl andeuten, dass ich diesem Mann ähnlich sehe«, sagte Lillemor.

»Ja, haben Sie gewusst ...?«

»Nun, ich habe es geahnt.«

Marianne Fredriksson

Hannas Töchter
Roman
Aus dem Schwedischen
von Senta Kapoun
Band 14486

Simon
Roman
Aus dem Schwedischen
von Senta Kapoun
Band 14865

Maria Magdalena
Roman
Aus dem Schwedischen
von Senta Kapoun
Band 14958

Inge und Mira
Roman
Aus dem Schwedischen
von Senta Kapoun
Band 15236

Marcus und Eneides
Roman
Aus dem Schwedischen
von Walburg Wohlleben
Deutsche Erstausgabe
Band 14045

Eva
Roman
Aus dem Schwedischen
von Walburg Wohlleben
Deutsche Erstausgabe
Band 14041

Abels Bruder
Roman
Aus dem Schwedischen
von Walburg Wohlleben
Deutsche Erstausgabe
Band 14042

Noreas Geschichte
Roman
Aus dem Schwedischen
von Walburg Wohlleben
Deutsche Erstausgabe
Band 14043

Sintflut
Roman
Aus dem Schwedischen
von Ulrike Landzettel
Band 14046

Sofia und Anders
Roman
Aus dem Schwedischen
von Christel Hildebrandt
Band 15615

Fischer Taschenbuch Verlag